Essais sur
la poésie
française de
l'extrême
contemporain
1980-2015

Agnès Disson

Presses Universitaires d'Osaka

Ce livre est publié avec le soutien de l'Université d'Osaka.

Copyright © Agnès Disson 2016

Published by Osaka University Press, 2-7 Yamadaoka Suita-shi, Osaka, Japan 565-0871

Printed in Japan

ISBN 978-4-87259-553-6

All rights reserved. No part of this publication may be reproduced or transmitted in any form or by any means, electronic or mechanical, including photocopy, recording, or information storage and retrieval systems, without permission in writing from the publisher.

Cover design © Akiko Fukagawa

Avant-propos

Une certaine poésie française contemporaine aujourd'hui est accusée d'être illisible. En l'absence de traductions de poètes récents et d'études critiques disponibles, les études universitaires de littérature française au Japon s'arrêtent donc souvent à Rimbaud, Mallarmé ou au mieux au Surréalisme. De plus le choix des rares poètes contemporains traduits est souvent arbitraire ou peu représentatif. Or paradoxalement, la poésie française au tournant du XXIᵉ siècle et depuis les années 80, s'avère très riche, productive et diversifiée. Editions, revues de poésie, colloques se multiplient, et l'Université française commence à explorer ce domaine complexe, pour en théoriser les innovations langagières et interroger cette question de l'illisibilité.

Ce livre, appuyé sur vingt années de travail critique, se propose d'examiner, de façon délibérément didactique, ce paysage poétique français à première vue chaotique et difficile qu'on appelle l'extrême-contemporain.

Il ne s'agit pas ici d'une anthologie exhaustive, mais d'un recueil de textes publiés ou encore inédits, qui ont été remaniés et actualisés pour les rendre aussi clairs et accessibles que possible. Ceci afin de présenter des poètes marquants, représentatifs des diverses tendances en jeu actuellement, à travers essais, exemples concrets et décryptage de poèmes choisis. Il s'adresse aux spécialistes comme aux étudiants de littérature française, ainsi qu'aux simples lecteurs de poésie désireux de mieux comprendre ce qu'on nomme, aujourd'hui même, *le contemporain*.

INTRODUCTION

Tenter une généalogie, dresser un état des lieux : la poésie française contemporaine, de 1950 à 2015

Illisible, difficile, dit-on... La poésie contemporaine a mauvaise presse auprès du grand public. Qui en effet a lu réellement les poètes français de la seconde moitié du XXe siècle et *a fortiori* les poètes vivants : Deguy, Gleize, Prigent, Quintane, Portugal, Sekiguchi, Alferi, Fourcade, Hocquard, Stefan, Beck, etc. ?

Il est certes toujours périlleux de vouloir dresser le panorama d'une création en train de se faire sous nos yeux ; la liste des auteurs à inclure s'allonge, les chemins se croisent et bifurquent, le tableau sans cesse se brouille.

Au Japon de surcroît l'absence de traduction systématique, la distance linguistique, géographique, éditoriale avec la France n'autorise qu'une vision fragmentaire et éparpillée de la situation, pourtant dynamique et vivante, de la poésie française aujourd'hui. Un certain nombre de poètes contemporains – Jacques Dupin, Michel Deguy, Jacques Roubaud, Franck Venaille, Anne-Marie Albiach, Bernard Noël, Claude Royet-Journoud... – ont été traduits en japonais, mais seulement dans de petites revues et anthologies. Seuls Bonnefoy, Du Bouchet et Anne Portugal ont eu droit à une traduction en volume.

Pour mettre de l'ordre dans ce paysage éclaté et parfois confus, tenter une généalogie est peut-être l'outil le plus aisé : sans remonter aux grands ancêtres, regrouper les poètes actuels en générations successives – les poètes des années 50, 60, 80... – peut permettre de déceler des filiations, des influences, mais aussi des divergences, bref de suivre le cheminement d'une histoire littéraire récente. Le procédé est bien sûr simplificateur (certains, comme le poète Emmanuel Hocquard, s'y refusent avec virulence, en voyant dans ce classement un retour à la querelle éculée des Anciens et des Modernes...), mais il est utile ne serait-ce que pour présenter la poésie française d'aujourd'hui, ses mutations, ses turbulences, encore peu connues du lecteur japonais.

Si l'on veut remonter aux années 50, la première génération serait celle des grands précurseurs, tous nés dans les années 20 : Yves Bonnefoy, Philippe Jaccottet, André Du Bouchet. Ces poètes ont été liés à la revue *L'Ephémère* dans les années 60 ; ils ont partie liée aussi en peinture avec « l'abstraction lyrique », en sculpture avec Giacometti. Les derniers textes d'André Du Bouchet concernent justement cette recherche du vide, cet amenuisement, cette abstraction qui est celle de Giacometti. Ecriture de la transparence, « langue de verre », épurée, presque aride : la notion continûment invoquée de « présence » au monde, la conscience d'une transcendance y occupent la place de la religion. La vision d'un arbre par exemple prend chez Jaccottet (*Cahiers de verdure,* Gallimard, 1990) le sens du saisissement de l'invisible dans le visible.

Poésie quasi religieuse aussi chez Jacques Dupin : le paysage est celui abrupt de pierres, de rocaille, d'une tension vers le haut, l'irrespirable, le sommet à rejoindre (*Gravir,* Gallimard, 1963, offre dans son titre même un de ses mots-clef). Paysage identique chez Du Bouchet, mais cette fois brûlé de soleil, désertique, qui veut rendre l'éblouissement de l'instant par des phrases incomplètes, hachées, des blancs typographiques, des éclats visuels :

> Souffle l'orage sans eau. Se perd l'haleine des
> glaciers. Sans avoir enflammé la paille qui jonche
> le champ.
>
> Cette maison   dans l'autre orage. Comme un mur
> froid au milieu de l'été.
> André Du Bouchet, *Dans la chaleur vacante,* Mercure de France, 1959

Mais un paysage poétique n'est jamais uniforme ; y coexistent toujours d'autres tendances, d'autres recherches. Ainsi au même moment, dans les années 50, il faut noter à côté de cette « poésie de famine » (l'expression est du critique Jean Paris), l'émergence d'une tentative radicalement différente, celle de la « poésie sonore », avec Bernard Heidsieck (ou poésie-action, poésie directe, poésie concrète...). Cette fois le matériau sonore est premier, la performance fait intervenir directement le corps et la voix, afin de « hisser le texte hors de la page, hors du livre... le catapulter vers autrui. » Cette tentative, liée au mouvement Fluxus et aux autres arts plastiques, bien que moins suivie, aura des répercussions jusque dans la poésie des années 90.

La deuxième génération – si l'on s'en tient à la convention des années 50 comme début de ce panorama – est celle de Denis Roche, Michel Deguy, Jacques Roubaud, autour des revues *Tel Quel* (tremplin de toutes les avant-gardes : Althusser, Foucault, Lacan, Greimas), *Change* et *Action Poétique*.

Ces poètes sont tous nés cette fois dans les années 30 et feront leur apparition dans les années 60, qui seront des années polémiques : l'acte poétique se veut révolutionnaire, l'avant-garde triomphante, le discours provocateur. Jean-Pierre Faye déclare en 65 dans *Tel Quel* : « le mot poésie est le plus laid de la langue française » et Denis Roche un peu plus tard s'écrie : « la poésie est inadmissible, d'ailleurs la poésie n'existe pas » (*Le Mécrit*, Seuil, 1972). Déclaration fracassante qui veut dénoncer la faillite d'un certain humanisme lyrique et métaphysique en poésie – celui prôné justement par la génération précédente.

Ces années-là sont aussi celles du structuralisme, de la primauté du « textuel ». Le poème se recentre et se focalise sur lui-même, de façon plus volontaire, plus explicite : il devient « la métaphore de lui-même » (Michel Deguy, *Actes*, Gallimard, 1966). Ainsi, dans le poème intitulé « Il apparaît dans mon pays », le pays délimité ici est le poème, les jeux de mots qui le traversent en sont le sujet et non un ornement :

> Sujet et verbe : le fût et sa touffe de sorte
> que la page est une pépinière :
>   alors soudain
> Il faut changer de futaie
>   pour revenir
> Michel Deguy, *Ouï-dire*, Gallimard, 1966

La primauté donnée aux recherches formelles inscrit Jacques Roubaud un peu à part, ainsi que sa double appartenance : à la fois novateur et inséré dans une tradition (comme en témoignent ses recherches sur le sonnet : non pas le retour à une forme ancienne, mais l'exploration de sa plasticité pour une poésie d'aujourd'hui), à la fois poète et mathématicien (il découpe le poème en séquences mathématiques comme Denis Roche, photographe, le découpe en séquences photographiques), inspiré par les troubadours et la poésie japonaise, mais aussi théoricien du vers – et le lyrisme n'y perd rien, au contraire :

INTRODUCTION

> 1.1.17   ○   [GO 129]
>
> il y avait des jours joyaux placés rarement dans les années une
> suite charmante extraite de la suite sans timbre des jours jours de
> marrons et jours d'ours jours de feux diversement séparés
> jalonnant éclairant la durée ombre
> Jacques Roubaud, ϵ, Gallimard, 1967

Le «formalisme» poétique se trouve aussi du côté de l'Oulipo, l'Ouvroir de Littérature Potentielle, fondé en 1960 par François Le Lionnais et Raymond Queneau : il s'agit de donner à la littérature de nouveaux outils, en s'appuyant sur la notion centrale de contrainte ; on a pu ne voir qu'un divertissement dans ces jeux d'exploration, permutation, invention. Et pourtant le ludisme oulipien est bien un des lieux de cette «conscience formelle» significative de la poésie contemporaine.

En face, sur un autre versant poétique en quelque sorte, Jacques Réda cède davantage à ce que Michel Butor appelle «la volonté de prose», qui anime selon lui toute la poésie contemporaine depuis Ponge et Michaux. *Ruines de Paris* de Reda, (Gallimard 1977) offre ainsi une poésie intimiste, accessible, celle du quotidien, des terrains vagues, des banlieues, lors d'une déambulation dans Paris, à pied ou à vélo. La voix se veut pauvre et discrète, celle d'«un passant parmi d'autres» (Jacques Réda, *La tourne*, Gallimard, 1975).

La génération suivante, née dans les années 40, apparaît sur la scène littéraire dans les années 70 : on peut regrouper ici Emmanuel Hocquard, Claude Royet-Journoud, Anne-Marie Albiach, Jean Daive, Dominique Fourcade.

Plus encore que la génération précédente, celle-ci a conscience que la poésie traite non du réel, mais de simulacres ; la notion-clé est celle de littéralité, qui entraîne rejet du lyrisme et refus délibéré de la métaphore : «Dire : ce bras est de chair, je trouve cela plus émouvant que : la terre est bleue comme une orange», selon la formule de Claude Royet-Journoud. Pour Emmanuel Hocquard, la modernité est négative, c'est un processus de nettoyage, d'élimination : la poésie se décante et s'épure (le modèle est celui de la biscotte : «sans sel, sans beurre, sans confiture...»).

L'influence est celle de Derrida, de Wittgenstein, et l'écriture devient neutre, froide, mate, feutrée – c'est l'avènement d'une « écriture blanche » ; d'une « littéralité aussi radicale que possible », d'un minimalisme qui serait « une mainmise du neutre » (Claude Royet-Journoud, *La notion d'obstacle*, Gallimard, 1978). Ainsi la poésie d'Anne-Marie Albiach, exigeante, quasi abstraite, se rapproche-t-elle plutôt d'une « partition de mots » (Hocquard), une partition polyphonique « de phrases, de blocs, d'espaces ». Poésie non figurative, dénuée de toute anecdote et pourtant dense, tendue, presque théâtrale.

Emmanuel Hocquard choisit pour sa part un récit nu, sans commentaire, sans épaisseur, tout en surface, « élégie neutre » (Jean-Marie Gleize), ou « album d'images ».

Jean Daive adopte lui aussi cette écriture « blanche », mate, étale, impersonnelle : la poésie y devient « cette voix pivotale, silencieuse comme l'étreinte », qui vise à combler le vide, l'anéantissement, à « refaire l'absence ».

> la voix blanche
> quelle contrainte pensive
> allusive à ce qui n'est plus le toit le couloir
>
> très pure
>
> l'arbre efface l'eau et s'y recommence
> Jean Daive, *Décimale blanche*, Mercure de France, 1967

Dans cette écriture abstraite, comme désincarnée, Dominique Fourcade introduit une autre dimension, une ampleur presque lyrique, une présence cette fois tangible du « je ». Ses titres adoptent une syntaxe disloquée mais évocatrice : *Rose-déclic, Le ciel pas d'angle, Son blanc du un, Outrance utterance*... Le recueil *Son blanc du un* est entièrement construit sur un mot pivot, mot leitmotiv, « murmure » (le murmure de la langue elle-même) ; le vers s'allonge en phrase, en paragraphe, vers la fluidité d'une prose quasi ininterrompue (« le vers est un tranchant, le murmure n'en a pas ») ; le livre adopte la forme intime d'un journal.

> 5 décembre 1984
> Etourneaux étoiles humides or noir sur champ bleu être
> mathématique du murmure grandeurs vectorielles

INTRODUCTION

Dominique Fourcade, *Son blanc du un*, P.O.L, 1986

Le projet est bien celui d'une écriture «blanche», puisqu'il s'agit d'épurer, d'épurer encore, pour, but ultime, «arriver à une blancheur irréprochable du son et s'y tenir se tenir au son blanc du un». But qui semble constamment hors d'atteinte: «De l'écriture que j'ai en tête, son blanc du un, je n'ai pas d'exemple à donner». L'objectif reste rêvé: «parole du rien dire moins de son qu'un duvet».

Et pourtant... cette impossibilité, cette tension trouvent leur résolution dans l'appel au corps, dans la comparaison entre la chair et la langue, qui irrigue le texte d'une sensualité souterraine: le «seul corps réel» c'est «la langue pleine d'euphorbes» (*Outrance utterance*, P.O.L, 1990), le mot est «intime sensuel décalage», la phrase est «corps enfin vrai chair stupéfiante». Puisque «dans toute phrase il y a un inoubliable voici mon corps».

Cette thématique du corps, cette présence de la chair se retrouvent chez un autre groupe d'auteurs – mais cette fois de façon exactement inverse: non plus la phrase comme un corps, mais le corps comme origine de la phrase. Puisque chaque tendance possède, on l'a vu, son envers, à cette «poésie blanche», on pourrait opposer une «poésie noire» à laquelle appartiendraient Bernard Noël, Christian Prigent, Valère Novarina.

Il s'agit cette fois d'une poésie plus expressionniste, plus «exhibitionniste», plus violente, qui se réclame d'une culture du corps, du cri, dans la lignée d'Artaud, de Bataille; et même de Jarry, voire de Rabelais. Novarina d'ailleurs se situe de lui-même dans cette tradition physique et terrienne lorsqu'il se définit comme «un écrivain organique», Prigent aussi lorsqu'il déclare «chercher à dire l'intime, faire part d'une expérience de l'insensé, du chaos, du présent comme absence de sens». (*Ceux qui merdRent*, P.O.L, 1991).

Dans les années 80, se produit par ailleurs ce que l'on pourrait appeler une «réaction»: on parle de «nouveau lyrisme», comme on parlait de «nouvelle histoire», de «nouvelle fiction». C'est l'ère de Barthes et de ses fragments amoureux; c'est l'ère aussi du reflux des idéologies. Ces poètes, nés dans les années 50, sous l'égide de Jacques Réda, et de la maison Gallimard, s'appellent Benoît Conort, Christian Bobin, Jean-Michel Maulpoix, James Sacré. Ils prônent le retour à l'émotion, à la mélodie, à une certaine naïveté, à une poésie plus «traditionnelle», impressionniste, accessible; la phénoménologie est proche, la spiritualité (chrétienne ou non) est revendiquée.

Le poète devient un passant, un piéton, un sujet un peu hésitant, aléatoire : comme chez Réda, le poète chez James Sacré par exemple se perd dans des terrains vagues, des paysages mélancoliques à la lisière des villes ; la parole y est peu sûre, défaite – des échos de « la chanson imprécise » verlainienne – la langue est vague, tremblée, comme une photographie un peu floue. Poésie cette fois résolument figurative : « J'aimerais pouvoir écrire des poèmes très figuratifs / Qu'on verrait dedans sans pouvoir se tromper » (*Une fin d'après-midi à Marrakech,* André Dimanche, 1988*)*.

Ces poètes, dans leur refus de la théorie, leur sentimentalité explicite, constituent l'envers, le mouvement opposé à la génération suivante, même si somme toute malgré leurs objectifs différents toutes deux sont chronologiquement voisines.

Dans les années 90 ou un peu avant – la chronologie n'est pas si rigide qu'elle le semble ici – apparaissent Olivier Cadiot, Pierre Alferi, Anne Portugal, plus novateurs, plus turbulents, mais aussi plus conscients de la nécessité d'une redéfinition théorique de la poésie aujourd'hui. Comment donc qualifier leur projet ? Quels points communs répertorier, quelles identités de parcours, avant d'explorer leurs différences ?

Cette génération se définit tout d'abord par la primauté accordée à la syntaxe. Emmanuel Hocquard les qualifie de « poètes grammairiens » en incluant d'ailleurs dans cette appellation la plupart de leurs aînés des années 70, Claude Royet-Journoud, Anne-Marie Albiach, Jean Daive, dont *Narration d'équilibre* (P.O.L, 1985), un très long poème de 700 pages, comporte une avant-dernière partie intitulée simplement « Grammaire ». Dominique Fourcade partageait déjà cette priorité commune : « La grammaire on l'apprend la vivre comme espace oui l'apprendre et simultanément l'espace on se prend à l'éprouver comme grammaire » (*Son blanc du un*). Souci qui demeure inchangé, pivotal aujourd'hui, comme en témoigne le titre d'un recueil plus récent de Royet-Journoud, *Théorie des prépositions* (P.O.L, 2007).

L'art poétic (P.O.L, 1988), le premier livre d'Olivier Cadiot est bel et bien un retour aux sources, puisque basé sur des emprunts ludiques et désinvoltes à des manuels scolaires de grammaire. L'intitulé est significatif : le poète Guillevic publie son *Art poétique* pratiquement à la même époque, en 1989, mais plus de cinquante ans après son premier livre. Cadiot commence par là : c'est dire l'importance accordée d'emblée à ce regard critique de la poésie sur elle-même – dans la lignée de Ponge ou de Queneau, de Gertrude Stein aussi.

Selon la formule parlante d'Hocquard, il s'agira donc de se livrer à « une bonne cure d'amaigrissement poétique », pour redécouvrir le squelette de la langue, faire jouer ses jointures, ses articulations, c'est à dire sa syntaxe ; non pour viser une langue amaigrie, austère, désincarnée, comme celle des grands aînés (Jaccottet, Du Bouchet) mais pourquoi pas plus ludique, plus gaie (Cadiot), ou plus souple, plus fluide (Anne Portugal) – comme un corps rajeuni qui s'élance, une machine rénovée, libérée de ses poncifs, qui aurait retrouvé sa vitesse et son mouvement.

Autre influence majeure, après Stein, celle des poètes américains, plus particulièrement des poètes objectivistes, mouvement né aux Etats-Unis dans les années 30, lié à Williams et soutenu par Pound : Zukovsky (traduit en français par Jacques Roubaud), Oppen (traduit par Alferi), Reznikoff, Spicer ; ainsi que des poètes des années 60 qui s'inscrivent dans cette même lignée : Ashbery, Waldrop, Palmer.

Tous ces poètes américains se caractérisent par « une tendance à l'objectivation, à la constatation, aux possibles dépersonnalisations de la langue, à une certaine neutralisation de l'émotion pour mieux donner à voir » (selon le poète Henri Deluy). Leur influence sera marquante sur les poètes français actuels : dans le refus du pathos, de l'épanchement sentimental (ce qui ne signifie pas l'absence de lyrisme... mais le lyrisme proviendra d'ailleurs, des effets de langue justement, de la recherche formelle elle-même). Refus par conséquent de l'image, de la métaphore, de la confidence personnelle : pour Cadiot, « la poésie n'a pas à voir avec une explication de soi mais avec une production d'histoires ».

Si la poésie sert désormais à fabriquer des histoires, ce désir de fiction va entraîner la poésie vers la prose : le vers n'est plus le vers, le poème sort de son cadre, les frontières entre prose et poésie s'amenuisent, les registres se bousculent et se juxtaposent. Certes la vieille métrique (compte des syllabes, rimes, etc...) est morte depuis longtemps, depuis la fin du XIXe siècle déjà ; mais la transformation se fait plus radicale encore : le vers n'est plus reconnaissable comme tel, il déborde la page et s'allonge, s'accélère (Cadiot) ou se concentre (Alferi), ou au contraire déploie toute son ampleur, dans des effets d'enjambement (Portugal) ou de boucles, de répétitions.

« Utiliser la prose pour composer des vers », c'est ce qu'avait déjà fait le poète objectiviste Reznikoff en 1930 en découpant des transcriptions d'archives criminelles américaines, pour en faire (mais en les versifiant) un livre intitulé *Témoignage*.

Mais alors... qu'est-ce qui distingue la poésie de la prose, si son matériau privilégié est désormais de «la prose découpée»? La réponse est claire: le découpage justement, la mise en rythme, la prosodie. Le vers est simplement mouvement, élan, flux, symétries de séquences et de sons, «puissance rythmique, velléité de fuite et de suspens, de répétition et de retournement» – mais cette pulsation reste cachée, discrète, enfouie, «mathématique inconsciente», «comme un profil furtif» (Alferi). A l'opposé du décompte mécanique des syllabes, de la clarté des cadres, des règles de la poésie d'autrefois.

On a vu comme les revues, *L'Ephémère* dans les années 60, *Change* ou *Tel Quel* dans les années 70, ont joué un rôle crucial dans la réflexion théorique et la diffusion de la poésie contemporaine. Même impact, en 1995 / 96, de la *Revue de littérature générale*, dirigée par Olivier Cadiot et Pierre Alferi, qui s'efforce de mettre à jour les rouages de cette «fabrique» qu'est la littérature, la poésie entre autres («le plus simple appareil» évoqué par Anne Portugal dans son recueil éponyme), pour répertorier les modes de fonctionnement mais aussi la matière première de cette «mécanique lyrique», cette fabuleuse machine à émouvoir – mais une machine gaie, éclectique, inventive, loin des désespoirs post-modernes ou du sérieux des anciennes avant-gardes.

Cette poésie nouvelle demeure, par la parataxe et le souci de la vitesse, parfois élusive à première lecture. Chez Alferi, le télescopage des images, le raccourci syntaxique systématique, de *Kub Or* (P.O.L, 1994) à *La voie des airs* (P.O.L, 2004), vise à la capture évasive d'une humeur, du flux des sensations, dans de brèves épiphanies mélancoliques:

> Quel est cet élan
> C'est un mouvement de mort
> Mais c'est aussi
> Une jouissance pure de contenu.
> Pierre Alferi, *Sentimentale journée*, P.O.L, 1997

Chez Anne Portugal, l'écriture à la fois lisse, sinueuse, éclatée («un vers tout en bris de phrases et de logiques apparentes», selon Henri Deluy) est d'une grande virtuosité. *Le plus simple appareil* (P.O.L, 1992) offre dès son titre un double sens: le plus simple appareil, c'est la nudité, au sens figuré; au sens propre, c'est un dispositif, un mécanisme, un appareil (comme la poésie), le plus simple possible. Le poème y met en scène une héroïne biblique, Suzanne au bain ; cette Suzanne-prétexte apparaît aussi comme une incarnation joyeuse de la poésie même, une présence charnelle et épanouie. Le suspens y est induit par l'enjambement, véritable «mécanique de la surprise» (Alferi), virevoltante et gaie. *Définitif bob* (P.O.L, 2002), basé cette fois sur le jeu video (bob, ludion bondissant d'un monde virtuel, est bien sûr un avatar du vers) reprend et poursuit cette interrogation permanente, essentielle, sur la représentation, qui traverse toute la poésie d'aujourd'hui.

Volonté de nettoyage, de décapage, pour revivifier la poésie, et questionnement sur l'illusion et la représentation, voilà en effet les enjeux repris et relayés aujourd'hui par les poètes plus jeunes, ceux de la génération suivante.

Nathalie Quintane se place entre dérision et radicalité, brefs axiomes (*Chaussure*, P.O.L, 1997) et platitude voulue, dans l'exploration des clichés et des lieux communs qui sont aussi, comme l'a dit Cadiot (et Flaubert bien avant lui) un riche matériau littéraire, et pourquoi pas poétique. Ryoko Sekiguchi utilise avec élégance l'ambiguïté délibérée, le flou induit par le frottement entre les deux langues dans lesquelles elle écrit, le japonais et le français : il y est donc question, logiquement, de croisements, rencontres, polyphonie des voix ; le jardin tropical d'*Héliotropes* (P.O.L, 2005) est ainsi le reflet, le pendant symétrique (et non la simple traduction) du *Jardin botanique*, paru en japonais (Shoshi Yamada, 2004). Comme dans les allées orientales de *Deux marchés, de nouveau* (P.O.L, 2005), le parcours est aussi celui de la lecture du texte, et de l'échange des langues. Jerôme Mauche invente une prose décalée, qui bascule entre érudition, ironie et subtile étrangeté dans le faux dictionnaire d'*Electuaire du discount* (Le Bleu du Ciel, 2005), ou orientalisme détourné dans *La Maison Bing* (cipM/ Spectres Familiers, 2008). Caroline Dubois retourne à la question du corps (*Je veux être physique*, Farrago, 1999) dans une écriture simple, mi-prose mi-vers, alerte et incisive. Marie-louise Chapelle se penche sur la poésie comme coupe et variation (*Mettre.*, Le Théâtre typographique, 2004) puis à la question de l'oral (*Prononcé second*, Flammarion, 2010), pour une savante écriture-palimpseste, entre dédoublement et retour, écho et citation, qui renvoie dans sa disposition en miroir aussi bien à Kant ou Lucrèce qu'à Marot, Mallarmé ou Roubaud.

Anne Parian enfin pose plus explicitement encore la question de la figuration, question brûlante de la poésie même, et que le roman élude et contourne en recourant à l'artifice attendu de la narration : comment en effet représenter le monde ? Que conserver en poésie du rythme, de l'image, de la vieille métaphore ? Ou comment simplement construire aujourd'hui, dans un poème, l'espace d'un jardin ?

> Tenter pour commencer de tracer quelques lignes opérant
> des points de vue les plus lointains de préférence mais de
> façon toujours moins précipitée s'éloigner sans s'essoufler
> dans des dispositions désordonnées
>
> Quelle démarche à vive allure rythmée métaphorique figurative traditionnelle reste évidente
> poursuivre ou sans motif demeurer
> Anne Parian, *Monospace*, P.O.L, 2007

INTRODUCTION

A titre d'exemple :
quelques figures poétiques de l'extrême-contemporain

Il s'agira ici, à titre d'illustration, de faire un bref inventaire des figures et dispositifs mis en jeu dans une certaine poésie en France aujourd'hui : mais il faut d'abord préciser bien évidemment de quelle poésie on va parler ici, et surtout définir ce qu'on entend par le terme « figure ».

Il ne sera pas question ici de la poésie plus classique, spontanéiste, plus tournée vers l'émotion, publiée sous l'égide de la maison Gallimard (J. Reda, M. Maulpoix, B. Connort, C. Bobin), mais d'une poésie apparue dans les années 90, plus avant-gardiste, plus turbulente, publiée cette fois par P.O.L. (Olivier Cadiot, Pierre Alferi, Anne Portugal, Yannick Liron, Pascalle Monnier, Nathalie Quintane, Caroline Dubois, Suzanne Doppelt, ou sous son versant plus sombre Christophe Tarkos). C'est de cette deuxième tendance que nous avons choisi de parler car c'est une poésie que l'on peut qualifier de formaliste, c'est-à-dire davantage préoccupée d'innovation langagière : or la poésie est d'abord jeu de formes, jeu de figures justement.

Il faut définir également le terme de figure car il s'agit d'un terme historiquement très chargé, fluctuant, voire polémique – des « figura » d'Auerbach à Genette et ses « figures du discours », sans parler de la rhétorique classique. Qu'il suffise de dire que figure ici sera pris ou bien au sens strict de figure de rhétorique ou figure de style (l'enjambement par exemple chez Anne Portugal comme figure de diction, la répétition chez Cadiot et Liron comme figure de construction, la parataxe chez Alferi) ou alors dans un sens plus large de motif – pas vraiment thème, mais trait, procédé, récurrence, pourquoi pas enjeu commun à tous ces jeunes poètes (car ils sont tous jeunes, les poètes évoqués ici sont nés dans les années 50 ou 60).

Il semblait donc intéressant de dresser une stratégie des figures mises en jeu dans ce versant de la poésie contemporaine qui se réclame de Gertrude Stein, des objectivistes américains – tous grands déconstructeurs du langage – de Jacques Roubaud aussi : poésie tonique, inventive mais aussi réflexive et théoricienne.

1. **1ère figure, essentielle, et représentative d'un certain mode du contemporain : la vitesse.**

   Ce n'est pas une figure, plutôt un motif, un regard, une perspective, mais qui se traduira dans le poème par des figures – au sens strict – récurrentes.

Vitesse, mouvement, accélération : on pense surtout à Olivier Cadiot, dont on a dit qu'il adoptait une « écriture de la vitesse », instable, en perpétuel basculement, écriture de la course, de la constante précipitation. Son recueil *Le colonel des Zouaves* (P.O.L, 1997) est jalonné de courses, de fuites au sens propre : le personnage principal – car le poème est aussi un roman, un récit – ne cesse de courir, de s'effacer, de se transformer, de fuir.

Citons dans son deuxième livre, *Futur, ancien, fugitif* (P.O.L, 1995) un moment de poésie intitulé « Le cheval mouvement », où le découpage graphique cherche à saisir et fixer de façon quasi photographique le mouvement même de ce cheval lancé dans sa course.

> Quand il s'arrête oh ce
> cheval-mouvement
> de la main ou ralentir
> ralentir
> ce mouvement
>
> Demi-ar temps ah
> arrête oh arrête le cheval
> temps quand il s'arrête
> ce cheval oh
> ralentir
>
> Quand il s'arrête ce cheval
> mouvement demi-ar temps arrête
> - arrête
> ralentir de la main oh
> ralentir

Chez Anne Portugal, la vitesse est moins une fuite qu'un bondissement, une écriture primesautière et alerte, où c'est la syntaxe qui assure le rebond continu, le jaillissement ininterrompu du texte, grâce surtout à cette figure (de style) qui lui est particulière, l'enjambement. Citons dans *Le plus simple appareil* (P.O.L, 1992) cette ballade qui est un exemple magistral des vertus de l'enjambement dans sa sinuosité ininterrompue :

un deuxième corps à la nuit passe
les autres l'observant le jardin donne
du champ à leurs visions passe
à même le buis c'est le récit qu'elle donne

m'entends-tu même dans le silence passe
une colonie de petits animaux donne
un jour supplémentaire à vivre passe
léger surtout léger le goût qu'il donne

si rare il peint des feuilles donne
le second effort pour effacer passe
la main des heures pour les calquer donne
force aux copieurs le temps passe

si l'on ne s'appelle pas donne
l'alerte sera donnée il le faut passe
le milieu d'une belle journée donne
demain le temps qu'il fait passe

La vitesse chez Pierre Alferi est moins fiévreuse que chez Cadiot, moins sinueuse que chez Anne Portugal; la figure adoptée est plutôt celle du raccourci (par parataxe et juxtaposition). Forcément, quand on va vite la phrase se condense, les mots se télescopent, le raccourci permet de gagner du temps, le poème se fait bref, rapide, enlevé, jusqu'à devenir un petit concentré de langue, de l'air du temps, comme ces poèmes compacts de *Kub Or* (P.O.L, 1994). Ainsi ce petit poème intitulé «Cafetier»: une petite scène bien parisienne, un bistro, les clients déjà alcoolisés, et les hautes glaces où se reflète la sihouette du serveur désabusé...

comme dans la glace on lit
l'envers d'envers des pin-up
c'est votre reflet monsieur
fernand ce prince en exil
dont le grégoire à mesure
qu'ils s'imbibent plus découvre
la vie aux habitués

cafetier

Ou bien citons dans le recueil d'Alferi, *Sentimentale journée* (P.O.L, 1997), le début du poème «Allegria»:

> Quel est cet élan que tu prends dévalant
> L'escalier, marches enjambées du souffle habituel
> Quand tu aspires «hi», expires «han» jusqu'au tremplin
> De la rue?

Il s'agit, dit Alferi, de «poèmes improvisés comme une conversation, qui ne sont fidèles qu'à une expérience du présent et à son flou inévitable». Ce mouvement est celui instable, précaire du temps même, de notre présent irrémédiable et fuyant, conjugué à un temps nouveau, le fugitif – comme l'indiquait le titre de Cadiot, *Futur, ancien, fugitif.*

2. 2ème figure, qui dépend et découle de ce motif de la vitesse: la multiplication des points de vue, des perspectives, des dispositifs.

Cette poésie est en effet une poésie kaléidoscopique, télescopique. La poésie est un «périscope», dit Anne Portugal, il faut «ajuster la lorgnette» à sa juste distance, tout est question de regard, de focalisation, de jeux d'angles et de perspectives – du panoramique au microscopique chez Olivier Cadiot, du zoom au contre-champ chez Anne Portugal.

Ces variations, ces glissements, ces mises en relief ont pour but et pour effet de dévoiler le texte comme simulacre, en déjouant avec humour sa propre illusion. Ainsi dans *Le plus simple appareil* d'Anne Portugal, ce passage très explicite:

> la notion la plus utile ici est celle du voisinage
> le regard par-dessus le mur
> la route bordée de tilleuls
> Annie et le poète
> à l'heure exacte
> exactement
> c'est la figure elle-même
> c'est la figure que nous avons posée au début de notre
>   histoire

INTRODUCTION

Chez Yannick Liron, dans son recueil *L'effet fantôme* (P.O.L, 1997), ce qui compte c'est le regard, qui bouge, qui change, qui tourne autour de l'objet, le saisit au ralenti, sous toutes ses facettes, tous ses angles, toutes ses couleurs; le ciel est tour à tour bleu sombre, acide, céruléen, transparent, brun, violacé, noir, vert, suivant une rhétorique qui est celle de la variation et une figure privilégiée, celle cette fois de l'oxymore. Ainsi se déplient successivement la nuit, le jardin, la maison, les fenêtres, les ombres dans une litanie à la fois fascinante et prosaïque. On ne décrit pas un paysage bien sûr: on décrit des mots, dans toute leur richesse contradictoire.

> la nuit était claire car la nuit commence vraiment
> à tomber pendant la nuit la nuit s'épaississait
> sur les murs la nuit tombait
> la nuit tombait la nuit était limpide c'était une nuit noire
> la nuit était claire brusquement une fois
> la nuit tombée

Le sujet est devant, dit le poète Christian Prigent dans son essai *Une erreur de la nature* (P.O.L, 1996): «Il s'agit en somme d'affronter *ce qu'il y a devant* la vue (le paysage, la scène) et la difficulté pour le fixer en langue sans en résorber le tremblement. Décrire, plutôt que les choses, ce qu'il y a entre les choses. Pas le fini des figures et des formes mais l'illimité de l'énergie qui défait et refait formes et figures.»

3. 3ème point : le brouillage des genres.

Cette multiplicité des perspectives entraîne une disparité des tons et des registres et un brouillage des genres. Alferi et Cadiot refusent de se définir comme poètes, il se veulent écrivains. Est-ce de la poésie? De la prose? La frontière se brouille et fluctue. Qu'est-ce que la poésie, dit Alferi, sinon de la prose découpée? Scansion, rythme, flux, c'est ce qui reste puisque les vieilles catégories n'ont plus cours. Pour Cadiot, il faut tresser prose et poésie, redonner à la poésie le souffle, l'inventivité de la fiction: «La poésie a besoin de fiction pour être dénudée de son pathos. Il y a un héroïsme de la poésie, il faut lui enlever la transe. Qu'on enlève les échafaudages et que la maison soit blanche.»

Pour Pascalle Monnier dans *Bayart* (P.O.L, 1995), il s'agit de joindre et d'entrelacer deux récits au passé: le passé personnel de l'enfance et le passé collectif de l'Histoire et de la légende. On obtient ainsi un va-et-vient entre deux registres, celui du souvenir de l'enfance et celui du mythe, du conte médiéval ; un tressage de deux textes nostalgiques et complémentaires, passé proche et passé lointain.

Dans toute cette poésie, il s'agit donc de mélanger (les registres, les niveaux, les genres, l'oral et l'écrit), parasiter (la poésie par la prose et vice-versa), mixer, polyloguer (en multipliant les voix), coller (des références, des textes antérieurs), tresser (le fond et la figure).

4. 4ème figure : l'humour

L'humour est plus qu'une figure de style, c'est un choix délibéré qui colore en filigrane ou de façon plus directe tout ce versant de la poésie contemporaine, via l'ironie (classée comme figure de pensée dans l'ancienne rhétorique), le clin d'oeil, le raccourci hardi ou les heurts de registre. Il faut citer aussi l'usage du cliché et du lieu commun, chez Cadiot ou chez Nathalie Quintane, qui vise un effet de comique mais aussi un décapage et une réflexion sur les évidences et les stéréotypes de la langue.

Les grands ancêtres (Jaccottet, Du Bouchet, Royet-Journoud) étaient des poètes « sérieux », des poètes du vide, de l'épure, de blanc sur la page – poésie mallarméenne et solennelle.

Cette jeune poésie se veut désinvolte, tonique, quoique théoricienne aussi, mais avec une distance, un recul, une ironie très modernes. L'humour d'Anne Portugal est souriant et subtil, celui de Pascalle Monnier acide et décapant. Il suffit de lire l'un de ses premiers poèmes « Tim, Ben », qui joue sur l'interrogatif et le conditionnel :

> Et cette maison, Tim, est-ce que tu la trouves jolie ?
> Ces volets verts, c'est beau, non ?
> Et cette fille, Tim, tu la trouves pas jolie ?
> Ça te plairait d'habiter dans la maison avec cette fille ?
> Sa jupe rouge et sa coiffure, tu les aimes ?
> T'avais déjà vu une aussi jolie fille, Tim ?
> Dis, Tim, le jardin aussi est beau tu trouves pas ?
> Je te vois bien fermer, chaque soir, la grille du jardin.

Puisque la poésie est un jeu sur le langage, elle se doit d'être joueuse en premier lieu. Mais cet humour est aussi une pudeur, un refus du pathos et de la confidence sentimentale – avec laquelle trop souvent une certaine poésie se confond.

5. Dernier point de l'inventaire, et conclusion : le lyrisme.

Le lyrisme n'est pas un motif ou une simple figure de style, c'est un choix définitif et fondamental. Car paradoxalement cette poésie souvent ludique, joueuse, fantaisiste est aussi une poésie dont la visée avouée est lyrique : un lyrisme qui viendrait justement du jeu des formes et non de l'épanchement du sentiment. La poésie est une mécanique, disent Cadiot et Alferi – mais une mécanique lyrique. Une machine à émouvoir, une petite machine célibataire, comme un moteur – et l'étincelle lyrique est donnée de surcroît.

Le procédé (la figure de style) privilégié dans ce cas, c'est la répétition (déclinée dans toute sa gamme : parallélisme, anaphore, amplification).

Chez Pascalle Monnier dans *Bayart,* la phrase ample, scandée par le retour de mots incantatoires (le visage, la voix, l'ombre des cils, la courbe des lèvres) donne au poème des allures de verset : souvenir du passé et souvenir de l'amour.

Chez Yannick Liron, « l'effet fantôme » évoqué dans le titre de son recueil éponyme, c'est celui de la rime absente : rime disparue à laquelle la scansion sonore et rythmique de la répétition se substitue.

> un doigt d'ombre agonise
> gouttes d'ombre
> cette place délimitée par les ombres
> coupes mobiles de l'ombre
> de l'ombre crispée dans l'ombre

Même chez Cadiot dans *Futur, ancien, fugitif* (P.O.L, 1993), le texte enfin ralentit, la répétition se fait hypnotique, de la reprise en boucle de quelques mots simples dans ce quasi sonnet se dégage une mélancolie, un lyrisme presque naïf doté d'une fraîcheur nouvelle :

> Les oiseaux **blancs** les oiseaux les oiseaux **blancs** dans les hautes les plus hautes branches **les oiseaux blancs les oiseaux** les oiseaux blancs dans les plus hautes branches en haut **puis disparaissant** autour puis revenant.
>
> **les ailes blanches des oiseaux blancs** dans les plus hautes branches

vertes **les ailes blanches** dans le vent les ailes blanches dans les plus hautes branches vertes en haut **les plus hautes** les oiseaux.

Les oiseaux blancs les oiseaux les oiseaux blancs dans les hautes les plus hautes branches **les oiseaux** blancs en haut puis disparaissant autour puis **revenant**.

les ailes blanches des oiseaux blancs dans les plus hautes branches vertes les ailes blanches dans le vent les ailes blanches ah **dans les plus hautes branches vertes** les oiseaux.

CHAPITRE 1

Jacques ROUBAUD
Un classique inclassable

©Jean-Luc Bertini

Né en 1932 à Caluire et Cuire (Rhône), « compositeur de mathématique, de prose et de poésie ».

Bibliographie sélective :
Poésie
Signe d'appartenance, Gallimard, 1967
Mono no aware, le sentiment des choses, Gallimard, 1970
Trente et un au cube, Gallimard, 1973
Autobiographie chapitre dix, poèmes avec moments de repos en prose, Gallimard, 1977
Quelque chose noir, Gallimard, 1986
La pluralité des mondes de Lewis, Gallimard, 1991
La forme d'une ville change plus vite, hélas, que le cœur des humains, Gallimard, 1999.
Churchill 40 et autres sonnets de voyage, Gallimard, 2004
Octogone, livre de poésie, quelquefois prose, Gallimard, 2014
C et autre poésie, NOUS, 2015

Prose
Le Grand Incendie de Londres, récit avec incises et bifurcations, réédition des 5 premiers volumes, Seuil, 2009 / *La Dissolution*, 6ème et dernier volume, NOUS, 2008
Tokyo infra-ordinaire, Le Tripode, 2014
Nous, les moins-que-rien, fils aînés de personne, multiroman, Fayard, 2006

Essais
La vieillesse d'Alexandre, essais sur quelques états récents du vers français, Maspero, 1978
La Fleur inverse, essai sur l'art formel des troubadours, Ramsay, 1986
Poésie, etcetera, ménage, Stock, 1995

CHAPITRE 1

Jacques Roubaud : Poèmes japonais de la trame et du dessin

On pourrait poser que tous les Japon sont (plus ou moins) imaginaires, et celui de Jacques Roubaud se pose d'emblée comme utopie : il s'agit d'« un Japon imaginaire de poète français » dit-il, et il ajoute « pendant très longtemps je n'ai pas cherché à confronter ces images avec les images réelles : j'ai vécu de longs moments de ma vie dans un Japon de rêve… »

Contrairement à Waley, le célèbre traducteur du *Genji Monogatari* au siècle dernier qui a refusé de connaître le Japon de son temps, Roubaud est venu au Japon, mais à plus de soixante ans. L'objet de sa fascination est demeuré inchangé. Il est resté circonscrit au même périmètre historique (le Japon de l'ère Heian) et littéraire (la poésie japonaise de l'époque : le tanka, et beaucoup plus tard son prolongement, le renga). Cette poésie japonaise pour Roubaud exemplaire c'est celle des Anthologies Impériales : du *Kokinshû* au *Shinkokinshû*.

Et pourtant, ce Japon qui se prétend imaginaire et rêvé, limité à un lieu, une époque, un genre, est aussi un Japon curieusement extrêmement littéral, dans les transpositions de tanka on le verra, qui informe l'oeuvre en profondeur de façon très solide, aussi bien dans la poésie que dans la prose : ce n'est ni une subjectivité ni un impressionnisme (comme l'était le Japon de Roland Barthes). L'affinité est structurelle, et pas simplement plaquée sur l'oeuvre. Dans ce Japon doublement lointain (dans le temps et l'espace) aucune volonté d'étrangeté ou de surprise. Ce que retient Roubaud du modèle japonais, c'est le jeu des formes : une architecture, et non un exotisme.

Plus curieusement encore, on y retrouve à intervalles réguliers une figure emblématique mais inattendue : Kamo no Chomei, ermite et moine du XIIIe siècle, auteur du *Hôjôki,* théoricien de la poésie, compilateur du *Shinkokinshû.* Que Roubaud improbablement adoptera comme modèle – en France, sept siècles plus tard.

Dès le premier livre de Jacques Roubaud en effet, le Japon est là : le jeu de Go bien sûr, dans *Signe d'appartenance* (Gallimard, 1967). Non comme un simple motif mais comme un principe d'organisation du livre, inscrit dans sa stratégie même. Chaque sonnet, marqué d'un cercle noir ou blanc, mime un moment d'une partie de Go reproduite en fin de recueil : c'est une bataille entre le noir et le blanc, entre les deux joueurs (le poète et la mort), entre les deux pôles aussi du jeu poétique (tradition et invention). L'analogie se poursuit à l'intérieur du poème : les mots sont posés dans l'espace, hors syntaxe – comme des pions sur le damier de la page.

Mais c'est le livre suivant, *Mono no aware* (Gallimard, 1970) qui est bien entendu l'ouvrage le plus immédiatement, le plus directement «japonais» de Jacques Roubaud. Par son titre, par son matériau : cent quarante-trois poèmes prélevés dans la tradition poétique japonaise, essentiellement dans le *Manyôshû* (VIIIe siècle) et les Anthologies Impériales, de la première, le *Kokinshū* (Xe siècle) à la huitième, le *Shinkokinshû* (XIIe siècle). Quelques poèmes, moins nombreux, sont extraits de *l'Ise monogatari* au Xe siècle, et du *Komachi shû*, le recueil des poèmes composés par la célèbre poétesse Ono no Komachi. Aucun de ces poèmes cités par Roubaud n'est postérieur au XIVe siècle.

Jacques Roubaud inclut quelques chôka (auxquels il préfère le terme de nagauta, chanson longue), au début de *Mono no aware*, mais la plupart des poèmes du recueil seront des tanka, dont on connaît le trait essentiel, leur découpage syllabique 5-7-5-7-7 sur cinq vers. On sait que la contrainte de la rime y est inconnue ; quant à l'allitération ou l'assonance, elles ne sont pas utilisées en tant que telles – voire interdites dans certains traités poétiques du XIe siècle.

Le jeu phonique tient donc essentiellement au rythme et au découpage syllabique, les autres contraintes seront sémantiques : mots-pivots, vocabulaire conventionnel, images codées, jeu de références et rappel obligé de poèmes antérieurs ; et au niveau supérieur, constitution de séquences puis de livres, par glissement thématique, progression sémantique et association syntaxique. Tout ceci a été décrit, de façon très détaillée, par Roubaud lui-même dans l'étude très érudite qu'il a consacrée au *Shinkokinshû* (dans le premier numéro de la revue Change en 1969 – étude qui a été traduite par Jun'ichi Tanaka).

Il s'agira donc dans *Mono no aware* d'ouvrir la poésie française toute entière à l'influence d'une culture étrangère ; l'ambition fait penser à Ezra Pound, mais ce qui frappe au contraire à première vue, c'est l'extrême modestie, la prudence affichée du propos. Poèmes «empruntés» au japonais, précise le titre, qui refusent de se définir comme traduction. Roubaud multipliera les réserves : «je suis un voleur de poèmes», il minimise l'entreprise en répétant les verbes dérober, emprunter, s'approprier... La transcription phonétique des poèmes est qualifiée de «faux japonais», de «japonais imaginaire». Ou bien : «Je n'ai jamais prétendu avoir traduit du japonais. Je suis prudent, j'ouvre toujours les parapluies nécessaires. » On s'attend donc à une réinterprétation, une poésie librement transposée de son modèle original.

Or pour le lecteur japonais, confronté à *Mono no aware*, la surprise est de de taille : ce « japonais imaginaire » est en fait très scrupuleux et respectueux du modèle ; c'est d'autant plus surprenant que cette version finale est passée par le filtre d'autres traductions, anglaises et allemandes, celle de Waley, Brower, Miner, Weber-Schaefer. Rappelons que la connaissance du Japon – et du japonais – pour Jacques Roubaud, se limitait alors, vingt ans avant son premier voyage, à la fréquentation de la British Library et du département des Imprimés Orientaux de la Bibliothèque Nationale…

Ce désir de fidélité suscite une invention : l'insertion sur la page d'une transcription alphabétique (en romaji) du poème japonais – qui précède ainsi sa version française d'un « accompagnement musical », le colore et le rapproche, phonétiquement du moins, de l'original. C'est à propos de cette transcription que Roubaud parle de « faux japonais ».

Cette transcription en romaji restitue néanmoins, de façon surprenante, quelque chose du rythme particulier du tanka ; dans la lecture à voix haute, malgré l'ignorance du sens par le lecteur français, passe aussi une fidélité à cette récitation particulière, cette scansion reconnaissable par tout lecteur japonais, écho assourdi d'une poésie très ancienne, inscrite dans la mémoire de la langue.

Et pourtant, si toute traduction est une perte (inévitable), ici la perte est majeure, essentielle : c'est bien sûr celle du kanji – de l'idéogramme. Toute poésie est visuelle, et sonore ; la poésie japonaise est, forcément, plus visuelle qu'une autre.

On sait que le *Manyôshû* dans son premier état au VIIe siècle était rédigé essentiellement en kanji phonétiques (manyôgana), vite obsolètes et de surcroît mélangés avec quelques kanji idéographiques, de façon très fantaisiste, d'où une extrême difficulté de lecture même à l'époque Heian… C'est pourquoi diverses transcriptions « mixtes » en kanji et en kana ont fait leur apparition dès le Xe siècle.

Les Anthologies Impériales par contre, au moins dans les versions officielles présentées aux empereurs, ont été rédigées entièrement en hiragana : alors que les katakana, plus anciens, se limitaient à un rôle fonctionnel et pratique – aider au déchiffrement des kanji – les hiragana, transcription syllabique « moderne », avaient une visée plus ambitieuse, esthétique mais aussi politique : il s'agissait pour les compilateurs du

Kokinshû, la première anthologie, de manifester ainsi l'autonomie et l'identité de leur poésie face à la poésie chinoise. Les hiragana, chargés d'illustrer cette littérature désormais délibérément japonaise, donneront lieu à une floraison calligraphique d'une extrême sophistication. Qu'on pense dans le tanka à cette forme de calligraphie fine et sinueuse appelée sôsho (= écriture-herbe).

La perte est donc inévitable ; kanji ou kana, le lecteur français n'aura pas accès à cette dimension visuelle du poème. Et pourtant, on peut poser l'hypothèse que Jacques Roubaud a imaginé des stratégies de compensation pour contourner cette perte. Ces stratégies originales seront graphiques, et spatiales.

Puisque le kanji est une image, autonome et mobile (un pion de go en quelque sorte), puisque les hiragana obligent à une stratégie spatiale de lecture, la solution choisie par Roubaud sera visuelle, et touchera à la disposition sur la page.

Ces stratégies compensatoires sont mises en oeuvre par exemple dans une séquence de tanka de *Mono no aware* qui retrace l'histoire de Tanabata et Hikoboshi, le Bouvier et la Fileuse : amants malheureux, étoiles séparées réunies une fois l'an par-delà le fleuve de la voie lactée. C'est grâce à un tressage des deux langues, français et japonais, que sera palliée la perte induite par la traduction, et que sera mimé, de façon chaque fois différente, le thème même du poème :

> *watari mori   fune watase wo to*
> garde des traversées   envoie le bateau
>   *yobu koe no*
> je t'en prie   est-ce que ma voix est si faible ?
>   *itaraneba kamo kaji no oto no senu*
> je n'entends pas   le bruit des rames
> (Tanka 43, Tanabata)

L'alternance japonais / français, japonais / français, vers après vers, dessine la traversée impossible, la distance et aussi la surdité – cette voix qui ne porte pas. La rivière fait obstacle entre les deux amants, séparés comme le sont les deux langues dans le poème ; cette alternance des deux langues figure la séparation, mais aussi le balancement symétrique des rames, dans le mouvement pair du dernier vers (4/4), qui s'oppose au décompte impair du tanka.

CHAPITRE 1

Dans l'étape suivante du récit, (Tanka 44, Tanabata), l'ordre adopté est français / japonais, japonais / français, français / japonais, alternant cette fois à l'intérieur même du vers :

> les brumes s'élèvent   *kasumi tatsu*
> *ama no kawara ni*   sur les berges de la rivière
> mon seigneur je t'attends   *kimi matsu to*
> *i kayou hodo ni*   je vais je viens   je trempe
> le bord de ma robe   *mono suso nurenu*

Le mouvement régulier, répétitif, ce « tour à tour » des deux langues trace le va-et-vient, le mouvement d'aller-retour de la jeune fille (« je vais je viens ») et le flottement de son kimono que dans son impatience et son attente elle mouille au bord de la rivière.

Puis, la rencontre enfin consommée, la nuit d'amour une fois écoulée, un poème va conjuguer la voix des deux personnages (Tanka 54, Hikoboshi et Tanabata) :

> *toshi no koi*   le désir d'un an
> en une nuit   *ko yoi tsuku shite*
> *asu yori wa*   s'épuisera et de nouveau
> demain   *tsune no gotoku ya*   de l'un
> pour l'autre le désir   *aga koi oramu*   grandira

Le tressage des deux langues signale la communion des deux amants, mais cette fusion tant rêvée ne dure qu'une nuit ; les phrases sont hachées, le japonais joue ici le rôle d'obstacle ; et la séparation sujet-verbe, les enjambements soulignent le déchirement, le désir jamais rassasié, l'écartèlement d'une nouvelle attente.

Ainsi, « chaque nouvelle lecture d'un poème ancien fait un poème nouveau » écrit Jacques Roubaud dans *Poésie :* (Seuil, 2000). Poèmes « empruntés » au japonais, dit-il ; on peut déceler ici aussi autre chose : l'adoption d'une attitude propre à la poésie japonaise, où la posture du poète n'existe pas, où son effacement comme sujet individuel va de soi, où le poème lui-même se glisse comme un simple maillon dans une chaîne plus vaste. Et c'est là que l'on retrouve Kamo no Chomei.

« A Kamo no Chomei, Secrétaire du Wakadokoro (bureau de la poésie) de l'ex-empereur Go-Toba » : la dédidace est importante, et elle est répétée ; en exergue à l'essai sur le *Shinkokinshû* déjà cité et à la fin de *Mono no aware*.

Il s'avère que d'autres poètes comme Fujiwara Teika ont historiquement exercé un pouvoir politique plus important; mais Kamo no Chomei présente avec Roubaud des affinités presque personnelles: il est non seulement poète (auteur du *Hôjôki*), compilateur (donc versé dans la théorie et le classement), mais encore ermite et moine à la fin de sa vie, lorsqu'il aura quitté la cour impériale – or la tradition des ermites poètes (par exemple irlandais) est chère à Jacques Roubaud.

Mais la dette à l'égard de Kamo no Chomei ne s'arrête pas là; Jacques Roubaud affirme lui avoir emprunté dix styles poétiques, qui élargiront le domaine de l'emprunt à la prose, où ils seront librement transposés.

La liste cette fois apparaît dès première lecture comme tout à fait fantaisiste. Cela n'infirme en rien évidemment sa légitimité ou sa productivité littéraire; mais la liste attribuée à Kamo no Chomei fait preuve d'une certaine liberté historique. Kamo no Chomei a laissé deux essais poétiques, le *Mumyô-shō* et le *Eigyoku-shû*. On y trouve, dans le premier, un mélange de souvenirs et de pensées sur la poésie du temps, dans le deuxième, des poèmes et leurs commentaires: mais nulle part de liste au sens strict. Parmi ces dix styles, un seul, le troisième, n'a pas de traduction japonaise, et c'est le «style de Kamo no Chomei». Que désigneraient donc ces «vieilles paroles en des temps nouveaux»? On peut poser l'hypothèse (Jun'ichi Tanaka, spécialiste de poésie contemporaine et traducteur de Roubaud, a été le premier à le suggérer dans un article en japonais) qu'il s'agit du *honkadori*: le style, justement, de l'emprunt. Certes, le waka renvoie toujours à d'autres oeuvres connues, mais dans le *honkadori* (honka = poème original, dori = prendre), l'emprunt est plus visible, plus repérable, et le plaisir de la lecture provient précisément de ce repérage.

Le style de l'emprunt donc, comme style constitutif de la poésie japonaise, style propre à Kamo no Chomei, est justement un style constamment pratiqué par Roubaud: il le confirme dans un entretien avec Perec en 1968: «je n'invente rien; je suis dans la tradition».

La liste de Roubaud est par conséquent un composite, une appropriation qu'il avoue, «sans scrupule et sans rigueur»; il s'agit toujours d'un hommage à Kamo no Chomei bien sûr, mais moins littéral, plus libre et plus désinvolte. Dans l'oeuvre en prose de Roubaud, le procédé est évoqué surtout dans *Le Grand incendie de Londres* (Seuil, 1989), mais pour le lecteur le repérage de ces dix styles est difficile. La trame japonaise reste constitutive de l'oeuvre mais se fait plus souterraine, plus discrète, enfouie cette fois dans l'étoffe du récit.

Cette trame japonaise se retrouve chez Roubaud même dans les contraintes mathématiques : ainsi *Trente et un au cube* (Gallimard, 1973), long poème amoureux découpé en 31 poèmes de 31 vers de 31 pieds. Coupe arbitraire, contrainte choisie qui renvoie aux 31 syllabes du tanka. Or, curieusement, aucun spécialiste japonais ne s'était jamais attardé sur ce chiffre ; Roubaud (qui est mathématicien) a été le premier, et le seul, à noter que 31 est un nombre premier, comme 5 et 7, à la base du découpage syllabique du tanka, et 17 également, somme des 3 premiers vers du tanka – 3 étant aussi un nombre premier. Il y a là un renvoi à une conception pythagoricienne du nombre, où l'intensité du rapport aux choses vient de la richesse, de la complexité numérique ; les nombres premiers y apparaissent comme merveilleux, autonomes, des images de la perfection, et leur utilisation en poésie selon Roubaud n'est pas simple coïncidence. Alliance idéale ici de trois termes aimés : la poésie, la mathématique, et le Japon. (Il faut ajouter : jusque dans la présentation du poème, puisque dans *Trente et un au cube* le poème se déploie hors du livre comme un makimono qui se déplie).

Le haïku succède au tanka mais entre tanka et haïku il y a le renga, forme plus tardive on le sait, apparue au XVe siècle. Si *Trente et un au cube* était une création individuelle, un autre recueil en 1969, *Renga*, sera une aventure collective : quatre poètes, quatre voix, dans un tressage cette fois de quatre langues, espagnol, anglais, italien et français. Rythme pair en réponse au rythme impair du renga, composé d'ordinaire par trois poètes dans la tradition japonaise. La nouveauté majeure ici aura été d'instaurer une poésie de circonstance, de rencontre, une poésie du za, c'est à dire de la convivialité (za=s'asseoir ensemble), non pratiquée en Europe jusque-là. Non sans quelques difficultés : Octavio Paz parle dans la préface de l'expérience douloureuse d'écrire sous le regard des autres, qu'il compare à une mise à nu. De surcroît, le renga exige du poète japonais l'effacement d'une partie de sa personnalité pour mieux participer au collectif (citons Paz : «una crítica tambińn, del "yo", del pequeño "yo" de cada poeta», Conférence à l'Université Keio, 1994). Or ici les voix demeurent individuelles, reconnaissables : c'est un renga certes, mais résolument européen.

Il suffit ainsi de se pencher sur l'oeuvre de Roubaud, prose ou poésie, pour relever au hasard des lectures les traces de cette fascination : «Le Japon a joué pour moi le rôle d'un ailleurs poétique. (…) C'est une image qui s'est imposée à moi, d'une manière insistante, presque tyrannique.» Le leitmotiv japonais affleure constamment, comme un éclat, un rappel imprévu. Ainsi, dans *Trente et un au cube*, on voit surgir les bambous de Fushimi, qui craquent sous la neige ; ou, dans un cercle en méditation de *La pluralité des mondes de Lewis* (Gallimard, 1991), le sommet conique du Fuji, « blanc pur, bol inverse de la neige pure ».

On peut s'interroger sur le pourquoi d'une fascination aussi durable. Le Japon de Jacques Roubaud offre, on l'a vu, un modèle formel. Sa séduction, moins souvent explicitée, est aussi esthétique : la poésie japonaise en effet, est pour Roubaud synonyme de suggestion, subtilité, rigueur ; pudeur derrière le jeu des formes ; appel constant à la mémoire (l'emprunt, la tradition) ; et célébration lyrique de la beauté naturelle. Ainsi, dans la première poésie du *Manyôshû*, dit Roubaud dans *Action Poétique* en 1968, « il y a le paysage japonais et particulièrement de quelle manière un homme de Nara le regarde, le parle : fleurs, arbres, rivières, noms des provinces, des baies, des montagnes, bambous, pluviers, la fumée des brûleurs de sel, l'écriture des oies sauvages dans le ciel (lettre tracée – à l'encre à peine…), les algues, les grands bateaux, les barques de pêcheurs… ». C'est une poésie qui réalise idéalement sa visée rêvée, celle de « l'évidence du monde dans ses espèces naturelles ».

Il y a ainsi chez Jacques Roubaud deux modèles, la poésie japonaise, et la poésie des Troubadours : Kamo no Chomei, et ses contemporains occidentaux, Bernart de Ventadour, Raimbaut d'Orange. Roubaud, dans le prière d'insérer de *La Fleur inverse* (Gallimard, 1986), se présente comme poète provençal, mais on pourrait aussi, par extension, par sympathie (non pas sentimentale mais formelle) le qualifier de poète japonais (mais en aucun cas exotique, ou japonisant). On pourrait voir pourquoi pas, Jacques Roubaud en quelque sorte comme un ermite-poète du XIIIe siècle, revu et corrigé, mais dans une version française, résolument contemporaine.

Références

Jacques Roubaud, Conférence « Rencontre d'un poète français avec la poésie japonaise », Revue de Hiyoshi, Université Keio, Yokohama, n° 20, 1995.
P. Lusson, G. Perec, J. Roubaud, *Petit traité invitant à l'art subtil du Go*, C. Bourgois, 1969.
Entretien avec G. Perec, Quinzaine Littéraire, 1-15 janvier 1968.
Jacques Roubaud, « Sur le *Shinkokinshû*, huitième anthologie impériale japonaise », Change n° 1, 1969.
Conférence d'Octavio Paz, Revue de Hiyoshi, Université Keio, Yokohama, n° 19,

CHAPITRE 1

1994.

Jacques Roubaud, « La première poésie lyrique japonaise », Action Poétique, n° 36, 1968.

Jacques Roubaud, poète et prosateur :
Kamo no Chômei, Saigyô, Shinkei et quelques autres

Le Japon est au cœur de l'œuvre du poète Jacques Roubaud dès ses débuts, comme matrice de formes et réservoir de modèles : aucun exotisme ici cependant, aucune mise à distance, mais au contraire une coïncidence immédiate avec une tradition, une empathie fondatrice. Cela passe par le tanka (pendant japonais du sonnet, parfait, contraint et pérenne comme lui), les Anthologies impériales médiévales, « poèmes de poèmes » et partant architectures exemplaires, des mentors improbables mais revendiqués (frères jumeaux des Troubadours), ermites et poètes, tels Shinkei ou le moine Saigyô, et la fécondité des dix styles poétiques attribués à Kamo no Chômei transposés dans la prose. Ce que l'œuvre n'a jamais cessé d'explorer avec une constante fascination, c'est la plasticité de ces formes anciennes, revues et revisitées, et la possibilité d'inventer aujourd'hui leurs modernes avatars.

Ainsi, à l'approche de la quarantaine, à cet âge où la vie devient aussi fragile que la rosée, je me suis construit, comme le chasseur qui se bâtit une cabane de branchages pour la nuit, comme le ver à soie vieillissant qui fabrique son cocon, un dernier abri pour mon corps. Si je compare cette demeure à celle qui était la mienne autrefois, c'est véritablement une toute petite bicoque. A mesure que ma vie décline, ma demeure se rétrécit.

Ma maison actuelle a trente et un pieds carrés de surface et moins de sept pieds de haut. Comme je n'ai plus besoin d'un domicile stable, sa base est simplement posée à même le sol, son toit provisoire est de chaume, et des crochets de fer fixent les jointures des pièces de bois. Ainsi pourrais-je facilement déménager ailleurs si quelque événement désagréable survenait. En ce moment je suis arrêté dans la garrigue, près de V....R...la C...; j'ai construit au midi un auvent, ajouté une petite terrasse de roseaux et à l'intérieur, contre le mur de l'ouest, j'ai mis dans une niche le portrait de *Kamo no Chomei*, que je déplace chaque jour un peu, de façon que son front s'éclaire aux rayons du soleil couchant. Au-dessus de la porte coulissante j'ai installé une petite étagère où j'ai rangé trois livres de poésie, mes cahiers et un pot de basilic.[1]

---

1. Jacques Roubaud, *Autobiographie chapitre dix*, Poèmes avec moments de repos en prose, Gallimard, 1977, p. 149.

CHAPITRE 1

Tout lecteur japonais reconnaîtra bien sûr ici le début célèbre du *Hôjôki*, mais avec de curieuses variations, subtiles au début, puis de plus en plus visibles au cours du texte : le poète qui parle n'est pas Kamo no Chomei, retiré dans sa cabane de moine au XIIIe siècle, c'est Jacques Roubaud, poète contemporain français (né en 1932) qui lui rend ainsi un vibrant hommage.

Jacques Roubaud est poète, romancier, essayiste, théoricien du vers, traducteur, et grand érudit. Il est aussi membre de l'Oulipo, groupe fondé par l'écrivain Raymond Queneau et le mathématicien François Le Lionnais, dans le but d'inventer de nouvelles contraintes littéraires. Il est enfin l'auteur, sur plus de vingt ans, d'une considérable œuvre semi-autobiographique en prose, 2000 pages, 6 volumes (ou « branches ») Il existe de nombreuses échappées dans l'oeuvre de Jacques Roubaud, historiques ou géographiques : le Moyen-Age des Troubadours, l'Angleterre des romans victoriens, mais l'échappée la plus lointaine, à la fois dans l'espace et le temps, c'est le Japon médiéval, celui du *tanka* et des Anthologies Impériales japonaises :

> Le Japon a joué pour moi le rôle d'un 'ailleurs' poétique, d'une contrée où la poésie fut autre [..], où elle entretint avec la nature (une nature elle-même lointaine, étrange), un rapport privilégié ; sympathie d'essence, simplicité première.[2]

Ailleurs paradoxal qui conjugue proximité esthétique et étrangeté maximale, retour à une poésie qui coïncide miraculeusement avec le monde et sa beauté naturelle, mais aussi réservoir de formes. Le *tanka* d'abord, qui anticipe le sonnet par la perfection mathématique de ses nombres premiers insécables (chers au mathématicien qu'est Roubaud), et par sa plasticité : le *tanka* sera l'objet d'un des premiers livres de Roubaud, *Mono no aware*,[3] traductions et reprises du *Manyôshû* du VIIIe siècle, qualifié par Roubaud de « première poésie lyrique japonaise »[4], ou rappels du *Shinkokinshû* du XIIIe siècle, revus et revisités par une sensibilité poétique contemporaine.

Mais il existe un motif japonais moins exploré et pourtant crucial chez Jacques Roubaud, parce que plus vaste et plus panoramique : il s'agit des « dix styles » empruntés à Kamo no Chomei, qui ont fourni à l'oeuvre une matrice infinie, modulable, souvent mal connue ou vue comme anecdotique,

---

2. Jacques Roubaud, *Poésie :* Seuil, « Fiction & Cie », 2000, p. 494.
3. Jacques Roubaud, *Mono no aware*, Gallimard, 1970.
4. Revue Action poétique, n° 36, 1968.

alors qu'il s'agit d'une architecture qui soutient chez lui la poésie comme la prose, et ceci depuis ses débuts.

Les « ailleurs » évoqués plus haut offrent des modèles de formes, mais ils fournissent aussi des mentors, des guides exemplaires, comme Trollope ou Hopkins pour l'Angleterre, Arnaut Daniel ou Raimbaud d'Orange parmi les Troubadours. Kamo no Chomei joue pour le Japon ce rôle de figure tutélaire, plus encore, de double idéal et rêvé, puisqu'il cumule les titres de poète, auteur en 1212 du *Hôjôki*, compilateur d'anthologie[5], érudit et théoricien, et enfin moine et ermite à la fin de sa vie, après avoir été « secrétaire du *Wakadokoro*, le bureau de la poésie de l'ex-empereur Go-Toba »[6]. On le voit ainsi traverser toute l'oeuvre, là aussi dès ses débuts, puisque *Mono no aware* lui est dédié.

Rappelons la liste des dix styles que Roubaud déclare lui avoir empruntés :

(I) Le *choku tai* : style des : « choses comme elles sont ».
(II) *Rakki tai* : style « pour maîtriser les démons ».
(III) Le « style de Kamo no Chomei » : les « vieilles paroles en des temps nouveaux ».
(IV) Le *yûgen* : « style des résonances crépusculaires ».
(V) Le *yoen* : « style du charme éthéré ».

---

5. Pour rappel, les huit grandes anthologies impériales sont :
   1/ *Kokinshû*, compilé collectivement vers 905, avec entre autres le poète Ki no Tsurayuki.
   2/ *Gosenshû*, vers 95.
   3/ *Shûishû*, vers 1006, par l'Empereur retiré Kazan.
   4/ *Goshûishû*, en 1086.
   5/ *Kinyôshû*, vers 1126.
   6/ *Shikashû*, vers 1151.
   7/ *Senzaishû*, vers 1188.
   8/ *Shinkokinshû*, achevé vers 1216, compilé collectivement et supervisé par l'Empereur retiré Gotoba, avec les poètes Fujiwara no Teika et Minamoto no Ienaga. Kamo no Chomei a participé à cette compilation, mais il a sans doute joué historiquement un rôle moins important que celui que lui assigne Roubaud, et moindre que celui de Fujiwara no Teika.
   Le *Manyôshû*, anthologie plus ancienne, date du VIIIe siècle, mais il s'agit d'une anthologie privée. Treize autres anthologies impériales suivront, du XIIIe au XVe siècle, mais elles sont considérées historiquement moins importantes.
6. Jacques Roubaud, *Mono no aware*, op.cit, p. 269.

(VI) Le « sentiment des choses » : le « *mono no aware* ».
(VII) *Sabi* : « rouille ; solitude ».
(VIII) Le *ryohô tai* : « style du double ».
(IX) *Ushin* : « le sentiment profond ».
(X) *Koto shikarubeki yô* : « cela devrait être », « muss es sein ».[7]

Une première remarque s'impose : la liste de Kamo no Chomei n'existe pas. Celui-ci n'a laissé que deux essais poétiques, mais nulle liste de styles à proprement parler. Il existe historiquement de nombreuses listes dans la tradition japonaise, depuis la première, celle des six styles de Ki no Tsurayuki. Les plus célèbres sont au nombre de trois : celle des dix styles de Fujiwara Teika (*Teika-juttai*), et deux autres, le *Waka-juttai* (liste de Minamoto no Michinari) et le *Wakatai-jusshu* (liste de Mibu no Tadamine). Dans sa propre liste, Jacques Roubaud rassemble de surcroît des catégories hétérogènes : on peut imaginer un *yoen-tai* mais le terme *yoen* relève plutôt du domaine esthétique en général ; *sabi* excède le mode du poétique, et *mono no aware* introduit un thème plus flou, qui touche à la subjectivité, à la beauté naturelle. La liste de Jacques Roubaud est donc composite, et personnelle, il le reconnaît d'ailleurs volontiers :

Kamo no Chomei est un de mes modèles, ou maîtres. Il fait partie de ma collection de modèles. Je lui ai emprunté beaucoup, avec d'autant plus de tranquillité que ce sont des emprunts sans rigueur puisque je ne peux pas dire que je pénètre autrement que très superficiellement son oeuvre, son époque, ses intentions. Il est pour moi le modèle de « l'ermite-poète ». Le choix des « dix styles » s'inscrit dans cette perspective d'hommage à Kamo no Chomei. (Il y a, chez les poètes japonais de l'époque impériale, bien d'autres « familles » de styles, que j'aurais pu aussi choisir). Bien entendu, je ne comprends pas vraiment le sens, historiquement cohérent, de ces styles, dans leur contexte d'origine. L'interprétation que je m'en suis faite est appuyée sur la traduction qu'on donne de leur désignation et sur les quelques exemples de poèmes « manifestant » ces styles, que j'ai pu découvrir ici ou là. Avec ce peu de données, je me suis construit mon propre spectre de « styles ».[8]

---

7. Jacques Roubaud, *Le grand incendie de Londres*, Seuil, « Fiction & Cie », 1989, p. 218.
8. Jacques Roubaud, *Deux modèles de poésie : les Troubadours et la poésie japonaise ancienne*, Conférence, Université de Tsukuba, Japon, 6 octobre 2000.

Liste empruntée donc, et revendiquée comme telle. Le procédé est parfaitement légitime, puisqu'avoué, il s'avère surtout extrêmemement productif: les dix styles transcendent les frontières prose / poésie dans l'oeuvre toute entière. Les exemples de cette prégnance des styles, de leur extension et de leur capillarité sont très nombreux et ont été rarement relevés. En noter quelques occurrences permet d'en saisir les ramifications.

Un premier style fait son apparition, de façon indirecte, dès la première branche de l'œuvre en prose, via la longue description d'une image absente du texte: la photographie de la chambre de Fès. Celle-ci (un mur, une fenêtre, image minimale, abstraite et japonisante pourrait-on dire), existe en deux versions, l'une claire, l'autre sombre, elle est donc double, ombre et lumière. Le mot «double» est souligné dans le texte, deux fois. Le texte de plus est écrit sous le signe d'un double deuil, deuil de l'épouse, Alix Cleo Roubaud, morte à trente et un ans en 1983, et deuil du roman projeté. On pense inévitablement au style du double, le *ryohô-tai*, sans qu'il soit nommé. Plus loin toutefois apparaît, soulignée par des italiques, la périphrase «*le monde flottant* (le réel)»,[9] qui fera lien: au Japon, le monde flottant est celui des images de l'estampe, les images d'avant la photographie. On devine ainsi que la photographie a été, en ces temps d'avant le deuil, prise par la femme aimée, l'épouse, qui était photographe.

Le style du double a donc à voir avec l'image, et avec la mémoire: miroir du passé heureux (le soir de Fès, la lampe, la chambre en compagnie de la femme aimée) et son reflet inversé dans un présent douloureux (l'aube à Paris, l'écriture solitaire, la chambre, sous une autre lampe).

Si le *ryohô-tai* n'est ici qu'allusif, un autre style par contre est explicitement nommé à la fin de l'épisode, comme effet produit sur le narrateur par cette même photographie: c'est le *yûgen*, «grand calme un peu mystérieux, tranquillité, paix, apaisement, monde en arrière-plan, énigmatique»[10]. A noter que la définition des styles, au demeurant vague et flottante, est toujours donnée en termes d'émotion, de ton, de «mood»: elle relève du sémantique et non de la rhétorique.

Un peu plus loin dans la même branche, chapitre 5, surgit la première occurrence du mot-clef, le mot «style»; comme de juste accolé à l'évocation du personnage-clef: Kamo no Chomei. Mais le passage qui suit est une reprise, un redoublement, un autre jeu de miroir: c'est l'auto-portrait cité

---

9. Jacques Roubaud, *Le grand incendie de Londres*, op.cit, p. 19.
10. Ibid, p. 20.

CHAPITRE 1

plus haut, dans *Autobiographie chapitre dix,* moment de repos en prose où Roubaud se dépeint sous les traits de l'ermite-poète dans sa cabane de moine, retiré du monde, exilé pour écrire, comme Chomei l'a fait après le grand incendie de Kyoto. Double emprunt donc, auto-referentiel à un livre de poèmes antérieur, et au livre de Chomei lui-même, le *Hôjoki.* Transposé toutefois de la montagne japonaise à la garrigue méridionale : puisque Roubaud est un poète provençal, comme les Troubadours, qui sont eux contemporains de l'ermite-poète.

Ce fragment se veut écrit « dans un style particulier, le style inventé par Chomei, qu'il appelle : vieilles paroles en des temps nouveaux »[11]. Or dans la liste des dix styles, on constate qu'un seul, le troisième, n'a pas de traduction japonaise, et c'est justement le « style de Kamo no Chomei », les « vieilles paroles en des temps nouveaux ». On peut penser ici au *honkadori,* style contesté jusqu'alors mais codifié à l'époque de Chomei et qui deviendra constitutif de la poésie japonaise[12]. C'est le style de l'emprunt, de l'allusion, et c'est de surcroît un style majeur puisque transversal aux autres styles. Or l'emprunt est un procédé roubaldien privilégié, traversant l'oeuvre, qui permet l'insertion dans la tradition et l'hommage aux Anciens. Notons que dans la tradition japonaise les pratiques intertextuelles transcendent la frontière prose / poésie : si le *honkadori* utilise un poème de base, il a son pendant, le *honzetsu,* qui fait référence à un texte en prose. La transposition par Roubaud de ces dix styles poétiques pour en faire, à sa façon, « des vêtements pour la prose » est donc une licence, certes, mais qui procèderait d'un mouvement de glissement ou d'élargissement dotée de sa propre nécessité :

> J'utilise en fait ces dix « styles » comme des substituts de la forme poétique, car la prose n'a pas de forme (je parle pour moi seulement bien sûr), à la différence de la poésie. Seule la poésie a pour moi des formes, qui sont des instances particulières d'une forme-poésie. Mais je ne conçois pas de forme-prose. Dans ces

---

11. Ibid, p. 217.
12. Jun'ichi Tanaka est le seul spécialiste japonais de poésie contemporaine à avoir étudié de près l'influence sur Jacques Roubaud de la poésie japonaise. Pour une analyse éclairante de la composition des dix styles de Kamo no Chomei, et en particulier du *honkadori,* voir sa présentation de la conférence de Jacques Roubaud : « Rencontre d'un poète français avec la poésie japonaise ». Traduction, présentation et notes par Jun'ichi Tanaka, Revue de Hiyoshi 20, Université Keio, 1995.

conditions, les dix styles constituent une famille de vêtements formels pour la prose.[13]

Parmi tous ces styles, le plus connu, et le plus transparent dans son rapport immédiat au Japon, puisqu'il coïncide avec l'intitulé du deuxième recueil, sous-titré «143 poèmes empruntés au japonais» est sans doute le style du *mono no aware*. Il évoque, précise Roubaud dans sa préface «la tranquillité d'un sentiment tendre et nostalgique», suscité aussi bien «par l'allégresse d'un matin de printemps que la tristesse d'une soirée d'automne»[14]. Etymologiquement, c'est un soupir: le «Ah!» (*aware*) qui vous échappe devant la beauté – et la mélancolie – des choses; devant un monde harmonieux, mais furtif et éphémère: un monde virtuel, «qui pourrait exister» (*arubeki sekai*), entr'aperçu dans les choses telles qu'elles sont.

Quelque chose noir[15], recueil de poèmes écrit après la mort d'Alix, sa jeune épouse brutalement disparue, appartient à un style beaucoup plus violent et tourmenté, le *rakki tai*, style pour dompter les démons (et vu le nombre considérable de ses démons intérieurs, dit Roubaud, «le champ d'action du rakki tai est très vaste»[16]). Il renvoie au deuil, à l'enfer, et il a rapport au bouddhisme, via Saigyô, autre moine-poète aimé, ermite comme Chomei et qui l'a précédé, auteur deux siècles plus tôt des *Poèmes de ma hutte de montagne*, lui qui écrivit «Puissé-je mourir au printemps / sous les fleurs de cerisiers / au deuxième mois / quand la lune est pleine», et qui fut exaucé, puisqu'il mourut le jour de la pleine lune du second mois de l'an 1190. C'est peu avant sa mort semble-t-il qu'il a composé un ensemble de poèmes, au demeurant éloignés de la diction conventionnelle, portant le titre «en regardant sur un paravent des peintures de l'Enfer»: poèmes peignant la guerre, la mort, et son horreur. La leçon, d'inspiration bouddhiste, est claire: l'Enfer est en nous et il est sur terre. Ce style pivotal, essentiel, *le rakki tai*, est enfin un parent du nombre. Car compter et dompter sont voisins: rien de tel en effet que le nombre, le calcul, le rythme, pour imposer son ordre bienfaisant au tourbillon angoissant des démons et au désordre diabolique du monde.

---

13. Jacques Roubaud, conférence citée, Université de Tsukuba, 2000.
14. Jacques Roubaud, *Mono no aware*, op.cit, p. 13.
15. Jacques Roubaud, *Quelque chose noir*, Gallimard, 1987.
16. Jacques Roubaud, *Le grand incendie de Londres*, Branche 6, *La Dissolution*, NOUS, 2008.

CHAPITRE 1

D'autres styles relèvent de l'ordinaire des jours : le souvenir d'enfance de la cane et de ses canetons remémoré dans la branche 2, *La Boucle*,[17] appartient inconstablement au style des « choses comme elles sont » : style descriptif, familier, quotidien et allant de soi, c'est le *choku-tai*.

Le *yoên*, « style du charme éthéré », a souvent partie prenante avec la répétition, comme dans la composition rythmique des douze pigeons et des sept peupliers anglais de *Quelque chose noir*, ou l'inventaire fleuri des jardins dans les sonnets de voyage de *Churchill 40*[18] ; il est plus doux que le *yûgen* « style des résonances crépusculaires », qui serait – à cause du crépuscule sans doute – plus mystérieux, mais la distinction est flottante toutefois. Quant au style *ushin*, Roubaud confesse face à lui une certaine réserve : impossible dit-il de bien cerner ce « style du sentiment profond », aucune image ici ne s'impose, il tend à le traiter ironiquement, ou obliquement. La référence serait le Rimbaud des *Derniers poèmes*, « C'est trop beau ! Gardons notre silence ! ».

Tenter de définir le statut évasif des styles évoqués amène à s'interroger sur leur fonctionnement pratique et leur mode d'insertion dans l'oeuvre : leur principe d'opération s'avère de l'ordre du glissement et de la modulation. En effet, puisque la tentative menée ici par Roubaud est celle d'une « prose de mémoire », le glissement d'un style à l'autre sera imposé d'une part par la texture, le contenu du souvenir, et d'autre part par la nécessité de varier : renvoyant ainsi à l'idée de base du *Shinkokinshû,* qui consiste justement à faire jouer les styles les uns contre les autres.

Tokyo infra-ordinaire [19], (traduit par Jun'ichi Tanaka, Suiseisha, 2011) multiplie les exemples tout en les explicitant. On assiste à un véritable foisonnement de styles annexes, « un mélange effervescent »[20] selon le narrateur lui-même, qui va du *shimmyô-tai*, « style bourré de mystère », au *sashi-tai* « représentation fidèle d'une aspiration ardente », jusqu'au *kyujô-tai*, « style de la force prodigieuse » : tous styles dotés d'explications fournies à chaque occurrence, mais qui s'accompagnent aussi d'une sorte de flottement, d'un flou plus désinvolte, et donc d'une incertitude stylistique avouée par l'auteur. Impossible d'assigner ces styles à une liste, celle de Tadamine peut-

---

17. Jacques Roubaud, *La Boucle*, Seuil, « Fiction & Cie », 1993, pp. 115-121.
18. Jacques Roubaud, *Churchill 40 et autres sonnets de voyage*, Gallimard, 2004.
19. Jacques Roubaud, *Tokyo infra-ordinaire*, Inventaire/ Invention 2003, 2005 / Le Tripode, 2014.
20. Ibid, Le Tripode, p. 47.

être ? De Shinkei ? On constate une plus grande liberté donc, que vient compenser en retour un désir accru d'explicitation, manifesté ici par un ajout majeur, celui de la couleur[20]. Ce texte mi-prose mi-poésie, qui retrace des promenades dans le Tokyo d'aujourd'hui, selon le modèle des *haïbun* de Bashô, a été en effet publié d'abord sur Internet parce qu'il permettait l'usage de la couleur, évitant ainsi les dépenses d'une édition sur papier. La suite des couleurs – noir, blanc, rouge, bleu, vert – obéit à un ordre d'importance (où l'on reconnaît d'ailleurs les hypothèses linguistiques de Berlin & Kay dans les années 60 sur la hiérarchie universelle de la terminologie des couleurs[21]). Elle obéit également au principe oulipien de la visibilité des contraintes[22] : à chaque épisode son style, à chaque style son humeur, à chaque style sa couleur ; la couleur y est emblème et indice de décryptage.

Ainsi le *choku tai*, « style des choses comme elles sont » constitue-t-il dans *Tokyo infra-ordinaire* le fil noir initial de la narration ; il occupe, selon la hiérarchie régissant les poèmes des Anthologies Impériales, le statut de la trame plutôt que du dessin ; le dessin en serait le *mono no aware*, le « sentiment des choses », ou plutôt sa nostalgie, sa douceur disparue, et la tentative de le retrouver dans le Tokyo moderne.

Les variations de couleur répondent à un mouvement nécessaire de style, qui mime le mouvement même de la promenade ; mais l'ambiguïté qui préside à leur choix apparaît ici plus clairement, jusqu'à susciter des interrogations rétrospectives de l'auteur : en effet, si le contenu du souvenir impose son style, quelle est l'humeur évoquée ? Celle du moment de l'expérience, ou celle du moment de sa rémémoration ? La coïncidence n'est pas absolue, les styles sont des suggestions, des pistes, des orientations, et le flou de leur application n'est pas contesté.

Quoiqu'il en soit, leur champ d'application est global, et dépasse le seul domaine japonisant. Le *rakki tai* se veut ainsi une « manière de réponse » (branche 1, ch 5) à l'« à quoi bon » lancinant qui rythme de son pessimisme récurrent l'oeuvre toute entière ; mais il excède aussi ses frontières, il renvoie plus loin en arrière aux Troubadours, qui opposent la mesure, *mezura*, à l'eros mélancolique, autre démon. Charles d'Orléans, chez qui la Guerre de Cent

---

21. La dernière branche de l'œuvre en prose, *la Dissolution*, Nous, 2008, offre une explicitation des styles, à l'aide d'exemples et de commentaires didactiques (ch. 16-17).
22. Brent Berlin et Paul Kay, dans *Basic color terms*, Berkeley, 1969, soutiennent l'universalité dans toutes les langues du processus de construction et de l'ordre d'apparition des noms de couleurs.

ans a suscité la création d'un style mélancolique, trouve ainsi son écho chez un autre poète, Shinkei, qui fut au XVIᵉ siècle son contemporain : la guerre japonaise d'Onin a induit ce style *hieyase* presque symétrique, « style froid, glacé et mince, désolé, fané, sentiment d'absolue solitude, nostalgie de quelque chose d'éloigné, jamais atteint et irrécupérable ».[23]

On pourrait inventorier les exemples à l'infini mais le point le plus frappant des styles tient à leur dissémination, leur présence foisonnante, tentaculaire, réticulaire dans l'oeuvre. Car la liberté offerte par le procédé est vaste : les styles permettent d'une part une grande latitude d'emploi, à cause du flou de leur définition originelle[24] et du brouillage dû à leur éloignement dans le temps ; et ils satisfont d'autre part chez Roubaud à la fois son besoin de contraintes et son goût du classement.

Car les dix styles ne sont pas réductibles à des contraintes formelles. Ces dix styles arbitraires, « stock de contraintes pour la prose », offrent donc dit Roubaud un outil sémantique. D'autant que cette manière de faire dépendra du *nom* de la contrainte : or les noms des styles sont des traductions approximatives ou énigmatiques, parfois laconiques (neuvième style : style du sentiment profond...), voire doublement étrangers (dixième style : *muss es sein*..). C'est donc l'aura de leur nom, le flou de leur évocation qui suggérera la piste à suivre, l'atmosphère possible, mais qui permettra aussi une richesse, une densité des colorations virtuelles, un éventail plus large que celui suggéré en français par le seul mot de style. On peut s'étonner qu'il n'existe pas en Occident de grille de ce genre pour la littérature (sinon l'opposition tragique / comique par exemple), et que de surcroît le style s'y applique traditionnellement à un auteur, alors qu'il s'agirait dans la tradition japonaise, plus versatile, de faire varier plusieurs styles chez un même auteur.

Les styles empruntés à Kamo no Chomei, poète modèle, débordent l'oeuvre, la balisent et la découpent, colonisent ses références. Le chapitre 17 de la branche 6, *La Dissolution*, s'intitule précisément « Feuilles de styles ». Le renvoi est clair : on pense au *Manyôshû*, la première anthologie japonaise,

---

23. « Poésie et violence », *Le Japon : d'autres visages*, Forum de l'Université d'Osaka à Strasbourg, nov. 2004.
24. On constate que même chez les japanologues spécialistes des Anthologies poétiques le commentaire par exemple des dix styles de Teika reste très vague, faute de précisions dans les textes de l'époque.

dont on traduit en français le titre, littéralement, par « Recueil des dix mille feuilles ».

CHAPITRE 1

Un poème de Jacques Roubaud
Signe d'appartenance, Gallimard, 1967

je vais bienveillamment... ● [GO 19]

je vais bienveillamment... ● [GO 19]

je vais bienveillamment entre les blancs silos
d'une campagne saoule et rose un peu marelle
je suis une roue elle-même sur vélo
je vais les vignes repenties sous de la grêle

je vais les ruisseaux les peupliers leurs kyrielles
musique de mon paysage avec halos
ces blés bottés ! ce sont sept lieues d'un vallon clos
je vais cadastrement par mes contrées agnelles

bon ciel émulsion de plumes de chaux de mèches
mon enseigne mon noeud de nuages niant
les tourbillons de pierres poudres et de moelles

mon ciel gros dos où jutent trois nuages pêches
laisse-moi m'étendre sous tes yeux oscillants
maintenant mon bon ciel brasier laiteux Noël

Ce poème, je vais bienveillamment..., appartient au premier recueil de Jacques Roubaud, ε, publié chez Gallimard en 1967. Jacques Roubaud, né en 1932, est, on le sait, poète, romancier, membre de l'Oulipo, mais aussi - et chronologiquement - d'abord mathématicien. Il a enseigné longtemps les mathématiques à Nanterre, puis la poétique mathématique à Paris, à l'Institut des Hautes Etudes en Sciences Sociales et il est significatif que dans *Poésie, etcetera : ménage* (Stock, 1995), Jacques Roubaud se définisse lui-même comme « compositeur de mathématique et de poésie ».

ε est un symbole mathématique qui dans la théorie des ensembles, signifie l'appartenance. Transposé dans le domaine poétique, il traduit « l'appartenance au monde et la difficulté d'être ». Les références bibliographiques du recueil à Bourbaki, Benzécri, Benabou, suggèrent que la poésie, comme les mathématiques, est d'abord oeuvre formelle. Roubaud – comme les Troubadours auxquels il se réfère – est un formaliste : le lyrisme ici naît du jeu et de la contrainte des formes ; ce qui fonde le poème, c'est la composition, la structure, la notion « salvatrice » de structure [1].

Le poème n'est donc pas un objet isolé, il obéit à une stratégie de composition globale, mais aussi à un itinéraire de lecture : l'une des lectures possibles d'ε est celle du jeu de Go (on retrouve ici l'influence japonaise, toujours présente chez Roubaud, non au niveau des images mais justement au niveau de la structure).

Tout comme *Derrière le miroir* de Lewis Carroll était construit sur le modèle du jeu d'échecs, ε de même est construit sur celui du jeu de Go ; chaque poème s'accompagne d'un cercle, noir ou blanc, et d'un numéro – ici GO 19 – mimant ainsi un moment d'une partie de Go donnée en fin de recueil. Car « Il n'existe qu'une activité à laquelle puisse raisonnablement se comparer le Go. On aura compris que c'est l'écriture ».[2]

Le texte se pose sur la page comme un pion sur l'échiquier, dans l'avancée d'une bataille dynamique entre deux principes opposés (le noir et le blanc), entre deux joueurs (le poète et son lecteur), entre les deux pôles enfin du jeu poétique lui-même (la modernité et la tradition, indissociables chez Roubaud).

A première lecture, le texte est à la fois étrange, déroutant et curieusement familier : ce qui est insolite, c'est l'assemblage sémantique, les glissements de termes, les incompatibilités et les ruptures ; la création de néologismes (« bienveillamment »), l'alliance incongrue de l'animé et de l'inanimé (« les vignes repenties », « la campagne saoule »), les raccourcis qui bouleversent les règles de la transitivité (« je vais les vignes... », « je vais les ruisseaux les peupliers leurs kyrielles »), les substantifs utilisés comme adjectifs (« un peu marelle », « mes contrées agnelles »), tout ceci heurte, fait choc.

Ce qui est familier par contre, c'est la structure : il s'agit très clairement d'un sonnet, deux quatrains, deux tercets, en alexandrins de surcroît, avec alternance de rimes masculines et féminines.

Ce choix du sonnet par Roubaud est essentiel : ε se veut en effet « un sonnet de sonnets », c'est à dire un livre de sonnets, mais aussi un livre sur le sonnet ; une interrogation sur ses origines, ses avatars, ses variantes possibles

---

1. Jacqueline Guéron. *Lecture de Jacques Roubaud*. Critique, 1975.
2. P. Lusson. G. Perec. J. Roubaud. *Petit traité invitant à l'art subtil du Go*. C. Bourgois, 1969.

(avec des sonnets à la Hopkins, à la E.E. Cummings, des sonnets en prose...), bref une exploration de son adaptabilité et de sa plasticité face à la poésie aujourd'hui.

L'implication est claire: «Je n'invente rien», dit Roubaud, «je demeure obstinément attaché à la tradition... Elle est mon point de départ, ma référence constante»[3]. La table rase en poésie n'existe pas, l'innovation poétique s'insère dans la relecture et la mémoire des formes du passé, dont le sonnet est l'illustration exemplaire.

C'est donc le cadre syntaxique, c'est la forme, qui au-delà de l'imprévisible du vocabulaire assure la lisibilité du texte. «On retrouve au niveau du texte ce que les surréalistes pratiquaient au niveau de la phrase: on peut tout se permettre avec les mots pourvu que les structures de la langue restent en place, que la grammaire assure une intelligibilité, un sens au texte»[4].

Ainsi, ce sont les anaphores («je vais»), les répétitions, les symétries qui permettent de repérer un premier sens du texte, un thème initial, celui d'une promenade dans la campagne, promenade heureuse («je vais bienveillamment») sous les éclaircies et la grêle («je vais les vignes repenties sous de la grêle»), sous un ciel nuageux et changeant, un ciel de printemps peut-être («mon ciel gros dos où jutent trois nuages pêches»). Ciel mouvant, promenade fantasque, où il faut s'abandonner aux jeux de mots, aux clins d'oeil, à la fantaisie («une campagne saoule et rose» → sous les roses; «un peu marelle» → un peu marteau → un peu folle; comme plus loin «tes yeux oscillants» → haut scillant).

Jeux de mots mais aussi jeux de l'enfance: cette promenade campagnarde s'inscrit aussi par le biais du jeu, dans un contexte d'enfance, celui des «jours joyaux» évoqués dans un autre poème; comme en font foi le vélo, la marelle, la référence aussi aux contes de fées, Petit Poucet, Chat Botté («ces blés bottés!» dotés du seul point d'exclamation du poème, les «sept lieues» aussi qui rappellent les bottes de sept lieues du conte de Perrault).

La marelle entraîne une autre image, celle du quadrillage: la marelle, c'est ce jeu enfantin où l'on quadrille le sol en carrés sur lesquels on saute à cloche-pied jusqu'à l'étape finale qui est celle du ciel, c'est à dire du paradis – ciel qui est de même l'étape finale du poème, puisqu'il constitue, à trois

---

3. Jacques Roubaud. *Propos sur la poésie.* La Quinzaine littéraire. Janv. 1968.
4. Marie-Paule Berranger. *Poésie en jeu.* Bordas, 1989.

reprises, l'adresse des tercets.

Le terme «marelle» est repris par le néologisme «cadastrement», qui évoque une campagne d'avant le remembrement, un paysage morcelé en parcelles géométriques. Et c'est le «je» narrateur, d'un coup de roue de vélo, qui relie, qui donne un sens, un ordre, une direction à ce paysage épars.

On perçoit là le deuxième niveau métaphorique du poème: cette campagne aimée, enfantine et familière («mes contrées agnelles»), quadrillée comme un cahier d'écolier, c'est aussi un autre espace familier, celui de la page. Le paysage, c'est la page, entre les marges et les blancs du texte («les blancs silos»), la promenade c'est l'écriture et la création du poème qui s'avance et se déploie («je vais»), les trois nuages pêches ce sont les trois mots du titre, et pourquoi pas ses trois points de suspension, qui ouvrent dans ce suspens même tous les possibles du texte.

Campagne d'ailleurs plus tourangelle que méditerranéenne (bien que Roubaud se revendique comme «poète provençal»), avec ses collines doucement moutonnantes, ses peupliers et ses ruisseaux, son ciel d'averses changeantes: mémoire d'un paysage tout aussi littéraire – à la Du Bellay – qu'individuel, puisque si la poésie est «effecteur de mémoire», elle est par conséquent «autobiographie de tout le monde». Non seulement évocatrice d'un souvenir privé, personnel, anecdotique (comme c'est le cas chez les Romantiques) mais suscitant chez l'autre – le lecteur – des images intérieures, diverses et multiples, «un processus de mémoire» unique et double à la fois. Car «la poésie est le seul art de mémoire personnel (une mémoire) et interpersonnel (toutes mémoires)».

Mémoire externe, mémoire interne, mais plus encore, pour tous et pour chacun, «mémoire de la langue»: telle est la définition de la poésie, l'axiome, «l'hypothèse de poésie» posée tout au long de son oeuvre par Jacques Roubaud.[5]

Et dans le poème, ce ciel final, c'est encore la page, revendiquée comme espace personnel et jubilatoire («bon ciel», «mon ciel», «mon bon ciel»).

Ce ciel «laiteux» – comme la page blanche – est aussi curieusement le théâtre d'une bataille vaguement moyenâgeuse («enseigne» appartient au vocabulaire militaire d'autrefois) et la «chaux», «les tourbillons de pierre poudres et de moelles» renvoient peut-être à la bataille ancienne du pion noir contre le pion blanc, du cavalier du jeu d'échecs, du chevalier qui défend sa dame, comme dans l'univers du conte déjà évoqué ou dans le monde des

---

5. Jacques Roubaud. *Poésie, etcetera: ménage.* Stock, 1995.

Troubadours cher à Roubaud.

Il est intéressant de noter que le mot qui clôt le poème, « Noël » – et qui est le seul à porter une majuscule – était au Moyen-Age justement une exclamation (Noël! Noël!) qui exprimait le bonheur, la jubilation, la plénitude.

Epiphanie qui est bien sûr celle de l'écriture. Puisque le coeur du poème, ce n'est pas le paysage-prétexte, ni même le paysage-souvenir, c'est le processus même, la création du poème, dans un temps enfin arrêté (« maintenant mon bon ciel brasier laiteux Noël »), dans le présent de la mémoire qui se superpose et coïncide avec le présent de l'écriture. Et ajoutons-le, le présent aussi de la lecture : car « la poésie est MAINTENANT », un présent éternellement « composé et perçu maintenant », « l'instant où le très durable (dans votre mémoire, dans toute votre mémoire) pince l'éphémère quasi absolu. » Et pour conclure, « ceci seulement : l'instant de la poésie est une définition du temps. »[6]

---

6. Idem.

Boltanski est un peintre de vanités : entretien inédit avec Jacques Roubaud Sur *Ensembles*, Boltanski / Roubaud

Jacques Roubaud, on le sait, est poète, et mathématicien. On sait moins qu'il collabore aussi depuis longtemps avec artistes et plasticiens. Qu'il s'agisse des projets menés avec le japonais On Kawara[1] ou l'allemande Rebecca Horn[2], ces collaborations ont toujours à voir avec l'écoulement du temps, la mémoire, et le nombre. Motifs privilégiés, et constants, que Roubaud écrive sur Constable[3] et la mutabilité des nuages (« le ciel comme mémoire ») ou sur Opalka[4], qui peint les nombres – un nombre par jour, jour après jour, l'oeuvre d'une vie, une avancée vers la mort – comme métaphore du temps et approche de l'infini. Christian Boltanski, plasticien, pour sa part n'est pas étranger à l'écriture ou la poésie, que ce soit pour illustrer avec son frère Luc, sociologue, une chronique familiale sous forme d'un journal-poème qui renvoie à leur enfance partagée[5]. Ou lors d'une installation conçue avec Ryoko Sekiguchi, poète japonaise, à la Biennale de Lyon 2003[6], où se déploient des obsessions qui lui sont familières : l'enfance et la disparition, sous forme d'un itinéraire improbable dans le labyrinthe d'une piscine.

Mémoire, souvenir, inventaire et décompte des morts : ces mêmes préoccupations habitent le travail mené en commun par Roubaud et Boltanski en 1997, sur un mode délibérément ludique, malgré la tonalité sombre du sujet.

Ce livre à quatre mains porte le titre *Ensembles*,[7] qui évoque aussi bien sa composition en duo que le passé bourbakiste de Jacques Roubaud. Deux parties en miroir : des textes pour Jacques Roubaud, des photos pour Boltanski. Roubaud soumet d'abord trois listes ayant servi de catalogue à des installations de Boltanski à différentes contraintes oulipiennes. On pense à Queneau, et aussi, vu la teneur du propos, à Perec (lui-même très versé dans l'art oulipien des inventaires). Boltanski à son tour offre une combinatoire de visages de morts pour faire naître ainsi, selon Roubaud, « de nouveaux êtres virtuels, peut-être des fantômes »…

Tout comme la couverture du livre qui conjugue elle aussi deux photos coupées en leur milieu pour un portrait composite : le regard de Roubaud, le sourire de Boltanski.

CHAPITRE 1

Agnès Disson : Parlez-nous de la genèse de ce projet.
Jacques Roubaud : Il est né d'une proposition d'Yvon Lambert en 1997, après que j'ai terminé pour lui mon livre avec On Kawara. Il savait que Boltanski s'intéressait à Perec. Il a suggéré une collaboration.
J'ai pris comme point de départ trois catalogues d'installations de Boltanski, qui eux-mêmes sont des listes : la liste des Suisses morts dans le Canton du Valais en 1991 ; des Canadiens d'Halifax en 1877 ; et des artistes ayant exposé à la Biennale de Venise de 1895 à 1995.
J'ai considéré l'ensemble de ces 3 listes. Huit possibilités de traitement s'offraient : aucune liste ; chaque liste séparément ; coupler les listes, selon 3 possibles ; et traiter les 3 listes ensemble. Le principe a consisté à opérer des prélèvements sous contraintes dans ces huit classes, selon 99 contraintes, associées aux noms. La composition était induite par le type de contrainte choisie : il y a ainsi des listes syllabiques, litérales, topiques, une liste bègue par exemple ; ou des couples palindromiques.
D'autres listes sont moins évidentes à la lecture : la liste isocèle, où les noms dessinent un triangle ; ou la liste du prisonnier, où la contrainte n'est pas dite. Elle est simple pourtant : le prisonnier dans sa prison doit pour faire passer son message écrire sur un papier très petit ; le nom, écrit en lettres minuscules, ne doit pas dépasser la ligne allouée. A l'inverse, dans la liste du prisonnier évadé, les consonnes dépassent…
Il existe des listes plus faciles : Alechinski, Boltanski ; des listes boules de neige, croissantes et décroissantes ; une liste vaguelettes, où les noms dessinent la forme des vagues ; une liste-liste (avec des noms comme Liste, Lister, etc) ; une liste peinture à l'huile (qui contient OIL), et une liste peinture à l'eau (qui inclut EAU).
La liste 73 est une liste de « beaux noms », donc hautement subjective ; la liste 75 est une liste « ulcérations » : c'est une contrainte due à Perec. « Ulcérations » est en effet le seul mot à utiliser les 11 lettres les plus fréquentes en français, une fois et une seule ; seules ces lettres sont utilisées ici. Il y a aussi une liste « automobiles », une liste « géographie » (Antille Juliette, Coventry Robert) ou « aquatique » (Margaret Moules, Cane Louis), une liste animale, une liste de métiers…
Je suis sans doute le seul à m'être penché d'aussi près sur les listes de Boltanski ! J'ai d'ailleurs constaté à la lecture une chose curieuse : dans la liste des morts suisses du Valais, aucun mort n'est déclaré le 1er avril… Il faut en conclure qu'en Suisse on ne meurt pas ce jour-là.
Pour sa contribution à la deuxième partie du livre, Boltanski a puisé dans sa

collection photographique personnelle de Suisses morts. Il a découpé les photos pour offrir une combinatoire de visages virtuels – qui constitue aussi un hommage, dans cette multiplication infinie des images possibles, aux *Cent mille milliards de poèmes* de Queneau.

AD : Vous avez une hypothèse : Boltanski serait un peintre de vanités.

JR : En effet, mais il faut préciser d'abord l'un des paradoxes de la grande période des vanités, au XVIIe siècle en Hollande, très marquée par une sorte de contresens – volontaire – issu de la tradition chrétienne. La formule «Vanitas vanitatum, et omnia vanitas», vanité des vanités, et tout n'est que vanité, voit dans le terme vanité un objet sans valeur, dérisoire, perdu, renvoyé immanquablement à la poussière. Or le premier commentaire de Saint Augustin sur l'Ecclésiaste cite une toute autre expression, «vanitas vanitantium», la vanité des vaniteux : ce n'est pas le monde qui est dérisoire et vain, ce sont les vaniteux qui sont condamnables, dans l'accumulation ridicule et dérisoire de leurs richesses. Toutefois, avant même que Jérôme ne retourne à la version hébraïque, Augustin fera volte-face, et dans son deuxième commentaire affirmera qu'il faut revenir à «vanitas vanitatum». Mais un contresens du coup a pu s'établir, qui colore l'interprétation des artistes : la peinture flamande présente bijoux, objets précieux, comme des vanités… ce qui est contraire à la version originelle. On verra ainsi un bouquet de tulipes figurer une vanité – au moment de l'extravagante spéculation sur les bulbes de tulipes qui atteignent alors des sommes inouïes. Cornelius Gijsbrechts, à la fin du XVIIe siècle, se moquera de cette peinture des vanités, en peignant le dos de sa toile…Vanité des vanités même, la critique en est radicale ! Un des aspects essentiels du travail de Boltanski, selon moi, c'est ce retour au sens originel de la formule : vanité et précarité du monde.

On pourrait citer ici fort à propos un poème extrait d'un recueil de Jacques Roubaud, *Churchill 40 et autres sonnets de voyage,* publié en 2004,[8] et qui parle de tulipes, et des peintres de vanités.

13

Hevel havalim

Nature morte avec tulipes de *Maria van Oosterwyck*. La première 'bulle spécu-

CHAPITRE 1

> lative' fut d'oignons de cette folle fleur.
> Tulipe noire. Monde éphémère et fragile.
> '*Homo bulla est*'. Peinture de <u>vanités</u>.
> Mais la peinture elle-même n'est-elle pas
> Suprêmement vaine qui gorge de richesses
> La toile, somptuaire *memento mori*?
>
> Le musée de Copenhague a quelques *Gijsbrechts*
> (*Cornelius*, fin du dix-septième). Le tableau
> que je préfère est celui où l'on voit l'envers
> d'un riche paysage d'automne. Il a peint
> L'envers seulement. Du bois. Le châssis. Exploit
> Vanitissime dans le genre 'vanité'
>
> *Copenhague avril 2003*

JR : Ainsi, dans cette veine, Boltanski a exposé à Munich le contenu du bureau des objets trouvés de la ville ; au complet, avec les objets ordinaires accumulés, les chaussures dépareillées, les parapluies, et même le directeur du bureau des objets trouvés, assis très fier à côté de son inventaire, et tout content d'être là ...
Il y a eu également une exposition de cent artistes au Musée d'Art Moderne de la ville de Paris pendant l'été 2001 ; la contribution de Boltanski, c'était un objet usuel, banal, dont l'usage est universel : il a fait venir des annuaires téléphoniques du monde entier, malheureusement mal disposés, donc non consultables, ce qui faussait l'intention première de l'installation puisque l'usager n'y avait plus accès. Boltanski les a présentés ensuite ailleurs, dans un quartier un peu difficile en banlieue de Londres, après Elephant Castle. Les habitants du quartier, des Pakistanais surtout, venaient consulter l'annuaire pour y trouver le numéro de leur cousine au pays, l'objectif était cette fois atteint ! Là il ne s'agissait pas d'une vanité, ce qui primait, c'est une certaine tendresse.

Un deuxième poème du même livre fait allusion à cette exposition[9] :

Installation

La South London Gallery installe
Installation de Christian Boltanski
Des annuaires du téléphone
Expédiés de tous les pays du monde
Comme dans une bibliothèque
Une table longue. Aux murs, des casiers :
Ouagadougou ? Yokohama ? Lille ?
Delhi, San Francisco ? Londres ? Paris ?
C'est à Peckham, et viennent les familles
Jamaicaines, pakistanaises,
Immigrantes, chercher des numéros
De chez eux. Débarquant du bus, nous :
Une fois voir un lieu de monstration
Adéquat

JR : Il y a une ironie attachante chez Boltanski. Ainsi je me souviens qu'il avait cherché (sans succès) un lieu sous le périphérique pour un ami qui jouait Wagner à l'accordéon : le projet chez Boltanski est critique, ironique, mais il n'y a jamais chez lui d'idée forte hors contexte. Au contraire par exemple de la tendance minimaliste où l'énoncé de l'idée (même forte) s'épuise dans sa formulation.

AD : Aviez-vous envisagé d'autres projets avec Boltanski ?

JR : Oui, un second projet, non abouti. Le Musée Picasso possédait une somme énorme d'objets divers ayant appartenu à Picasso, puisque celui-ci gardait absolument tout : tickets de métro, lettre de Staline, objets souvent absurdes, sans valeur. L'idée de Boltanski était de traiter Picasso en infra-ordinaire : montrer tout, sans tri, sans hiérarchie. Faire des ballots, tout mettre au mur, sans privilégier l'intéressant sur le trivial. J'en aurais pour ma part enregistré l'inventaire, lu en boucle : ici un ticket, ici un mouchoir…

Picasso avait légué tout cela dans un but explicite et mégalomane, pour un panégyrique futur. Notre projet était une dénonciation de la vanité du génie : il va sans dire que le Musée Picasso l'a refusé !

AD : Cette ironie de Boltanski vous semble essentielle. Une tendresse, mais aussi une pudeur, un détour, pour ne pas affronter le deuil, la mélancolie ?

JR : Elle est en tout cas constitutive. Mais ce que je trouve remarquable, c'est qu'elle est conforme chez Boltanski (sans doute sans qu'il le sache) à la version originale de l'Ecclésiaste, qui est sarcastique. Chez les peintres flamands, il n'y a pas d'ironie : la version de la Bible de Genève, ou la King James anglaise, ou la Bible de Luther sont bien trop sérieuses pour ça. Le ton y est unifié, noble, pompeux. Alors qu'en fait ces livres étaient au départ très contrastés. L'Ecclésiaste par contre prend l'absurde en compte : le monde est absurde, vain, décourageant. Mais ce n'est pas pour autant le texte d'un sceptique ! Le mal triomphe, mais la seule solution possible, donnée dans le final de l'Ecclésiaste, c'est « lis la Thorah ». La seule issue, c'est la voyance.
AD : Vous pensez que le judaïsme chez Boltanski joue un rôle ?
JR : Bien sûr. Mais obliquement. Le choix des Suisses est un choix ironique, évidemment. On pense à la Shoah, et c'est la Suisse, l'argent, la neutralité supposée, les banques...
Je pense à Roman Opalka, le peintre polonais à qui Bernard Noël et moi avons dédié un essai, qui traite du peu de réalité des grands nombres, de la déperdition du nombre. Opalka peint des nombres, jour après jour, dont la représentation sera interrompue par sa propre mort. Et cet effacement volontaire, cette précarité de l'oeuvre est une métaphore de la vie. Ce n'est pas un hasard si Opalka est un ancien déporté. Ici encore : une autre vanité.

Pour clore cet entretien avec Jacques Roubaud, un dernier poème, qui est aussi précisément l'envoi, c'est-à-dire le dernier poème du livre cité précédemment[10]. Qui évoque la mémoire, la trace si peu fiable qu'on laisse derrière soi, la Bible, et la vanité finale du monde.

envoi

Le banc

J'aurais un banc avec mon nom. Mais *Russell Square*
Nonobstant son voisinage pour logicien
(*Herbrand, Montague streets*) ne me paraît pas bien
Protégé contre les coups de quelque arbitraire
London Council (le banc de mrs *Anstruther*
Jane, érigé '*to her memory, by her friends*'
N'est plus, où je lisais le *Times*, avant d'atteindre
The British Library's Reading Room). Donc, que faire ?

Comme Frank Venaille acheter à *Kew Gdns*
Un emplacement, s'il en est de disponibles,
Sous un grand hêtre où habitent des écureuils
Je voudrais, de mon vivant m'y asseoir, la Bible
Du Roi James sur mes genoux, pieds dans les feuilles
Lire : que tout est vain. Et puis : que tout est vain.

Septembre 2003

Références
1. On Kawara, Jacques Roubaud, *Six codes du temps*, Yvon Lambert, Paris, 1996.
2. Rebecca Horn, Jacques Roubaud, «Lumière en prison dans le ventre de la baleine», installation multimédia, Palais de Tokyo, Paris, novembre 2002 - janvier 2003.
3. Jacques Roubaud, *Ciel et terre et ciel et terre, et ciel*, Flohic, 1997.
4. Christine Savinel, Jacques Roubaud, Bernard Noël, Roman Opalka, *Dis Voir*, 1996.
5. Luc Boltanski, *A l'instant* (images de Christian Boltanski), Melville-Ed. Léo Scheer, 2003.
6. Christian Boltanski, *Happy Hours*, avec Jean Kalman, scénographe, Franck Krawczyk, musicien et Ryoko Sekiguchi, poète, Biennale de Lyon, Piscine du Rhône, 11, 12 et 13 décembre 2003.
7. Christian Boltanski, Jacques Roubaud, *Ensembles*, Editions du 9 février, 1997.
8. Jacques Roubaud, *Churchill 40 et autres sonnets de voyage*, Gallimard, 2004.
9. idem.
10. idem.

CHAPITRE 2

Pierre ALFERI
La poésie comme compression des données

©pol/Anne-Lise Boyer

Né en 1963 à Paris, poète, romancier, essayiste, vidéaste, a dirigé avec Olivier Cadiot « La Revue de Littérature Générale ».

Poésie
Les Allures naturelles, P.O.L, 1991
Le chemin familier du poisson combatif, P.O.L, 1992
Kub Or, P.O.L, 1994
Sentimentale journée, P.O.L, 1997
La Voie des airs, P.O.L, 2004
Intime, Argol, 2013

Romans
Fmn, P.O.L, 1994
Le Cinéma des familles, P.O.L, 1999
Les Jumelles, P.O.L, 2009
Après vous, P.O.L, 2010
Kiwi, P.O.L, 2012

Essais
Chercher une phrase, Christian Bourgois, 1991
Des enfants et des monstres (essais sur le cinéma), P.O.L, 2004

DVD Video
Ciné-poèmes et films parlants, avec Rudolphe Burger, Les Laboratoires d'Aubervilliers, 2004
Ça commence à Seoul, avec Jacques Julien, Label Dernière bande/ P.O.L, 2007

L'hypothèse du compact : Pierre Alferi et Jacques Roubaud

L'hypothèse du compact, l'expression est empruntée – à des fins légèrement détournées pour notre propos – au titre d'un texte de Jacques Roubaud, paru dans le premier numéro de la *Revue de Littérature Générale* en 1995[1], que dirigeaient à l'époque deux jeunes poètes, Olivier Cadiot et Pierre Alferi. Roubaud y parle bien sûr de poésie : la poésie ne pense pas, ne dit rien, dit ce qu'elle dit en le disant, n'est pas paraphrasable, est « maintenant », est mémoire, mémoire d'une langue, mémoire d'une langue dans la langue... toutes propositions qu'il reprendra et explicitera dans *Poésie, etcetera : ménage*[2].

Mais la fin du texte introduit une notion nouvelle. Cette dernière partie s'intitule *Contrat du compact* et commence par « la poésie a avec la langue un contrat de compactification »[3]. La mémoire de poésie y est définie ainsi : « Dans un poème, ce qui provient d'une mémoire de poésie, par composition de langue, est un état de compression, de condensation, de compactification aussi extrême que possible ».[4]

Je voudrais reprendre cette hypothèse d'une compactification en poésie dans son sens immédiat, quasi littéral : on pourrait y voir en effet, plus qu'un simple procédé, une opération emblématique de la poésie aujourd'hui, un geste exemplaire d'une certaine modernité – comme l'affirme Alferi.

Rappelons que Pierre Alferi, né à Paris en 1963, est en France l'un des plus visibles représentants d'une jeune poésie contemporaine aventureuse mais aussi auto-réflexive. Il est connu pour un trajet diversifié, qui va de la philosophie à la poésie au roman, et une voix très reconnaissable, très particulière : on y trouve comme constantes l'usage désinvolte d'un langage quotidien, le brouillage entre prose et poésie ; mais aussi une grande exigence formelle, et une priorité donnée à l'exploration syntaxique ; on a dit de cette génération qu'il s'agissait d'une poésie de la vitesse, du mouvement, dus à ce désir de bousculade des formes. On pense à Walter Benjamin, qui caractérise la modernité par l'esthétique du choc et relie cela aux traumatismes de la

---

1. *La mécanique lyrique*, Revue de Littérature Générale n° 1, P.O.L 1995.
2. Jacques Roubaud, *Poésie, etcetera : ménage*, Stock 1995.
3. Jacques Roubaud, *L'hypothèse du compact*, in *La mécanique lyrique*, Revue de Littérature Générale n° 1, P.O.L 1995, p. 297.
4. Ibid, p. 298.

grande guerre, aux projectiles – le train qui fait du voyageur un boulet de canon, l'accélération générale du siècle...

Chez Pierre Alferi, la nécessité de rendre ce mouvement, cette fluidité évasive de l'expérience, suscite l'adoption d'un procédé privilégié, celui justement de la compression, de la compactification. En 1995, dans la préface à ce premier numéro de la *Revue de Littérature Générale* déjà cité, Pierre Alferi, à propos non seulement de la poésie mais des objets littéraires en général, parle d'accidents compactés, de réduction, de rétrécissement; le matériau littéraire de base serait une compression de souvenirs, de perceptions, de miettes de sensations. Ces objets littéraires nouveaux seraient « des boules de sensations-pensées-formes »[5] ou encore des « petites agglutinations, sensibles-affectives-langagières »[6]: profils fuyants, brefs souvenirs condensés jusqu'au blason, blocs de sensations; ce serait la madeleine de Proust – mais en trois dimensions. Ce qu'Alferi nomme ailleurs « l'étincelle lyrique »[7] surgirait du télescopage (des références, des objets, des modèles) bref d'une condensation maximale du texte. La poésie la plus dense, s'interroge Alferi (à propos d'ailleurs de Jacques Roubaud) aurait-elle à voir avec la compression des données?

On voit tout de suite ce que ce désir de restituer dans le poème la fulgurance de l'expérience doit à Joyce, et à ses épiphanies: c'est un moment d'illumination (qui renvoie à *Steven Heroe*[8], mais plus particulièrement aux fragments amoureux de *Giacomo Joyce*[9] dont se réclame Alferi), une sensation violente, tout ce qui relève de la décharge, sur le modèle selon Alferi de l'explosion, ou plutôt de l'implosion. Retournons un instant au texte déjà cité, *L'hypothèse du compact*: Roubaud y écrit « L'effet de poésie, dans une mémoire, peut être comparé à une explosion »[10]. Et aussi « La poésie, vue du côté de la composition, est une implosion »[11]. Et enfin « La condensation poétique de la mémoire est instantanée »[12].

---

5. Pierre Alferi et Olivier Cadiot, Préface à *La mécanique lyrique,* Revue de Littérature Générale n°1, P.O.L 1995, p. 5.
6. Ibid, p. 6.
7. « La poésie: entretien avec Pierre Alferi et Jacques Roubaud » Libération, Paris, 17 avril 1994, p. 32.
8. James Joyce, Oeuvres, Gallimard, coll. La Pléiade, 1982.
9. Ibid.
10. Jacques Roubaud, *L'hypothèse du compact,* op.cit, p. 299.
11. Ibid.
12. Ibid.

Instantanéité, moment de surgissement où la réalité à la fois banale et singulière des choses vous envahit comme une révélation, avec un effet de détonation : on retrouve Saint Augustin, mais aussi Gerard Manley Hopkins, « the thingness of things » – la prégnance des choses – et surtout les « inscapes », dans lesquels on peut voir un autre mode de l'épiphanie, et qu'Alferi définit comme « singularité kidnappée, mouvement gelé »[13]. Hopkins est souvent cité comme modèle par Roubaud et par Alferi (mais aussi pour d'autres raisons et d'autres affinités : un langage plus proche de la parole pour Alferi, une exploration de la plasticité du sonnet pour Roubaud).

Ce compactage, cette densité entraînent certes un codage, un chiffrage, qui peut obscurcir la lecture ; mais il ne s'agit en aucun cas dit Alferi de viser un mystère, un indicible, un sublime crypté ; l'abréviation a pour fonction au contraire la nécessité d'une notation cursive, rapide, d'événements minimes, qui relève presque de la mémotechnie. Alferi cite en exemple un poète de Cambridge, Jeremy Prynne (qu'il a traduit), chez qui dit-il le chiffrage évoque exemplairement le langage codé de l'espionnage.

Le compactage est lié avec la sensation d'une nécessité anecdotique au sens fort, d'une urgence événementielle au départ ; même si à la lecture tout n'apparaît pas déchiffrable, il s'agit de fixer l'évanescence d'une expérience, avec indices, marquages, ancrages dans un ici, un maintenant, dans un souci de véracité : « quelque chose de singulier qu'on veut faire apparaître, et pas forcément de façon documentaire, naturaliste. »[14]

C'est sans doute dans dans le deuxième recueil d'Alferi, *Kub Or*[15] (P.O.L, 1994) que ce procédé de compactage, de télescopage apparaît de façon particulièrement flagrante. Il s'agit d'un recueil de poèmes brefs, sept fois sept poèmes de sept pieds, un cube par page, petits blocs d'un jeu de construction où circulerait l'air de l'époque ; apparaissent, par ordre alphabétique, affiches, ambulant, amor fati, cafetiers, cinéma, dame pipi, éboueurs, pasqua démission, mais aussi préservatif, pigeons, poubelle, le parapluie de Mallarmé, l'amour selon Jules Verne ou la France d'Henry James. Le titre du livre renvoie à ces petit cubes de bouillon – Kub comme cube, Maggi comme magique... – enveloppés dans du papier doré, familiers du panier de la ménagère ; chaque poème offre ainsi un concentré d'un quotidien très français, dont il résume la quintessence : objets de tous les

---

13. Pierre Alferi et Olivier Cadiot, Préface à *La mécanique lyrique,* op.cit, p. 6.
14. Pierre Alferi, Entretien, Eureka, Tokyo, 2002.
15. *Kub Or*, P.O.L. 1994 (non paginé).

jours, scènes de rue, anecdotes esquissées, autant de brèves énigmes à décrypter. Le dernier mot, en italiques, en constitue et le titre, et la clé. Concision, complexité, tension interne confèrent à chaque vignette son efficacité, son effet de ressort, de mécanisme impeccable. Pour en déplier le sens toutefois (dilution du petit cube de bouillon), il suffit de rétablir la linéarité de la phrase et son découpage syntaxique : en rapide succession défilent les affiches du métro, le pied aérien d'une passante, le jacassement d'un ministre (« un rien glaçant / petit baron »), les images flottantes du cinéma (« penser images seconde / arrangement d'étourneaux »), et même le plaisir explosif des bulles du pepsi-cola, tel un avant-goût de baiser (« l'avant-baiser de pepsi-cola / le meilleur dit la cliente »).

Il suffit ici par exemple de traduire le titre par « rez-de-chaussée » et l'on voit aussitôt se jouer une petite scène ordinaire et parisienne – anonymat des villes, bref photogramme, scénario de tous les jours :

>   d'ailleurs dans tout bureau sur
>   la rue téléphone un brun
>   l'air très las dont la voisine
>   elle préfère se faire
>   faire une coupe au salon
>   elle et lui ouvert dimanche
>   matin nocturne jeudi
>
>   *rdc*

Au rez-de-chaussée d'un immeuble, un homme brun, fatigué, téléphone (« l'air très las ») dans un bureau ; déplacement de la caméra : juste à côté, une cliente se fait couper les cheveux dans un salon de coiffure unisexe « elle et lui ». Sur la vitrine sans doute une inscription : le salon de coiffure est ouvert le dimanche matin et le jeudi soir (« nocturne jeudi »).

Autre cube, celui de la télévision :

>   en cas de transport tombée
>   la nuit boum ou sur le coup
>   de vingt heures pincement
>   vivement contempler le
>   tronc vert cravaté sur fond
>   bleu exécrable oui mais

CHAPITRE 2

qui vous en apprend de belles

petit écran

La nuit tombe («boum») et à huit heures juste («sur le coup des vingt heures»), pincement au coeur, appréhension, devant le rite attendu et quotidien des actualités télévisées: «tronc vert cravaté», le buste du présentateur de l'émission apparaît «sur un fond bleu exécrable», celui du studio – et «vous en apprend de belles»: choses incroyables, chaque jour plus étonnantes ou plus invraisemblables ...

«Chanson» évoque, dans sa simplicité répétitive, une petite scène populaire et naïve, où le motif circulaire mime à la fois la chanson, le bol de soupe, et le décor.

écoute les filaments
tue-mouches moutons flottés
prendre dans la soupe à l'oeuf
tourne au hasard musicien
la nébuleuse spirale
c'est une chanson c'est une
chanson c'est une chanson

chanson

On entend une chanson populaire dont le refrain fait ritournelle, tout comme tournent dans la soupe (autre image circulaire, celle du bol) les filaments de l'oeuf. Et comme tournent au plafond les «filaments tue-mouches», ces anciens rouleaux de papier collant en spirale sur lesquels, autrefois, venaient s'engluer les mouches. Quant aux flocons de laine des «moutons flottés», on peut y voir le blanc de l'oeuf qui flotte à la surface de la soupe. On pense à un restaurant chinois (à cause de la soupe à l'oeuf), dans un quartier populaire de Paris, et en fond musical une petite chanson entêtante qui tourne, répétitive, comme la cuillère dans le bol de soupe.

Poésie minimale, à ras de terre, dit Alferi, et qui travaille surtout sur la coupe, le réagencement. Mais malgré la légèreté apparente, l'ancrage délibéré dans le quotidien, aucun pittoresque: les références littéraires y abondent, ces bribes, ces souvenirs sont plus littéraires que prosaïques. On y rencontre Jude Stefan, Cingria, Flaubert, Robert Walser, et un hommage à l'alexandrin.

Voire, derrière un motif très moderne, Proust.

> voilà tout et pour la prose
> il n'y a plus la prière
> du matin ça tache et c'est
> beau toujours dans le rétro
> de la pensée du voisin
> le quartier méconnaissable
> désossé mais frais d'hier

journal

Le rite du journal quotidien remplace désormais « la prière du matin »; l'encre tache les doigts, mais c'est beau (ironie...) de voir se refléter dans le journal (comme dans un rétroviseur) le consensus général (« la pensée du voisin »). On y découvre les actualités de la veille (« frais d'hier »), tel « un quartier » de viande (meurtres, guerres, nouvelles sanglantes), qui serait découpé (« désossé ») en morceaux, en pages, en colonnes de papier; opération qui rend le réel « méconnaissable » – et donc plus acceptable à la lecture.

Dans cette dénonciation moderne des médias qui font subir au réel une opération de banalisation et d'asepsie, on retrouve un écho de Proust dénonçant déjà « cet acte abominable et voluptueux qui s'appelle lire le journal et grâce auquel tous les malheurs et les cataclysmes de l'univers pendant les dernières vingt-quatre heures, les batailles qui ont coûté la vie à cinquante mille hommes, les crimes, les grèves, les banqueroutes, les incendies, les empoisonnements, les suicides, les divorces, les cruelles émotions de l'homme d'Etat et de l'acteur, transmués pour notre usage personnel à nous qui n'y sommes pas intéressés, en un régal matinal, s'associent excellement d'une façon particulièrement excitante et tonique, à l'ingestion recommandée de quelques gorgées de café au lait. »[16]

On ne peut cantonner Alferi à *Kub Or*; deux livres l'ont précédé. Avec *Les allures naturelles* (P.O.L, 1991) et *Le chemin familier du poisson combatif* (P.O.L, 1992) la poésie s'occupe de la subjectivité de la perception, des

---

16. Marcel Proust, Sentiments filiaux d'un parricide, in *Pastiches et mélanges*, Gallimard, coll. La Pléiade, 1971, p. 154.

variations de regards, de perspectives, de points de vue.

Ont suivi *Fmn* (P.O.L, 1994), roman qui met en scène, dans une variété de registres, un homme saisi par le regard d'une femme, puis les poèmes amoureux et quotidiens, les rencontres et les instantanés de *Sentimentale journée* (P.O.L, 1997) qualifiés par Alferi de «poèmes improvisés comme une conversation, dont on voit en gros de quoi ils parlent (d'amour, du jour et de la nuit, de temps, de cinéma, de mouvement), et précisément ce qu'ils disent, mais pas très bien ce qu'ils veulent dire».[17]

Or les livres suivants sont curieusement plus proches de la prose, plus amples, dans un flux plus continu – y compris *Le cinéma des familles* (P.O.L, 1999) qui se définit explicitement comme roman, mais où la mosaïque des effets provient ici aussi, titre oblige, d'un montage quasi cinématographique, avec effets de focale multiple et brouillage des dispositifs. Si *Kub Or* pouvait apparaître comme une série de petits photogrammes, *Sentimentale journée* est une suite de séquences, et *Le cinéma des familles* un long métrage. On peut se poser alors la question du statut du compact, de la compression dans ces textes plus longs, plus fluides, moins resserrés, où les coupes syntaxiques se résolvent en un fondu-enchaîné ininterrompu, dans une parole filée, qui glisse à la surface des choses. Dans *Sentimentale journée* l'enjambement systématique figure la richesse, le débordement d'un réel fuyant de toutes parts, à la dérive : «Le stock d'incarnations / Déborde. Les reflets ruissellent / Sur la ligne d'en dessous.»[18]

L'opposition est de surface : les petits poèmes de *Kub or* sont eux aussi des poèmes enjambés – mais comme des petits ressorts, des spirales très serrées ; dans *Sentimentale journée*, le ressort se déplie, le pas s'allonge et l'élan rebondit, «escalade et dégringolade»[19]. Dans les deux cas, la parataxe demeure.

La tension entre continu et discontinu aussi : les petits poèmes quotidiens de *Kub Or* sont découpés dans la continuité du réel, mais ils restent inscrits dans son flux, par le mot placé chaque fois à l'initiale du texte, en l'absence de toute majuscule («d'ailleurs», «cependant», «en effet», «voilà pourquoi», «et», «oui») ; les poèmes de *Sentimentale journée* apparaissent sous deux versions, forme longue et forme brève, celle-ci constituant en exergue un poème en réduction – qui en exprime la quintessence. Ainsi par

---

17. *Sentimentale journée*, P.O.L, 1997, 4e de couverture.
18. Allegria, in *Sentimentale journée*, op.cit, p. 98.
19. Fay Wray rencontre Buster Brown in *Sentimentale journée*, op.cit, p. 68.

exemple le résumé désabusé et laconique qui précède le dernier poème du recueil, intitulé ironiquement Hyperaubade : « Il ne s'est rien passé que le passage / De la nuit au jour à la nuit voilà. »[20]

Même lorsque le rythme s'allonge le codage est là, dans la compacité, la densité, la brièveté des notations, les références non explicitées, l'ancrage dans un ici et maintenant très personnel, les indices d'une expérience particulière (lieux, noms, objets) parfois déchiffrables, parfois non. Il n'importe pas qu'ils le soient, dit Alferi : car le compactage, et son corollaire, la déliaison, ont une fonction essentielle : celle du maintien de la particularité de l'expérience. Voire d'un certain secret. « Je ne fais pas de différence » dit Alferi, « entre citation et description, référence et vision. Tout est sur le même plan. Je ne peux pas m'interdire d'être, dans ce que j'écris, là où je suis. L'universel passe justement par l'ici et le maintenant : ce n'est pas le même ici, pas le même maintenant, mais la marque de sa singularité nous renvoie à la nôtre, comme une date qui fait date pour toutes les autres. »[21]

Et si l'on rencontre dans *Kub Or* comme dans *Sentimentale journée* abondance de noms propres (on croise dans ce dernier recueil Fray Way et Buster Brown, Heidegger et Radio Nostalgie), connus ou inconnus, rien là de hasardeux, mais l'inscription, à un moment donné, dans le flux global de la vie et de ses images. « Dans toute poésie, il y a un élément comme ça, non comme signature de l'auteur, mais comme date, idiome, qui ne se transporte pas. Et dans ce jeu entre l'absolument axiomatique et l'absolument situé, entre l'interprétation et l'actualité, se joue quelque chose d'essentiel de l'écriture. On ne peut pas sortir de la singularité, ni donc d'un certain secret. Bien sûr, il ne faut pas être complaisant avec le secret, crypter pour faire le malin, vouloir ne pas vendre la mèche. Mais on doit affronter ça : tout n'est pas traduisible d'une expérience. En un sens, c'est même ça qui se partage le mieux. »[22]

Retournons à Jacques Roubaud et à *L'hypothèse du contact*. On y lit : « La poésie est soustraite à la règle dite de la « publicity of meaning ». Dans le « sens » de ce que dit un poème, il y a nécessairement une part prépondérante de privé intransmissible, non interpersonnel ».

Il y a plusieurs modèles à *Sentimentale Journée* (tous anglo-saxons au

---

20. Hyperaubade, in *Sentimentale journée*, op.cit, p. 106.
21. Pierre Alferi, Entretien, Revue Eureka, Tokyo, 2002.
22. Ibid.

demeurant). Sterne d'abord bien sûr, dans le titre : fausse traduction, jeu de mots, renvoi aux « romances » anglaises, petits objets lyriques et sentimentaux. Puis Browning, qui a inventé le poème-conversation : fausse parole, retravaillée, très dense, parole intérieure, fictive, selon Alferi. Or Browning c'est aussi l'ellipse : les choses restent chiffrées – secret réel, s'interroge Alferi, ou effet de syntaxe ?

Mais l'influence décisive, et avouée, c'est John Ashbery. Or Ashbery est l'auteur d'une poésie ample, fluctuante, sujette à de longues séquences narratives, des digressions de la mémoire, un fil qui s'allonge et se brise, pour reprendre sur le mode de l'association et de la bifurcation : l'effet de compactage ou de discontinuité passe à ce moment-là par l'effacement des articulations, peu nombreuses, entre les différents blocs ou parties ; par le désenchaînement, le coq-à-l'âne, qui suffisent à produire l'effet de télescopage – même entre des unités de texte beaucoup plus longues.

Compactage et déliaison ont aussi à voir avec la recherche d'une autre consistance, d'une autre vitesse de lecture - notion à laquelle sera consacré le 2ème numéro de La Revue de Littérature Générale[23] en 1996. Tension continu / discontinu, alternance formes longues / formes brèves, enchaînement / disjonction : tout cela relève de l'idée (musicale et cinématographique, et très moderne aussi) d'interférences, de polyrythmie, d'accélération et de décélération : il s'agit de relier les choses mais sans les fondre, de moduler leur dissolution et leur mise en relief. Car c'est de ce rythme – presque de la danse dit Alferi – que dépendra la jouissance de la lecture.

Compactage et déliaison : on pourrait y voir un même effet, spécifique à la modernité, de l'insoluble de l'expérience. On a parlé à propos de l'école de New-York de « disconnected trivia » : l'expression pourrait convenir à la poésie d'Alferi.

Il faut en effet se demander à présent : quel rapport avec Jacques Roubaud ? Si la poésie a avec la langue un contrat de compactification, comme il l'affirme, comment s'incarne-t-il dans son propre travail ? Le plus simple est de prendre un exemple, celui-ci n'est pas récent, il appartient à ε, ou *Signe d'appartenance*, le premier recueil de Jacques Roubaud (Gallimard, 1967) et déjà, peut-on dire, « la compression », « la condensation » y sont flagrantes.

---

23. *Digest*, Revue de Littérature Générale n° 2, P.O.L, 1996.

> Adieu plein des eaux dit le coeur on voit des roses pourrir dans le plâtre une bâtisse sans serrure s'est posée là un va-et-vient d'ours en peluche adieu dit le coeur la main sur le coeur fond du bronze pour bien un battement
>
> adieu répond le cumin de l'eau vert noir de l'eau brassée de branches immergées imageant adieu par une ride du vent adieu dit l'eau troublée c'est de l'anis c'est de l'eau adieu dit l'eau en battant sur quelles rives ?
>
> adieu pour quoi faire chaque image n'a-t-elle pas été adieu dès la première qui fut ovale et dans le bleu battant de vols où passait de l'eau adieu
>
> adieu pourquoi il va sans dire ancien adieu ancien depuis que le coeur bat que pourrissent les roses bouffonnes qu'on voit dans le plâtre adieu qu'on voit s'ensabler l'eau[24]

Ce qu'on voit à première vue, c'est qu'il s'agit bien d'un sonnet (en prose), *Signe d'appartenance* étant un livre de sonnets, une exploration de la plasticité du sonnet – un sonnet de sonnets. D'ailleurs construit comme on le sait sur le modèle du jeu de Go : ici pion blanc, Go 112.

Une forme d'emblée donc fortement contrainte, et d'autant plus qu'elle renvoie à un genre interne davantage codé encore, celui du dialogue médiéval : ici un dialogue entre le coeur et l'eau (adieu dit le coeur / adieu répond le cumin de l'eau...) sur le modèle des dialogues entre le coeur et l'âme (« dire » 5 fois, « répondre » 1 fois). Dialogue qui est un questionnement (autre code supplémentaire, historiquement attesté) : les quatrains constituent la question (avec point d'exclamation final), les tercets la réponse ; réponse d'ailleurs évasive, indicible, réponse impossible, dans son évidence même (« il va sans dire »)

On l'aura compris, cette forme ancienne renvoie à un thème lyrique ancien (et à des images facilement reconnaissables, l'eau qui coule, le temps qui passe). Cette forme ancienne du sonnet réactualise un thème lyrique ancien, celui de l'éternel adieu au monde.

Et cette forme très contrainte, doublement ou triplement codée par des

---

24. Jacques Roubaud, *Signe d'appartenance*, Gallimard, 1967.

codes internes, (le dialogue médiéval, le jeu des questions / réponses) constitue l'architecture qui va donner sa structure, son cadre au poème, et c'est ce cadre formel qui va assurer son intelligibilité. Le jeu des répétitions aussi, immédiatement repérables (« adieu » 12 fois, « eaux » 8 fois, « coeur » 4 fois) donne son intelligibilité au texte.

Mais à l'intérieur de ce cadre formel très fortement structuré, il n'y a pas de syntaxe : les mots sont posés dans l'espace, hors syntaxe, comme les pions du jeu de Go sur le damier de la page. Comme un collier de mots : le glissement d'un terme à l'autre peut être induit par association sémantique (le bronze, la cloche, le battant, le battement) ou sonore (bâtisse anticipe battement).

Mais même si l'on perçoit certains fonctionnements, les images produites restent résolument privées : que dire par exemple du « va-et-vient d'ours en peluche » du premier quatrain, écume de l'eau, traces de l'enfance, regret ? L'enfance fait sens avec le plein des eaux du début du texte (vitalité, jeunesse) qui se résoudra dans la disparition et la mort lente, l'ensablement du dernier vers (« qu'on voit s'ensabler l'eau »), si on voit dans le poème une métaphore de la vie et du passage du temps ...

Citons à nouveau Jacques Roubaud et *L'hypothèse du contact* : « La poésie est soustraite à la règle dite de la «publicity of meaning». Dans le «sens» de ce que dit un poème, il y a nécessairement une part prépondérante de privé intransmissible, non interpersonnel ».

Il faut ajouter – Alferi le dit à propos d'Ashbery mais cela vaut aussi pour Roubaud – que cette association libre est à distinguer de l'association surréaliste, emblème de modernité au départ, mais qui a abouti – dans sa phase terminale en tout cas – à une imagerie particulière, onirique et symbolique, perçue en définitive comme de nature peu différente de l'imagerie symboliste ou romantique. L'arbitraire de l'image était devenu premier : non plus reflet de l'expérience, mais esthétisme, volonté d'art lourde et pesante. Il y avait là pour les poètes de la génération d'Alferi une facilité, un pittoresque, un poétisme à conjurer.

Alors que le choc, le compactage, la déliaison chez Roubaud par exemple ne produisent pas cette imagerie : parce que ce sont à chaque fois des choses singulières.

Et ce serait dans cette tension entre dépliable du texte et compacité, entre partageable et résolument privé, entre universel et singulier de l'expérience que résiderait la spécificité de la poésie : un sens qui résiste et ne se donne pas d'emblée, dans un mouvement de retrait, réversible, changeant ; non pas la saisie d'un sens, mais son flou, son irrésistible et fascinant flottement.

«La condensation» dit Florence Delay à propos des formes brèves, «– accumulation d'énergie électrique sur une petite surface – fait lever l'orage désiré, détonner la phrase, décharger le cœur»[25] : il s'agit bien d'une épiphanie, d'une fulgurance, de la tentative de restitution d'une expérience très privée et néanmoins en cela même partageable, puisque paradoxalement c'est l'expérience de la singularité qui nous est commune.

Le compactage est chiffrage, codage. Mais cet apparent secret, cette compacité, n'est pas une clôture. Le marquage dans le poème des indices (objets, événements minimes, saisie d'un sentiment, d'une perception) vise en fait à laisser du jeu au sens. La sensation déclenchée à la lecture sera d'autant plus forte qu'elle n'est pas surdéterminée, qu'elle reste incomplètement dépliée, pas toujours parfaitement déchiffrable : ce flou laisse une marge possible au sens.

On pense aux Stoïciens : les événements – et le sens en est un – ne touchent pas les corps. Les événements ont lieu à la surface, ils sont incorporels, ils existent sans exister. Le sens reste réversible, changeant, il arrive à la surface des choses et se dérobe à nouveau. Restent le flux, la circulation, le mouvement et son élan jubilatoire, «cette ligne serpentine entre les choses, cette courbe qui ne se boucle jamais»[26] (et ce serait la définition de la poésie) :

> Quel est cet élan
> C'est un mouvement de mort
> Mais c'est aussi
> Une jouissance pure de contenu[27]

---

25. Florence Delay, *Petites formes en prose après Edison*, Textes du XXᵉ siècle, Hachette 1987, p. 13.
26. Pierre Alferi, Entretien, Eureka, Tokyo, 2002.
27. Allegria, in *Sentimentale journée*, op.cit, p. 97.

CHAPITRE 2

Objets minimaux : les cinépoèmes de Pierre Alferi

Chez Pierre Alferi, poète et écrivain, mais aussi critique de cinéma, coupe, montage et cadrage sont des procédés poétiques, l'enjambement est un fondu enchaîné, et après tout, dit Alferi dans le recueil *Sentimentale journée* (1997), «l'amour est un effet spécial». D'où, logiquement, au-delà des livres, les petits films qu'Alferi réalise sous le nom de *cinépoèmes* et *films parlants,* publiés sous forme de DVD en 2003 : collages d'images, brefs tressages de souvenirs cinématographiques, en voix off, ou films muets, en noir et blanc, avec cartons ou sous-titres, dans le cas des *films parlants*; ou dans le cas des *cinépoèmes,* mosaïque de sons et textes, martelés, dialogués, discontinus ou coulés sur des musiques de jazz, minimale ou électronique, qui se délitent, se répètent et se défont.

Pas de sujet quand on écrit, dit Alferi, et s'il y en avait, ce serait des sujets du genre humeur, *stimmung*, sentiment, ensemble de sensations à un moment donné. La technique est simple, l'ornement absent, ce sont des «objets modestes» dit Alferi, et l'on pense aux petits poèmes de *Kub Or*, déjà revendiqués comme une poésie minimale, «poésie de la coupe et du réagencement». Minimalisme, non au sens d'une épure, mais plutôt d'une compactification. Puisque la poésie a à voir dit Alferi (dans la préface au premier numero de la Revue de Littérature Générale, 1995) avec l'ellipse, le télescopage des dispositifs. En conjuguant justement d'une part des motifs fugitifs, mouvants, qui ont à voir avec le montage, l'éclatement, la compression des données ; et d'autre part une fluidité, un flux ininterrompu, qui correspond, on le verra, à une certaine idée de la syntaxe.

Il nous suffira d'emprunter pour la poésie un seul exemple à l'un des premiers livres d'Alferi, *Kub Or* (P.O.L, 1994) : c'est un recueil de petits photogrammes, d'instantanés, accompagnés de photos réalisées par la photographe Suzanne Doppelt, photos qui se trouvent face au texte dans un rapport de variation ou de décalage, de focalisation sur le détail ou au contraire de contrechamp, tous procédés cinématographiques qui anticipent et annoncent déjà les *cinépoèmes*.

Ce sont des poèmes brefs, 7 vers, un cube par page, d'où le titre ; de petites scènes parisiennes, un concentré de l'air du temps, de rapides épiphanies. Le dernier mot constitue à la fois le titre, et son élucidation. Voici un exemple – significatif, c'est le poème liminaire du recueil :

> au lieu de vous moquer marquise
> me font vos yeux beaux mourir
> penser images seconde
> arrangement d'étourneaux
> qui vont à la ligne haute
> tension battre le flip book
> et revoir le mouvement

cinéma

Ce premier poème est consacré au cinéma : ce n'est pas un hasard. On y reconnaît une marquise de Molière, et le billet d'amour absurde et dérisoire qu'invente pour elle Monsieur Jourdain : allusion aux costumes et aux romances, aux belles marquises des films muets, à leur regard ensorcelant, et on peut penser ici à la classification des images par Deleuze, quand il fait coïncider gros plan et visage comme emblème même de l'«image affection», du «mouvement sensible», du pur «exprimé» dans *Cinéma 1 : l'image-mouvement*. Dans son analyse de l'image cinématographique, Deleuze fait coïncider gros plan et visage ; tous deux supposant le même rapport entre image et mouvement, le visage *est* le gros plan et inversement.

Mais ce déferlement d'images (plusieurs par seconde : «penser images seconde»), comme un vol léger de moineaux («arrangement d'étourneaux»), c'est aussi les pages qu'on feuillette, les lignes à haute tension où vont se percher les oiseaux, ce sont aussi les lignes écrites de la page, le flip book (ancêtre du cinéma on le sait), c'est le livre même, *Kub Or*, petits événements, succession d'instantanés : images, et surtout mouvement.

Citons un extrait d'un article d'Alferi, et qui s'intitule «Une image de cinéma» (Revue Vacarme, n°14, hiver 2001) : «Appelons image l'événement que produit une vue cadrée. Evénement pour la pensée, qu'elle arrête (fascination), puis relance (fantaisie)». Alferi parle ici de cinéma, mais «une vue cadrée», cela pourrait aussi bien s'appliquer au poème. Au poème et à ses effets, fin de la citation : «Images-mouvement, en cela d'abord qu'elles vous échappent aussi lestement qu'elles vous ont capturé.»

Si l'image échappe, si le modèle du poème est celui du flottement, de la déliaison, le rétablissement du lien entre les fragments apparemment disparates du texte sera syntaxique, ou ne sera pas. Ce qu'il a toujours aimé dans le poème, dit Alferi dans un article en ligne sur la pensée poétique, «ce n'est pas une vague musique, c'est l'implacable syntaxe et, à travers elle, la logique». Une logique certes particulière et qui fonctionnerait dit-il par apories. C'est cette sinuosité, cette fluidité de la syntaxe, qui induit le sentiment essentiel du mouvement, de la vitesse.

Ainsi, qu'il s'agisse du poème ou du film, l'effet recherché concerne encore et toujours la lecture, son rythme, sa tension, son humeur. Le DVD, cet objet mixte, ressemble à un livre, dit Alferi dans un entretien pour *Les cahiers de l'espace*, et il s'agit «moins d'inventer des trucages ou des procédés, que de suivre jusqu'au bout, avec les moyens du bord, des idées de lecture». Le film comme texte rythmé, mesuré, permet de démultiplier la lecture, d'en jouir autrement. Le travail se revendique ainsi comme un travail d'écrivain, non de plasticien ou de cinéaste.

Mais puisque ce travail d'écriture spécifique est conçu pour se couler dans une durée cinématographique, c'est donc aussi et d'abord un travail sur le temps. *Cinépoèmes* ou *films parlants*, il s'agit toujours de façonner, au delà des temps virtuels de la poésie ou du récit, «des temps palpables et malléables, des minutes réelles» dit Alferi dans ce même entretien, à l'instar «des cinéastes expérimentaux, des monteuses, des musiciens»: aucune nostalgie ici de la musique, encore moins de la peinture et de la photo, mais le désir d'accéder à «cette ancienne illusion de pouvoir agir sur le temps: le ralentir, l'accélérer, le morceler ou le suspendre, s'installer dans un instant».

D'où le jeu, constant, de l'accélération ou de la décélération. Ceci même si les *cinépoèmes* se cantonnent souvent à la lettre, au défilé de phrases muettes dont l'enchaînement constitue le seul décor et l'élan de la syntaxe le seul mouvement. Ainsi, dans *Ne l'oublie pas*, une horloge temporelle fait défiler des souvenirs sous forme d'une simple liste de phrases au passé, lettres blanches sur fond noir, inventaire minimal d'une mémoire imaginée dont le déploiement et l'effacement successifs sur l'écran renvoient à la combinatoire des *Cent mille milliards de poèmes* de Queneau.

Une injonction unique, *Ne l'oublie pas,* est suivie de la modulation des compléments, relatives et adverbes dans l'infini des souvenirs potentiels: elle se métamorphose et se complexifie sur la même matrice toujours recommencée, mais la vitesse de son apparition et de sa disparition fait qu'une partie du texte est difficilement lisible; et elle mime ainsi paradoxalement dans cet impératif impossible le processus même de l'oubli, puisque le souvenir que nous sommes conviés à appeler est (par définition) toujours partiel, morcelé, incomplet. Flou aussi, comme les images du décor gris et blanc, instantanés évanescents et semi-effacés: une chaise, une fenêtre, un cercle (la lune?) sur la pulsation mélancolique de la musique, et les trois reprises d'un fondu enchaîné au noir.

Cette petite mise en scène du texte n'aura duré que quatre minutes : d'autres *cinépoèmes* sont plus brefs encore, quarante secondes au plus pour *Lapins du soir*, noir et blanc, aucune image, texte animé presque enfantin extrait du bref recueil *petit petit,* où « des fragments de lapins courent syllabe par syllabe » en sautillant sur une musique en rafale.

Nuitée procède d'un renvoi à une poésie orientale et lointaine, la Chine du VIIIe siècle via un poème de Li Po, le plus célèbre des Tang, celui qui chantait le vin, mais aussi la solitude et l'exil.

Le dépouillement ne peut pas être plus grand, le procédé plus minimal : le texte est réduit à son squelette de mots, sa traduction strictement littérale, hors grammaire, hors syntaxe, copie de l'original chinois (« nuit nuitée pic sommet temple / lever main dresser étoiles astres »). Il ne reste sur un fond muet que le jeu graphique fluctuant des lettres et des idéogrammes, pure architecture en mouvement, hors de tout reste : ni son, ni musique, ni voix, pas d'image (autre que la lettre), pas de sens intelligible ou conjugué. Mais le noir et le blanc, comme la nuit du titre.

Avec *Tante Elisabeth,* autre registre, et autre folklore, celui d'une chanson traditionnelle welche, conjuguée à des plans de films des années 1910 colorés à la main, qui déploie sur le mode de la comptine un inventaire naïf et émerveillé du monde.

Du verger de Tante Elisabeth au nid dans l'arbre, à l'oiseau dans l'oeuf et au nuage dans le ciel, le répertoire est cosmique, la liste est longue, et il s'agit de mettre en séquence des objets à priori hétérogènes, sans rapports : or c'est ce que fait la musique, et c'est aussi une contrainte de la poésie. On y voit ondoyer les danseuses indiennes de Bollywood, s'envoler les voiles rouges et verts d'une danseuse qui rappelle Loïe Fuller (plutôt qu'Isadora Duncan), et sur une valse au violon hypnotique et ralentie d'un vieux film d'Edison, deux hommes tourner, à présent « disparus corps et bien comme toi / (...) Le stromboscope les ressuscite / en danseurs, en fugitifs, en fantômes pris sur le fait » (*Sentimentale journée*, p. 99).

La danse, motif récurrent (on le verra dans le film parlant suivant), est une métaphore de la syntaxe, et le projecteur archaïque entr'aperçu qui fait tourner les images mais à l'envers, c'est la figure comique mais attendrie de la ritournelle, de la répétition, de la moulinette à images qui intègre l'hétérogène, le plus hétérogène possible, dans le mouvement général du monde : vocation du cinéma, et de la poésie, pour Alferi.

C'est dans ce cinéma américain entrevu qu'Alferi va puiser le matériau premier de ce qu'il nomme les *films parlants* : son réservoir d'images de prédilection c'est le grand cinéma hollywoodien des années 20 aux années 50, cinéma de fantasmes dit-il, à la fois personnels et partagés, là où «Fay Wray rencontre Buster Brown» – c'est le titre d'un poème de *Sentimentale journée*. Car toutes les émotions au cinéma ont leurs figures préférées disponibles, elles constituent un «meccano de la mémoire».

Il y ajoute ce qui justifiera l'appellation de *films parlants*, la voix, via la narration de l'auteur ou via les sous-titres, et en conservant la sinuosité, la fluidité de la syntaxe comme essence du mouvement. La syntaxe, c'est le sujet de *La Berceuse de Broadway*, adaptée d'une comédie musicale, *Golddiggers of 1935* de Busby Berkeley : elle s'y confond avec la grâce, que les sous-titres tentent de cerner et de décrire comme «une chute qui se répète, une pulsation, une montée suivie d'une descente, une ligne serpentine».

Ni chanson ni musique ici, les séquences paradoxalement sont muettes, New-York la nuit, au quotidien, et la danse encore – la courbe d'un mouvement et sa chute inévitable – apparaissent accompagnés du seul cliquetis d'un projecteur ; et cette ligne serpentine, qu'Alferi appelle parfois arabesque (terme emprunté à Pétrarque), c'est aussi sa définition de la poésie. Car qu'est-ce qui donne parfois aux accidents de la vie la cohésion d'un film? Citons: «pas la musique / plaquée si redondante qui est la honte / du cinéma. Une prosodie plutôt / improvisée qui fait aussi retour / sur soi nonchalamment» (*Sentimentale Journée*, p. 15).

Il s'agit toujours somme toute de «chercher une phrase», comme l'indiquait déjà le titre éponyme d'un essai d'Alferi sur la poétique. De faire des phrases avec des images : *La Berceuse de Broadway* a d'ailleurs donné lieu à un flip book de 126 photogrammes, avec texte sous-titré. Mais l'enchaînement ne va pas de soi. Dans les *films parlants*, il ne suffit pas de prélever des images cinématographiques dans ce fonds commun, il faut les enchaîner selon une logique qui soit entièrement libre, à créer, qui ait sa propre nécessité, qui ne soit ni explicative, ni prévisible : cette logique, c'est à nouveau «l'implacable syntaxe», qui en poésie comme au cinéma relève plutôt de l'analogie, voire de l'aporie ; une syntaxe vue non comme règle mais comme mécanisme d'enchaînement. Car les images sont combustibles, évanescentes : l'important est ce qui les lie.

Intime ne dit pas autre chose : la parution en CD Rom de ce petit film en 2004 a suivi celle de *Cinépoèmes et films parlants*, avec publication parallèle du texte, illustré par l'auteur, qui peut être considéré comme le scénario du film. Le matériau est nouveau, et différent : non plus des emprunts au cinéma noir et blanc d'autrefois, cette fois de la couleur et un petit film tourné par l'auteur, souvenirs de voyage, images plus personnelles (*intime*), mais l'objectif demeure identique, continuité et discontinuité, étirement et compression du temps (*in time*). On est dans un train, les plans muets et colorés glissent le long de la fenêtre, où l'image divisée forme «une tapisserie mouvante, un drive-in silencieux» (*Les cahiers de l'espace*). C'est à la fois «l'intimité d'un regard, un journal intime, l'intimité surprise de passants inconnus, et une sorte d'hyperconscience ou d'hyperesthésie du temps qui passe». Dans les carnets de notes de l'auteur reproduits lors d'une première exposition et projection du film (Espace Multimédia Gantner, Bourogne, novembre 2002), on relève des indices à la fois mystérieux et évocateurs: «instant stoïcien, montage feuilleté, pièce montée, poème monté, faille de l'instant, petite machine à remonter le temps présent ...» Seul sujet de ce petit film «si peu cinématographique: l'immersion sans surplomb possible dans le temps, le fait d'être dans le temps».

En conclusion: tout est donc question de temps, d'enchaînement, et d'humeur. Le but est le même dans le poème comme dans le film: reproduire des expériences simples, des aggrégats de sensations, et les affiner à l'infini, créer un état d'âme en quelque sorte «pixellisé». Nouveau montage égale nouvelle métrique: simplicité du dispositif, mais complexité de la lecture. Il s'agit de jouer avec les rythmes, les échelles, de déplacer les repères. De produire une accélération et un ralentissement du temps vécu, concret, qui place le spectateur entre hypnose et fascination, disponibilité et suggestion, «aléatoire et mémoire». Via l'appel aux souvenirs de cinéma dans les *films parlants* – appel à la mémoire – ou le jeu des combinaisons de phrases et de lettres dans les *cinépoèmes* – recours à l'aléatoire.

Le réservoir d'images cinématographiques où puiser est par définition à la fois intime et collectif. Cette humeur reproduite, indéfinissable, sans cesse éludée, est donc à la fois personnelle, et partageable: «on ne s'y reconnaît pas et tout le monde peut s'y trouver», dit Alferi, «c'est infra-personnel, infra-subjectif». C'est par là que le contact, la transmission deviennent possibles: puisque paradoxalement l'expérience qui nous est commune, c'est celle pourtant toujours singulière de la sensation, et celle du temps, les infinies variations de son rythme, de sa perception.

Références

Chercher une phrase, Christian Bourgois, Paris, 1991, réédition 2007.
Cinépoèmes et films parlants, DVD + livret 44 pages, musiques de Rodolphe Burger, Les laboratoires d'Aubervilliers, Paris 2003.
Des enfants et des monstres, P.O.L, Paris, 2004.
Intime, Panoptic, CD Rom + livre, Inventaire/ Invention, Paris, 2004.
Kub or, P.O.L, Paris, 1994.
La Berceuse de Broadway, Photogrammes + texte, Onestar Press, Paris, 2001.
Le cinéma des familles, P.O.L, Paris, 1999.
petit petit, rup & rub, Paris, 2002.
Sentimentale Journée, P.O.L, Paris, 1997.
La voie des airs, P.O.L, 2004. *Ça commence à Seoul,* avec Jacques Julien, DVD, P.O.L/ Dernière bande, 2007.

Articles

Pierre Alferi *La pensée poétique,* www.remue.net/contalferi2.html.
Entretien avec Jean-Damien Collin, *Les cahiers de l'espace* n° 1, Belfort, novembre 2002.
Entretien avec Eric Loret, *L'homme au masque de cire*, Libération, Paris, 19 février 2004.
David Lespiau, *Blank films*, CCP Cahier Critique de Poésie n° 7, 2004, p. 265.

Pierre Alferi poète épistolaire :
Intime / L'estomac des poulpes est étonnant

Le poème-conversation est à la fois une parole intérieure, recomposée, une fiction, et par définition une adresse à l'autre ; mais cet autre, qu'on suppose amoureux, demeure chez Alferi obstinément innommé, flottant, et muet : le modèle privilégié est donc celui de la lettre, modèle canonique mais ici sans destinataire avoué, modulée sous ses multiples variantes dans *La Voie des airs*[1] (« Au grain de la voix qui dépose / les impressions / sur les feuilles si peu / réelles que je t'envoie »), comme dans le scénario d'*Intime*[2], ou encore dans l'incipit de *L'estomac des poulpes est étonnant*[3] (« Qu'est-ce qui commence ainsi l'estomac des poulpes est étonnant / Si ce n'était un livre une lettre »).

L'interlocuteur de *La Voie des airs* reste ainsi multiple, éclaté, via un tu liminaire, ou un vous, qui peut désigner aussi bien la femme aimée, l'ami, ou l'enfant ; comme dans ce poème où le père attendri (révélé par le jeu de mot final), à la fois poète de cour et serviteur empressé d'une princesse de fable, conteur attitré et compilateur attentif des précieux mots de l'enfant, fait gravir les marches du métro à l'encombrante poussette de sa petite fille :

> Je suis le palanquin
> qui t'entraîne, dans les couloirs
> du métro, à jouer
> au boudi-bouille
> au gula-murfi
> à l'estafette chinoise
> au lance-lance - je suis
> le deuxième fonctionnaire de gauche
> chargé de consigner tes sentences
> - en effet un volcan a pu exploser là
> la nuit est belle -
> je suis par magnétisme
> tes aventures
> en pair aimant

Dans *Intime*, la destinatrice par contre bien qu'anonyme est unique, le mode épistolaire constamment tenu s'affiche dans les en-tête successifs :

« chère sédentaire », « chère attachée », « chère lunatique », puis le retour une fois annoncé, « chère intime / enfin proche ». C'est un journal de voyage, donné à travers brefs messages, cartes postales rédigées dans le train ou à l'étape, dans les pays traversés d'un Est indécis. Le dialogue est mélancolique, la destinataire à la fois proche et lointaine, évasive et vaguement boudeuse : « avons-nous trop attendu / de nous trouver au même endroit / au même instant / es-tu si sûre / qu'on se reconnaîtra ? »

Mais dans tous les cas, quelle que soit l'adresse, aucune réponse n'est attendue, puisque « ici je ne parle à personne / et tout le monde entend » : l'enjeu est ailleurs, il se tient dans l'effort de fixer au plus près la pointe toujours fuyante de la sensation initiale, de fournir la preuve de « son acuité adamantine une fois chaque jour ».

Le miroitement, l'évanescence des sensations sont précipités dans *Intime* par le mouvement même du train, par le surgissement ininterrompu des paysages défilant dans le cadre de la fenêtre : « je m'accroche à des vues / qui éraflent et fuient / sans laisser un lambeau / de tissu traçable ». Car ces brèves lettres de voyage constituent aussi le scénario d'un petit film, où le tourbillon des impressions, leur quasi simultanéisme, est rendu à l'écran par un montage feuilleté de l'image, une expansion vibratoire des couleurs et des scènes enregistrées par l'oeil du voyageur. « Instant stoïcien », écrit Alferi dans ses carnets de notes préparatoires au film, « dont l'élasticité devient visible par la dilatation, le feuilletage dans l'image, et non plus seulement le ralenti ».

Si la sensation dans *Intime* est induite par la vitesse, elle procède dans *L'estomac des poulpes est étonnant* de la mémoire. Si le premier est un carnet de voyage, le second est explicitement sous-titré « romance ».

Sur la couverture, un poulpe, dessiné par l'auteur : un poulpe cannibale, tout comme le poème, car doté lui aussi d'un estomac qui digère tout, « du poulpe à venir sa morale tout prendre » ; on ne sait pas bien ce qu'il ingurgite ou digère : souvenirs esquissés, brève épiphanies, amours et lieux brouillés, indécis : le Japon ? La Corée ? Oreilles de Bouddha, thé vert, mandarines, gaufres aux haricots rouges, objets dérisoires : on pense aux *disconnected trivia* de John Ashbery, l'un des pères d'Alferi en poésie.

Roman sentimental donc, récit au ralenti, celui de la réminiscence, fondé sur le pari de phrases plus amples, d'une mécanique plus fluide, moins heurtée. Le livre s'ouvre sur un tour de passe-passe, « je dis vous mais ce n'est pas moi ce n'est pas vous » (et c'est donc l'histoire de tout le monde). C'est bien une lettre à la destinataire absente, mais « rien d'actuel de personnel », les topoi sont ceux connus de la rencontre amoureuse et de sa fin programmée, «Plantée la flèche commence la chute», puisque la romance, genre mièvre à la «Paul Geraldy» – poète suranné et sentimental – est par définition toujours mélancolique.

La voix de l'autre, fantômisée et de surcroît étrangère, troue en italiques le monologue de la lettre à l'absente; les lieux ici sont immobiles, cafés parisiens, chambre de l'amour, Asie imprécise en filigrane. La rencontre se conforme au topos attendu de la première fois, troc silencieux des regards, paroles convenues, dans le dépliement prévisible de l'histoire amoureuse et sa fin annoncée. Le jeu est celui connu de la fiction et du biographique, «fiction ou non-fiction trop y croire n'est pas bon» et la mélancolie en est inscrite dans le refrain, air célèbre emprunté à l'opéra de Purcell, qui scande dans le texte la récurrence du souvenir:

> Retournons retournons encore un instant s'il vous plaît
> Au tout début à la naissance comme on dit la naissance des cheveux ou des fesses de l'amour
> Rien d'échangé souvenez-vous que les adresses un regard ne s'échange pas s'envoie et s'engloutit
> *Ricordati remember me* air d'opéra

La tentative ici est celle d'une poésie déclarative, d'un texte arborescent où le vers très long, d'un seul jet, assume par son adresse et son ampleur un élan particulier. Ellipse et parataxe se voient donc renvoyées à un autre procédé, celui de l'inventaire: objets dérisoires, brèves épiphanies, bribes de souvenirs, listes de cadeaux minuscules. Mimant ainsi sur un mode mineur et tendrement ironique le titre mystérieux du livre, qui renvoie à une ancienne compilation latine d'anecdotes et de bizarreries:

> Cadeau pour inconnu *voici un paquet de flocons de riz soufflé sucré*
> *Voici un poisson de gaufre fourré aux haricots* commencez par la queue pour qu'il vive plus longtemps
> *Voici un cœur en plaqué à pierres de verre monté en broche*
> *Voici un stylo dix couleurs il faut toujours emballer ce qu'on offre* […]
> *Saviez-vous que les lions malades se soignent en dévorant un singe*
> *Que les ronces protègent les jeunes arbres*
> *Que l'estomac des singes est étonnant* eh oui

Le titre est emprunté au naturaliste latin Elien[4], qui énumère dans son

Encyclopédie les merveilles d'une nature imprévisible et quasi magique, animaux fabuleux et curiosités disparates, tel ce poulpe à l'estomac élastique, puisqu'à l'instar du poème tout lui est comestible; le refrain «Ricordati remember me»[5] renvoie au célèbre opéra de Purcell, car c'est dans le souvenir (toujours anticipé: «s'en souvenir s'en souvenir») que l'émotion atteint son acmé.

Mais le poème, «silence léger paroles légères», est aussi «une installation simple», humeur, *stimmung*, «airs vagues»: déjà un «précis du flou»[6], dans l'élan unique d'un vers allongé.

Références
1. P.O.L, 2004.
2. Inventaire / Invention 2004, réédition Argol 2013.
3. Editions de l'Attente, 2009: le texte toutefois date de 1993, et préfigure donc la discrète déclaration amoureuse de *Personal Pong* (Villa Saint-Clair,1996) et d'*Intime* (2004).
4. Elien Meccius, IIe siècle, *Encyclopédie des gens du monde*.
5. *Remember me but ah! forget my fate,* Purcell, Didon et Enée, Acte III.
6. Objectif déclaré du recueil *La Voie des airs*, P.O.L, 2004.

Pierre Alferi : les objets du monde sont des mots
Entretien, Tokyo, 2000

Pierre Alferi, né à Paris en 1963, a à son actif une oeuvre riche et diversifiée, qui va de la philosophie à la poésie au roman : on y retrouve comme constantes vitesse, mouvement, par le télescopage, le raccourci, la densité de brèves notations ; usage désinvolte d'un langage quotidien ; mais aussi dextérité, exigence formelle et exploration syntaxique.

Son premier livre, *Guillaume d'Ockam. Le Singulier* (Minuit, 1989) était un essai philosophique qui témoigne à la fois de son orientation première et de son attirance déjà pour la singularité de l'expérience. Le deuxième, *Chercher une phrase* (Christian Bourgois, 1991) est un petit traité sur la phrase et son mouvement, « qui met en rythme les choses ». Avec *Les allures naturelles* (P.O.L, 1991) et *Le chemin familier du poisson combatif* (P.O.L, 1992) la poésie s'occupe du phénomène de la perception, des variations de regards, de perspectives, de points de vue.

Kub Or (P.O.L, 1994) présente une série de poèmes brefs, sept fois sept poèmes de sept pieds, survol désinvolte et rapide du spectacle de la vie quotidienne. Le titre renvoie à ces petits cubes de bouillon de viande, enveloppés dans du papier doré, familiers à toute ménagère française. Chaque poème constitue graphiquement un petit cube sur la page et offre un « concentré » de vie parisienne : objets de tous les jours, scènes de rue, anecdotes esquissées, autant de petites énigmes à décrypter.

Ont suivi *Fmn* (P.O.L, 1994), roman qui met en scène, dans une variété de registres, un homme saisi par le regard d'une femme, puis les poèmes amoureux et quotidiens, les rencontres et les épiphanies de *Sentimentale journée* (P.O.L, 1997) qualifiés par Alferi de « poèmes conversations, dont on sait vaguement de quoi ils parlent, mais on ne sait pas très bien ce qu'ils disent ».

Les livres suivants sont curieusement plus proches de la prose, plus amples, dans un flux plus continu – y compris *Le cinéma des familles* (P.O.L, 1999) qui se définit explicitement comme roman, mais où la mosaïque des effets provient ici aussi, comme le titre l'indique, d'un montage quasi cinématographique. Si la compression est parfois moins évidente, moins graphique sur la page, l'effet d'accélération, de vitesse demeure. Les coupes syntaxiques s'enchaînent et glissent dans un fondu enchaîné ininterrompu.

Pierre Alferi par la suite se tournera plus délibérément vers le roman : en témoignent *Les Jumelles* (P.O.L, 2009), *Après vous* (P.O.L, 2010) et un long feuilleton à rebondissements, « comédie matrimoniale, policière et fruitière », paru d'abord en ligne, *Kiwi* (P.O.L, 2012).

Pierre Alferi exerce aussi le métier de traducteur (de l'anglais – John Donne, Darwin, Edward Bond ; de l'italien – Giorgio Agamben ; de l'hébreu – Job, Isaïe) et de critique de cinéma (Vacarme, Cahiers du Cinéma). Il a fondé avec Suzanne Doppelt la revue Détail, et il a dirigé avec Olivier Cadiot la Revue de Littérature Générale.

Cet entretien a eu lieu à Tokyo en décembre 2000, avec Agnès Disson (Université d'Osaka) et Thierry Maré (Université Gakushuin), lors de la première visite de Pierre Alferi au Japon pour une série de lectures dans les universités japonaises.

Agnès Disson : Pour commencer, une question qui touche à la filiation. Certains jeunes poètes français contemporains, par exemple Christophe Tarkos, Nathalie Quintane, curieusement ne se reconnaissent aucune généalogie, aucune influence. Qu'en est-il pour vous ?

Pierre Alferi : C'est très difficile à inventorier, mais bien sûr il y a des influences... Pour ce qui est de la poésie à proprement parler, ce que je lisais avec le plus de passion, lorsque j'étais adolescent, c'était la poésie étrangère, anglaise, américaine ou italienne. Curieusement, la poésie n'était pour moi ni française, ni contemporaine. Je lisais des écrivains à la limite de la prose, Ponge, Michaux, qui m'avaient précédé, mais je ne connaissais pas la poésie française de mon époque. Plus tard, lorsque j'ai commencé à publier, j'ai rencontré des poètes, comme Emmanuel Hocquard, ou d'autres qui appartenaient à ce qu'on appelait « la poésie blanche », mais je n'ai pas eu l'impression d'être influencé.

Il y a eu des influences particulières cependant, disons des lectures récurrentes : Henry James, Charles Albert Cingria – comme styliste et prosateur – et en poésie John Ashbery, qui lui a eu sur moi une influence directe ; mais tout ça reste hétéroclite.

Thierry Maré : Vous lisiez la poésie étrangère dans sa version originale ?

P.A : Oui. Curieusement je lisais aussi de la poésie victorienne, Robert Browning, Gerard Manley Hopkins... J'ai essayé d'en traduire, adolescent.

A.D : Il y a des figures iconiques qui reviennent dans la poésie contemporaine : Gertrude Stein, Laurence Sterne, Hopkins...

P.A : Oui, mais Stein par exemple je ne l'ai jamais vraiment lue. Par contre,

Sterne, c'est vrai. *Sentimentale journée*, le titre de mon dernier livre de poésie, est une (fausse) traduction de Sterne.

A.D : Hopkins est souvent cité par Jacques Roubaud, Sterne par Olivier Cadiot.

P.A : Oui, mais Hopkins par exemple, ou Dylan Thomas, que je lisais beaucoup adolescent, ce sont des poètes très allitérants, très sonores, qui travaillent beaucoup la matière de l'anglais, or ce n'est pas du tout la direction que j'ai prise ! Ce qui prouve que les influences sont toujours détournées, ou inconscientes.

T.M : Pourquoi la poésie étrangère ?

P.A : Par refus sans doute de la traduction française, de la poésie scolaire ; par goût de l'exotisme, désir de fuite, transformés en découverte, en intérêt.

T.M : Et pourquoi la poésie ?

P.A : Par jouissance de la langue, plaisir physique, sonore. Pour l'italien aussi, il y a eu une séduction de la langue ; j'ai lu Dante, Pétrarque. Mais j'étais étudiant en philo, très tôt j'ai eu aussi une autre approche, plus théorique : je voulais faire une thèse sur Pétrarque et le pétrarquisme. Pétrarque, c'est une poésie superbe, très brillante, mais aussi très pensée, il y a là un vrai appareil théorique. Voilà sans doute les vraies influences.

T.M : Ce choix de la poésie ancienne était délibéré ?

P.A : Non. Il y avait deux pôles en fait : théorique, c'était la poésie italienne, et sensuel, plus associé à l'anglais pour moi (je suis traducteur).
Par ailleurs Browning, c'est une poésie qui s'affirme comme conversation, c'est un genre qu'il a inventé, et qui je crois m'a beaucoup influencé. J'ai aimé immédiatement le fait que ce soit de la parole, mais de la fausse parole, retravaillée, très dense, souvent énigmatique ; une parole intérieure.
De plus il y a un côté elliptique chez Browning. Les choses restent chiffrées : secret réel ou effet de syntaxe ? J'aimais beaucoup je crois dans la poésie en général cette résistance d'un sens qui ne se donne pas d'emblée. A cause de la densité, pas du tout à cause de la métaphore ! Hopkins, c'est la même chose.

T.M : Cette densité, cette difficulté vous semblent propres à la poésie en littérature ?

P.A : Non, mais j'ai longtemps eu du mal à lire des romans... Sauf des romans spéculatifs, contemplatifs, comme James, Proust. Joyce aussi – par petits morceaux seulement, moins indigestes !

A.D : Votre premier livre était un essai philosophique, consacré à Guillaume d'Occam, un philosophe anglais du XVIIe ; ensuite vous avez publié un essai sur la poésie, *Chercher une phrase*.

P.A : Il a coïncidé avec la publication de mon premier livre de poèmes, *Les allures naturelles*. En fait au départ ce petit traité sur la phrase était un livre sur Dante, sur l'éloquence vulgaire et sa théorie de la langue italienne.

T.M : Les poètes cités sont plutôt des auteurs de poésie longue. Or vos textes, lus dans leur chronologie, partent d'une certaine brièveté.

P.A : C'est un effet de la difficulté … Je m'essoufflais très vite, j'ai commencé court ! Et puis quand j'ai commencé à publier, le goût autour de moi portait à un certain minimalisme, une sobriété affichée. Par opposition au surréalisme, au néo-lyrisme, à une facilité de l'épanchement, de l'élan, qui peut induire un certain sentimentalisme, une certaine complaisance.

A.D : C'était aussi un certain refus de la métaphore, le désir de prendre en compte la syntaxe ; une poésie plus syntaxique que métaphorique.

P.A : Absolument. C'est resté chez moi, mais je me suis assoupli de ce côté-là. On appelait métaphore, dans ce rejet, la métaphore gelée d'un discours poétique traditionnel.

A.D : Ou alors la métaphore surréaliste, et son ressort de choc, de surprise.

T.M : Je ne vois pas en quoi la métaphore s'oppose à la syntaxe.

P.A : En poésie, il y a en gros deux directions : une poésie du lexique, où c'est le mot qui contient l'image, la richesse ; et une poésie davantage axée sur l'articulation, le mouvement de la phrase. L'opposition n'est pas radicale, il s'agit plus d'une direction.

Mais la métaphore reste un terme piégé, très complexe.

T.M : Si la poésie est si difficile à écrire, pourquoi en écrivez-vous ?

P.A : De façon positive, par identification et amour avec celle que je lisais, et d'autre part de façon négative : j'ai toujours pensé que je n'avais rien à raconter – d'où l'impossibilité du roman ! Par désir aussi de faire des choses très minutieuses, très petites, pour agir sur moi-même, trouver des dispositifs de gymnastique mentale, dans la brièveté et la rigueur de la forme. J'aime aussi cet impact unique, propre à la poésie, qui vient de ce côté non pas musical mais rythmique, lié à la comptine, au refrain, aux choses mémorisables. Le mouvement du poème peut se réenclencher comme un mobile, un jouet, on peut le relire à peine lu : c'est un petit dessin dans l'espace du langage ou de la voix. Sans avoir besoin pour cela de l'appareil prosodique classique.

Ma poésie est à ras de terre, elle est minimale, elle travaille surtout sur la coupe, et le réagencement.

T.M : Et le théâtre ?

P.A : J'ai toujours eu presque une aversion pour le théâtre, y aller est une expérience traumatisante pour moi ! Au contraire du cinéma, qui est essentiel. Mais je fais des expériences de textes en action, avec images enregistrées, vidéos, extraits de films accolés à mes textes lors de lectures…

A.D : Ce qui me frappe dans votre travail, c'est toujours ce même thème de la perception et de son accommodation : par exemple dans *Le chemin familier du poisson combatif*, le regard animal, la désorientation. Ce que vous faites avec des plasticiens va dans la même direction ; comme dans votre dernier roman, *Le cinéma des familles*, les effets de focale multiple, le brouillage des dispositifs…

P. A : Tout à fait. Dans la poésie comme dans la prose, ces choses reviennent sans arrêt. Il s'agit toujours d'agir sur sa propre perception, pour s'en désentraver. La perception animale par exemple, c'est très important pour moi. Mais c'est une impasse, essayer de sortir de soi, d'imaginer un autre regard que le sien…

T. M : C'est déjà forcément une fiction.

P. A : Mais qui ne rentre pas dans les cadres narratifs traditionnels. Mon dernier roman est accepté comme tel, mais le précédent, *Fmn*, on m'a souvent dit : ce n'est pas un roman!

T.M : La définition d'un roman est difficile !

A.D : Cela pouvait s'appeler récit. Pourquoi choisir le mot roman ?

P.A : Un peu par provocation. Pour dire que le roman, c'est plus large que ce qu'on entend par ce terme.

A.D : Ce qui me frappe aussi, par exemple dans *Kub Or*, où les poèmes sont de petits photogrammes, c'est l'idée de découpage dans la continuité d'un réel ; et puis dans *Sentimentale journée*, l'alternance formes longues / formes brèves. Il me semble que dans les deux cas c'est la même chose : la même tension entre continu et discontinu, parataxe dans *Kub Or* et enjambement dans *Sentimentale journée*. Cette tension, c'est ça qui crée pour moi l'effet de mouvement, de vitesse.

P.A : Tout à fait. Chaque fois l'enjeu était de relier des choses, mais sans les fondre. D'où le glissement, l'éclairage d'une chose par une autre, pas très loin de ce qu'on a toujours fait en poésie. Je tends toujours vers le film, vers quelque chose d'évanescent, d'éphémère, qui disparaît – mais c'est angoissant aussi, une poésie non fixée, non gravée !

Je suis attiré par des effets de grâce, d'élégance dans ce que je lis ou ce que j'écris, c'est là qu'on retrouve Pétrarque, une certaine conception esthétique de la poésie… Je cherche donc une ligne serpentine entre choses, mots, objets : c'est cette ligne qui compte, c'est ça qui doit rester.

T.M : Les éléments entre quoi ça serpente sont relativement indifférents ?
P.A : Oui. C'est indifférent. Le mouvement est relié à des images très concrètes, mais qui peuvent être très différentes : des objets trouvés, quotidiens, des choses triviales, dégradées. Ou au contraire des choses riches, culturelles, abstraites, des concepts.
T.M : Votre poésie est pleine de citations. Elles ont donc ce statut-là ?
P.A : Tout à fait. Je ne les perçois pas comme des références ; il n'importe pas que le lecteur sache de quoi il s'agit, le nom de l'auteur, etc…C'est simplement que je ne veux rien exclure à priori de ce monologue constant qu'on tient avec soi-même ; or dans une journée je suis ému ou frappé par des choses naturelles, des gens, mais aussi des livres, des films, des souvenirs…
Je ne cherche pas la citation comme repère culturel, ça fait simplement partie du flux global de la vie dans lequel je suis plongé.
T.M : Mais les éléments naturels du monde quotidien peuvent rencontrer l'expérience de beaucoup de gens ; ces petits morceaux culturels au contraire sont plus particuliers, moins partageables.
P.A : Je ne suis pas certain. Je ne suis pas sûr que le rapport aux choses soit pur de culture, ni plus universel. Ça peut être tout aussi codé : quand on parle d'un arbre par exemple, est-ce qu'on voit tous la même chose ?
Dans la poésie classique ou même contemporaine, la convention exigeait qu'il ne devait pas y avoir d'artefact, pas d'objet daté : pas de voitures par exemple, même si le poète habite à Paris, aujourd'hui ! Une certaine poésie pourtant récente ne parlait que de glaciers, de chemins de terre, de ciel, d'oiseaux… Cette exclusion est plus artificielle pour moi que de citer des choses précisément situées, la publicité, le cinéma. Il n'y a pas de différence pour moi entre citation et non-citation. Je ne peux pas m'interdire d'être, dans ce que j'écris, là où je suis.
T.M : Ce que vous dites suppose une identité entre vous-même, ce que vous vivez, et ce que vous écrivez : un cordon ombilical non coupé.
P.A : Mais ce cordon, je ne veux pas le couper. Je veux travailler sur la matière que je connais et que je côtoie. La tendance dominante de la poésie en Europe, pendant très longtemps, a été de chercher l'universalité par la réduction du vocabulaire ou de la situation. Or je n'y crois pas : l'universalité passe par la particularité des objets. A l'inverse si on lit des poèmes chinois de l'époque Tang, même si les mots sont très simples, ordinaires, il est peut-être illusoire de penser qu'ils permettent un accès à l'expérience de cette époque-là.
L'universalité peut passer – et dans le cas des poèmes Tang ça fonctionne –

malgré la très grande différence d'expérience et de monde. Mais qu'il y ait des marques de voitures, ou des choses ponctuellement datées dans un texte, ça ne change rien.

T.M : Ça dépend : certains textes romanesques, ceux de Jean Echenoz par exemple, fonctionnent justement grâce à une extrême technicité et précision dans la nomination des objets.

P.A : La différence, c'est qu'Echenoz fait ça dans un jeu parodique avec le genre. Les objets précis qu'il cite, ce sont des poncifs, qui codent par exemple un roman policier, ou de science-fiction. Il s'agit de surcoder le texte ; ce surcodage paradoxalement aboutit à une déréalisation, une pulvérisation de l'objet.

T.M : Ce sont les noms propres qui font obstacle pour moi.

P.A : Quand quelque chose fait nom propre, c'est singulier c'est vrai, cela se referme sur soi. Dans toute poésie, il y a un élément comme ça, non comme signature de l'auteur, mais qui fait date, qui ne se transporte pas.
Et dans ce jeu entre l'absolument axiomatique et l'absolument situé, entre l'interprétation et l'actualité, se joue quelque chose d'essentiel de l'écriture. On ne peut pas sortir de la singularité, et même d'un certain secret.
Il ne faut pas bien sûr être complaisant avec le secret, être crypté pour ne pas vouloir dire, mais il faut affronter ça : tout n'est pas traduisible d'une expérience. Il faut à la fois qu'elle puisse l'être, mais aussi garder cette part de secret.
Dante par exemple, c'est le poète universel par excellence. Mais en même temps il n'y a rien de plus anecdotique que *La Divine Comédie* : on est obligé sans arrêt de lire les notes, pour savoir qui étaient les Blancs, les Noirs ; en enfer, il n'y a que des noms propres ! Je ne vois là aucune contradiction.

A.D : Moi j'y vois la même tension qu'entre continu et discontinu : un équilibre entre les deux pôles.

P.A : Cet équilibre-là, entre général et particulier, daté et non-daté, est pour moi la chose à chercher : difficile mais excitante.
Les noms propres dans les petits poèmes quotidiens de *Kub Or* servent à désigner par exemple une affiche particulière, une publicité précise – pas une affiche en général, pas pas la même que celle qu'on aurait pu voir dans les rues de Paris il y a cinquante ans…

A.D : Par désir d'ancrer une expérience individuelle dans une époque ?

P.A : Oui, j'ai toujours eu envie de dater vraiment, de mettre des dates dans mes livres. Les événements ne sont pas prévisibles, et il faut que ce qu'on écrit en porte la trace, par véracité tout simplement. Ça a à voir avec la vérité : quelque chose qu'on a besoin de faire apparaître ; pas forcément de façon documentaire, naturaliste.

A.D : Par ailleurs, ce qui est frappant aussi dans ce que vous faites, c'est l'idée d'interférences, de rythmes différents, de polyrythmie ; le long avec le court par exemple.

P.A : Oui, mais ce n'est pas réfléchi, c'est vraiment une question de jouissance, de plaisir. Vitesse, rythme, lenteur : la jouissance est plus grande lorsqu'il y a plusieurs vitesses pour moi, dans le cinéma, la musique aussi.
L'accélération, la décélération sont liées pour moi au plaisir de la lecture : c'est presque de la danse, en fait.

T.M : Ya-t-il une littérature qui ne serait pas audible ?

P.A : Oui. La Bible par exemple.

T.M : Si on range la Bible dans le domaine du littéraire.

P.A : Oui, c'est vrai que c'est tendancieux, c'est un texte limite. Puisqu'on est dans le sacré.

A.D : Proust ?

P.A : C'est difficile à dire. J'ai eu récemment à lire Proust à haute voix, pour une lecture intégrale de *La Recherche*, avec d'autres écrivains. Ça s'est avéré très difficile pour moi.
Les poèmes de E.E. Cummings par exemple, ça existe sur la page, mais c'est difficilement prononçable.
Moi en tout cas je n'ai jamais écrit quelque chose que je n'entendais pas.

A.D : *Le cinéma des familles* par contre, c'est de la prose, c'est long, c'est un roman, pourquoi ?

P.A : Le livre a trouvé tard sa forme, un mois avant la fin. J'avais envie d'écrire un récit au départ à partir de photogrammes, des images de film arrêtées, et de les faire figurer dans le texte, comme des calligrammes. C'était proche d'une forme de poésie. Et puis le projet s'est modifié…

T.M : Vous pensez que les mots sont des objets du monde comme les autres ?

P.A : Ou plutôt que les objets du monde sont des mots. Les objets du monde fonctionnent pour nous comme des signes. Donc ils sont de plain-pied avec les mots. Cette tasse de thé est aussi un signe culturel par exemple. On n'échappe pas à la signification.

T.M : Est-ce que ça veut dire que le monde est sans mystère ?

P.A : Pas du tout ! Le mystère demeure dans les signes : « La nature est un temple où de vivants piliers… » Plus il y a de signes, plus il y a de mystère ! Un signe, ce n'est pas la saisie d'un sens ; ça appelle le sens, mais ça ne le fixe pas, ça reste ambigu, polysémique. Il reste toujours de la circulation, du mouvement : c'est ça l'important.

Entretien paru dans Eureka, Tokyo, 2002
Traduction par Manako Ono

CHAPITRE 3

Anne PORTUGAL
Légèreté et parataxe

Née en 1949 à Angers, poète.

Poésie
Les commodités d'une banquette, P.O.L, 1985
Le plus simple appareil, P.O.L, 1992, (en japonais : *Yonimo kansona yosoi*, traduit par Ryoko Sekiguchi et Jun'ichi Tanaka, Shinchô-sha, 2000)
Fichier, Michel Chandeigne, 1992
De quoi faire un mur, P.O.L, 1999
Dans la reproduction en 2 parties égales des plantes et des animaux, avec Suzanne Doppelt, P.O.L, 1999
Voyer en l'air, Editions de l'Attente, 2001
Définitif bob, P.O.L, 2002
La formule flirt, P.O.L, 2010
Bridges & selfies, P.O.L, 2016

CHAPITRE 3

La poésie comme mouvement : Pierre Alferi et Anne Portugal

On perçoit une certaine poésie aujourd'hui comme difficile. Sans doute parce qu'elle est trop dense, elliptique, qu'elle va trop vite de la cause à l'affect, sans explicitation, sans dépliement du sens : mais n'est-ce pas plutôt une définition de la poésie dans son acception actuelle ? Du moins une certaine poésie, celle qui se livre non seulement à une bousculade des formes et des genres, mais aussi à un télescopage des angles, des points de vue, un usage du raccourci, de l'ellipse, un recours au découpage, au montage, aux effets spéciaux empruntés par exemple au cinéma, à la vidéo. La poésie de Pierre Alferi et d'Anne Portugal aujourd'hui est pour cela exemplaire. Parce qu'elle conjugue justement des motifs fugitifs, mouvants, qui ont à voir avec l'éclatement, le compactage et la juxtaposition apparemment arbitraire des données, c'est à dire la parataxe ; et une fluidité, un flux ininterrompu, qui se traduisent chez Alferi comme chez Anne Portugal, par un procédé spécifique : l'enjambement.

La poésie comme mouvement : ce serait presque une définition, en tout cas une déclaration d'intention plutôt qu'un simple motif, une insistance dans la façon dont une certaine poésie parle d'elle aujourd'hui : on a dit en effet de toute une génération, surgie en France dans les années 90, qu'elle privilégiait une poésie de la vitesse, du mouvement, de la bousculade des formes.[1] Chez certains, Olivier Cadiot par exemple, le mouvement se traduit par des images explicites de fuite, de course, une sorte de trépidation, d'accélération du texte ; chez Pascalle Monnier, le retour circulaire, répétitif d'une phrase et ses variantes, a un effet de remémoration, presque d'incantation amoureuse ; chez Yannick Liron la répétitition au contraire fonctionne comme ralentissement délibéré et décélération ; chez Caroline Dubois, on découvre un surgissement de jeune animal, un bondissement joyeux du texte. Bref, toutes sortes de registres, de modes différents de la vitesse ; un terme

---

1. Cf. Walter Benjamin, « Sur quelques thèmes baudelairiens » dans *Baudelaire, un poète lyrique à l'apogée du capitalisme,* chapitre 3 et surtout chapitre 4, Oeuvres, Gallimard, Folio, 3 t, Paris 2000, à propos de l'esthétique du choc chez Baudelaire et du trauma chez Freud : l'esthétique du moderne serait celle du choc, du projectile, de la vitesse.
   On peut relever également dans *L'oeuvre d'art à l'ère de sa reproductibilité technique* à propos du cinéma : « L'oeuvre d'art avec le dadaïsme s'est faite projectile ».

constamment employé est le mot mouvement (chez Alferi), énergie (chez Anne Portugal). Appuyés d'ailleurs sur le même usage désinvolte du banal, de l'ordinaire, du quotidien.

On pourrait évoquer deux titres pour cela exemplaires: *Kub Or* d'Alferi (P.O.L, 1994) et *Dans la reproduction en 2 parties égales des plantes et des animaux*, d'Anne Portugal (P.O.L 1999).

Dans les deux cas: petits photogrammes, brefs récits en poèmes, petites séquences. Dans les deux cas accompagnés de photos, et c'est un autre point commun, réalisées par la même photographe, Suzanne Doppelt. Dans les deux cas ces photos ne sont pas face au texte dans un rapport illustratif, mais dans un rapport de variation, de symétrie, voire de décalage, qui relève de la focalisation sur le détail ou au contraire du contrechamp, de la mise à distance, tous procédés quasi cinématographiques essentiels à la poésie d'Alferi et d'Anne Portugal.

Kub Or est un recueil de poèmes brefs, sept fois sept poèmes de sept pieds, un cube par page; petits concentrés de vie d'un Paris contemporain, rencontres, scènes de rue, courtes épiphanies, autour d'objets ordinaires et quotidiens: affiches, métro, télé, poubelles. Le dernier mot, en italiques en constitue le titre, et en donne la clé. Concision, compacité, tension font de chaque vignette un petit ressort, un mécanisme ludique et parfait. Pour en déplier le sens, il suffit de rétablir l'ordre de la phrase et de procéder à son réagencement syntaxique.

Citons un extrait d'un article d'Alferi, paru dans la revue Vacarme, hiver 2001, et qui s'intitule «Une image de cinéma»: «Appelons image l'événement que produit une vue cadrée. Evénement pour la pensée, qu'elle arrête (fascination), puis relance (fantaisie)». Alferi parle ici de cinéma, mais «une vue cadrée», cela pourrait aussi bien s'appliquer au poème. Au poème et à ses effets, je termine la citation: «Images-mouvement, en cela d'abord qu'elles vous échappent aussi lestement qu'elles vous ont capturé.»

Dans la reproduction en 2 parties égales des plantes et des animaux d'Anne Portugal est plus complexe, moins aisément décryptable, et déploie ce «jubilatoire éloge de l'indécis»[2] qui selon le poète Christian Prigent lui serait propre. Ce sont des bribes d'un quotidien à la fois prosaïque et inattendu, de brefs chromos entre conte et souvenir d'enfance, des phrases

---

2. Christian Prigent, *Une erreur de la nature*, P.O.L, 1996, p. 157.

syncopées et virevoltantes, des petits flashs visuels, des faux commencements et des bifurcations : d'où l'effet de surprise, de suspens, l'irruption d'une « langue lavée, vivace » (Prigent à nouveau), « dans une découpe imprévisible de la prose du monde ». Les petits textes, d'une fausse simplicité, commencent ou bien sous forme de problèmes enfantins « Charlotte regarde un mille-feuilles à 4 F », ou comme l'incipit d'un conte, ou comme un dialogue suspendu, banal mais sibyllin « maman j'ai avalé de l'encre » « chéri dis-moi ce que tu préfères », ou encore un précis administratif, une pancarte, une consigne d'une banalité déroutante, voire un cliché « à l'école Emilie est sage comme une image... » Pour bifurquer ensuite abruptement sur une divagation abstraite, des considérations qui appartiennent à une autre logique, un paysage dans un autre pays, une bifurcation inattendue.

Ainsi par exemple ces trois poèmes :

à ma droite
il y avait un lion féroce
à ma gauche
un tigre prêt à bondir
cette scène entièrement
statique nous devrions
la rendre plus légère
le 6 du mois de mai
j'écris croquer
idem le 7 sur
l'autre pied

mamie nous a invités au
restaurant dimanche
survivre ainsi
d'une escapade
je peux t'attendre
aussi bien
trois mille ans
à la grotte bénie non non
au paradis des nuits
bleutées non non

>   autour de cette tombe oui
>
>   on le tient enfermé
>   dans une cour enchantée
>   des animaux adultes
>   et qui ne pèsent rien
>   sans effort apparent
>   et qui ne pèsent rien
>   indifférents à la présence
>   et qui ne pèsent rien
>   remontent des petits
>   mécanismes intérieurs

On pourrait voir dans le premier poème ou une scène biblique, ou une scène de jungle, ou plus simplement le calendrier des postes : puisque le 6 du mois de mai, le 7 idem, on note, « au pied » c'est à dire sous la photo des bêtes sauvages l'emploi du temps du jour, histoire d'égayer un peu cette « scène entièrement statique »…. Ce programme poétique, cet agenda s'avère celui de la poésie elle-même : une poésie désinvolte, qui doit (« nous devrions ») « rendre la scène plus légère ».

Le deuxième apparaît comme une petite scène amoureuse et lyrique, conte sentimental ou souvenir d'enfance, comptine ou refrain ; le dernier place d'emblée un héros inconnu in *media res,* au milieu de l'histoire, un conte de fées semble-t-il, puisqu'il est le prisonnier mystérieux d' « une cour enchantée ». Autour de lui des animaux : on les prendrait pour des jouets mécaniques, s'ils n'étaient qualifiés d' « adultes », et engagés en effet, sérieux et « indifférents », dans une activité de première importance : remonter « des petits mécanismes intérieurs » – celui du vers certainement (qu'on pense au titre d'un autre livre, *Le plus simple appareil*). Activité sérieuse, mais aussi légère, « sans effort apparent », « qui ne pèse rien » : la légèreté, ici trois fois répétée, est une vertu première, revendiquée, chez Anne Portugal, citons « Ce qui me convient, c'est une poésie qui ne pèse pas sur le sens immédiat, qui évite l'installation définitive. (…) Une poésie qui s'appliquera à franchir, *légère surtout légère*, des ponts suspendus au-dessus du vide, sans vertige, et même avec de gros sabots »[3].

---

3. Jean-Michel Espitallier, *Pièces détachées, une anthologie de la poésie française aujourd'hui*, Pocket, Havas poche, Paris, 2000, p. 147-148.

CHAPITRE 3

Ou voyons encore ces deux poèmes :

<pre>
                    maman
           j'ai avalé de l'encre
         le paysage en Angleterre
          le paysage et la cloche
            la cloche in extremis
           la nuit en Angleterre
               petit roi roitelet
                       roi de la
                      nuit guéri
                       vois donc
                     respire t'il

              écoute dit la maman
                  à sa petite fille
              tout le bien tellurique
             qui donne du mouvement
                au sang ou dessus
              ou dessous s'il glisse
             tu fais semblant de ne
              t'apercevoir de rien
                 rien que des mots
              et dans l'ordre suivant
             ruissellement des eaux
                 raccords possibles
              repose du pont sur
                     la chaussée
</pre>

Le premier poème est d'inspiration anglaise, on pourrait y lire un récit ancien, et anglais : le roitelet peut être ou souverain, ou petit oiseau ; ce pourrait être un conte, ou une leçon d'histoire, à cause de l'encre scolaire du début, sucée au porte-plume d'autrefois ; une image de mort y flotte toutefois, l'enfant roi est malade, le tocsin sonne pour lui, son souffle, léger comme celui d'un oiselet, semble s'éteindre….

Dans le deuxième poème, une mère donne une leçon à sa fille ; l'enfant est petite, on attend une consigne, un conseil banal ou scolaire, mais le registre est grave, la leçon énigmatique : elle a à voir avec le « mouvement du sang », le « bien tellurique », l'émotion peut-être, celle épidermique que peuvent susciter les mots, bouleversement intime, dangereux parfois, dont il faut se méfier « tu fais semblant de ne t'apercevoir de rien » : il y a comme une mise en garde, ce ne sont que des mots « rien que des mots » dit la mère, un « ruissellement » de mots, assise du monde toutefois et piliers du discours, « raccords possibles repose du pont sur la chaussée », mais sous leur déferlement le sens souterrain affleure, ses risques et ses mystères.

Se pose ici un problème, que met en évidence l'approximation obligatoire des tentatives de lecture : ce raccourci, cette constante élision, cette densité entraînent un codage, une obscurité, voire le soupçon d'un arbitraire du texte. On touche là au domaine des images privées. Il ne s'agit en aucun cas dit Alferi de viser le mystère, l'indicible, le sublime ; l'abréviation a pour fonction au contraire la nécessité d'une notation cursive, rapide, immédiate. L'ellipse est liée avec la sensation d'une urgence, d'une nécessité anecdotique forte ; même si à la lecture tout n'apparaît pas déchiffrable, dépliable, il s'agit de fixer l'évanescence d'une expérience, même minime, dans ce qu'elle a de singulier – car paradoxalement c'est cette expérience du singulier qui nous est commune.

Citons Alferi, dans un entretien accordé à Tokyo à la revue japonaise Eureka, en janvier 2002 : « On ne peut pas sortir de la singularité, ni donc d'un certain secret. Bien sûr, il ne faut pas être complaisant avec le secret, crypter pour faire le malin, mais on doit affronter ça : tout n'est pas traduisible d'une expérience. En un sens, c'est même ça qui se partage le mieux. » Ce serait dans cette tension entre partageable et résolument personnel, entre universel et singulier que résiderait la spécificité de la poésie : un sens réversible, changeant, qui résiste et ne se donne pas d'emblée ; non pas la saisie d'un sens, mais au contraire son inévitable ambiguïté.

Si le modèle moderne est celui du mouvement, de la déliaison, du résolument éclaté de l'expérience, un autre problème apparaît ; non plus celui du décryptage, mais celui de la dissémination, de la dispersion, de la dilution du poème en pièces d'un puzzle, d'une mosaïque inconciliable avec l'idée d'une continuité. Paradoxalement la compacité même du texte, sa condensation poussée à l'extrême résultent en une explosion, en une

CHAPITRE 3

constellation de bribes et de fragments dont la liaison se brouille.

Certains poèmes publiés ensuite, chez Pierre Alferi et Anne Portugal, semblent en effet aller dans cette direction de l'éclatement, du fragment et en deviennent, forcément, encore moins déchiffrables. Il est vrai qu'il s'agit selon leurs auteurs de divertissements, qui appartiennent donc davantage à l'ordre du jeu; mais citons néanmoins deux petits textes, publiés en janvier 2002 pour Alferi, en janvier 2001 pour Anne Portugal.

On peut voir dans le poème d'Alferi une allusion à sa petite fille, mais cet indice est biographique, et échappera donc au lecteur occasionnel; quant au poème d'Anne Portugal, il s'agit bel et bien d'un puzzle, petites syllabes envolées, voyelles en l'air, devinette joyeuse à reconstituer – une bluette, pas un poème sérieux dit-elle, mais se pose le problème aussi de son oralisation : peut-on le lire?

Ma grâce, un étant donné
    inframince[4] de peau.
Les yeux
d'une absence à se damner.
Sa joie d'être dix minutes :
l'ambitus de sa mémoire

Pierre Alferi, *Petit petit*, rup&rud
(2002)

biller dans la chambre

end arrivait
itamment*
cuter
gieusement fort

    kini
    nty
    gée sur
    napé
    rap de lit
*un train en provenance de
    le train la provenance
        ne prouve rien
Anne Portugal, *Voyer en l'air*, L'Attente (2001)

Comment donc compenser cette déliaison, comment reconstituer dans le poème enchaînement et continuité? La réponse sera de l'ordre du formel, elle sera syntaxique : ce sera l'usage quasi systématique, chez les deux poètes, de l'enjambement. Qui dans la désarticulation, le coq-à-l'âne du texte, rétablira

---

4. Cf. Marcel Duchamp, qui invente dans *Notes*, Champs-Flammarion, 1999, l'adjectif « infra-mince » pour qualifier le possible, le transparent, l'analogique.

un flux, un souffle, une respiration.

Il suffit d'ailleurs de regarder, rétrospectivement, les petits poèmes déjà cités de *Kub Or*, ou de *Dans la reproduction* ... Ces textes, denses, serrés, compacts comme des petits ressorts, sont tous des poèmes enjambés.

Au discontinu de la parataxe répond le continu de l'enjambement. Le rétablissement du lien entre les fragments apparemment disparates du texte sera syntaxique, ou ne sera pas. Ce qu'il a toujours aimé dans le poème, dit Alferi dans un article sur la pensée poétique[5], «ce n'est pas une vague musique, c'est l'implacable syntaxe et, à travers elle, la logique». Une logique certes particulière et qui fonctionnerait dit-il par apories. Et pour qualifier la poésie d'Anne Portugal, Alferi invente un terme insolite dans un article des Lettres Françaises qui porte sur son livre *Le plus simple appareil*: «Cet art fantasque du désenchaînement, du dérapage, du décollage et du plongeon est un art syntaxique. On peut l'appeler: la fantaxe»[6]. Par opposition à une poésie à priori sémantique, ou métaphorique, celle des Surréalistes par exemple.

On retrouve grâce à cette fantaxe la sinuosité, la fluidité, l'idée déjà évoquée de mouvement, de vitesse, selon Alferi toujours: «Ici c'est par la continuité, que chaque ligne, chaque vers, urgente, d'un trait, donne le sentiment beau de la vitesse; on sent l'air alentour piquant, on a froid aux oreilles. (...) Légèreté qui ne vainc pas la pesanteur, mais l'apprivoise par le mouvement.»[7]

Car on ne peut cantonner ni Alferi, ni Anne Portugal, même pour les besoins de la démonstration, aux textes courts que nous avons cités; leur travail comprend aussi des textes plus amples, plus proches de la prose, comme *Sentimentale journée* (P.O.L, 1997) pour Alferi, ou *Le plus simple appareil* (P.O.L,1992) pour Anne Portugal. Mais qu'il s'agisse de textes longs ou de textes brefs, la parataxe demeure. L'enjambement aussi, qui tente de contenir, de fluidifier le constant débordement du réel, citons dans *Sentimentale journée*: «Le stock d'incarnations / Déborde. Les reflets ruissellent / Sur la ligne d'en dessous.» Mais l'enjambement a aussi des vertus musicales et lyriques. En témoigne cet extrait du *Plus simple appareil*, qui est sans doute l'un des textes les plus connus d'Anne Portugal, d'ailleurs

---

5. Pierre Alferi,: «La pensée poétique» (www.remue.net/contalferi2.html)
6. Pierre Alferi, «La poésie et les vieillards», *Les Lettres Françaises,* n°29, fév.1993, p. 16.
7. Idem.

CHAPITRE 3

mis en musique par le groupe de rock Cat'Onoma, suivi d'un texte plus long d'Alferi :

>un deuxième corps à la nuit passe
>les autres l'observant le jardin donne
>du champ à leurs visions passe
>à même le buis c'est le récit qu'elle donne
>
>m'entends-tu même dans le silence passe
>une colonie de petits animaux donne
>un jour supplémentaire à vivre passe
>léger surtout léger le goût qu'il donne
>
>si rare il peint des feuilles donne
>le second effort pour effacer passe
>la main des heures pour les calquer donne
>force aux copieurs le temps passe
>
>si l'on ne s'appelle pas donne
>l'alerte sera donnée il le faut passe
>le milieu d'une belle journée donne
>demain le temps qu'il fait passe

C'était quoi

>Ah dévaler avec
>Ce bruit clair des rayons
>La rue qui porte
>Un nom et c'est son nom volé
>C'est volé au grand homme
>La pente égale
>La pente augmente
>La vitesse des marronniers
>En rangs et fleurs
>Blanches et rouges par paquets tiennent
>A un fil précieux car
>Ça ne dure pas, à la

Bonne heure

Que s'arrête
Rasé de près rasé
De frais par l'air
Ce jour en roue
Libre ce tour
De cadran que s'arrête
En position
Foetale tout
Fossilisé dans l'oeuf
De diplodocus oui
J'ai dit
(...)
Ça
S'éclipse et laisse
Un oeuf de Pâques
Où ça dans ma mémoire
Ah maudite
Elégance, quelle joie
Ce sera, non?

A noter que le poème d'Anne Portugal apparaît comme ininterrompu, et pourrait se continuer indéfiniment, le dernier verbe restant comme suspendu ; on pense ici à l'hypothèse avancée par le philosophe et critique Giorgio Agamben, selon laquelle la possibilité de l'enjambement serait la marque constitutive de la poésie, son indice essentiel : tout dernier vers de tout poème pourrait ainsi prolonger virtuellement le poème à l'infini[8]...

Quant au texte d'Alferi (tronqué ici), c'est comme souvent le récit d'une brève épiphanie : une promenade à vélo – les rayons du début, ce sont bien sûr ceux du soleil, ce sont aussi les rayons de la roue – une rue dévalée dans l'euphorie de la vitesse, (dévalé renvoie à vélo, volé est l'anagramme de vélo) dans la clarté d'un matin de printemps (l'oeuf de Pâques), la précarité du bonheur (« ça ne dure pas, à la / bonne heure »), l'éphémère du souvenir, et

---

8. cf. Giorgio Agamben, quatrième journée, *Il tempo che resta : Un commento alla lettera ai Romani*, (Bollati Boringhieri, 2000), et également « Idea of the poem » dans *Ideas of Prose* (SUNY Press, 1995).

l'élégance se tient dans la question esquissée en finale, laissée suspendue, sans réponse ; l'enjambement figure l'arabesque sans cesse enchaînée de ce qu'Alferi appelle « cette ligne serpentine, cette courbe qui ne se boucle jamais » (Notons que le terme d' « arabesque » est emprunté à Pétrarque, à qui Alferi a consacré un essai[9]– essai qui s'avère à la fois art poétique et hommage à la primauté de la syntaxe).

On pourrait évoquer Walter Benjamin, lorsqu'il dit des phrases de Proust qu'elles sont comme le Nil, elles n'ont pas de bords (« la syntaxe avec ses phrases sans rivages : le Nil du langage qui déborde ici »[10]) : l'enjambement, somme toute, ce serait un autre moyen de dérouler des phrases sans bords.

Un dernier point, essentiel, est à souligner : il s'agit ici on l'a vu d'une poésie du télescopage, mais ce sont moins les images qui se télescopent que les angles, les points de vue, les dispositifs. Et c'est là que l'on retrouve la métaphore cinématographique, dans l'ellipse, le montage, le mouvement, la vitesse, les changements d'angles, les jeux de focales et de lentilles. La poésie est selon Alferi « coupe, montage, cadrage » : ce sont des termes filmiques. Et ce n'est pas un hasard si l'enjambement joue le rôle du fondu enchaîné cinématographique.

Kub Or est un « flip book » dit son auteur, une suite de brefs photogrammes, d'arrêts sur image ; *Sentimentale Journée,* constitué de séquences un peu plus longues et plus personnelles, est qualifié de « home movie » ; et le livre suivant (P.O.L, 1999) sera donc, en toute logique, un long métrage : un roman cette fois, auto-fiction, saga familiale revue et revisitée, qui met en scène deux enfants, et renvoie en abyme à un film célèbre, donné comme fable des origines, modèle et inspiration, *La nuit du chasseur*, de Charles Laughton. Le découpage du livre est cinématographique, le titre explicite : il s'intitule *Le cinéma des familles.*

Alferi est aussi critique de cinéma. Mais surtout il réalise, sous le nom de *cinépoèmes* et *films parlants* des petits films, tantôt tressage muet d'images cinématographiques, ou mosaïque de sons, de musique et de textes, qui jouent sur le souvenir cinématographique, le sous-titrage ou la lettre ; et qu'il définit comme partie intégrante de son travail d'écrivain, non comme un travail de plasticien ou de cinéaste.

Il s'agit de reproduire des expériences simples, des aggrégats de

---

9. Pierre Alferi, *Chercher une phrase,* Christian Bourgois, 2007.
10. Walter Benjamin, *Oeuvres II*, Folio essais, 2000, « L'image proustienne », p. 134.

sensations, de les affiner à l'infini : souvenir et nouvel oubli, sensations et respirations, «état d'âme pixellisé». La technique est simple, l'ornement absent, «objets modestes» dit Alferi, et l'on pense aux petits poèmes de *Kub Or*, déjà revendiqués comme une poésie minimale, «poésie de la coupe et du réagencement». Le réservoir d'images cinématographiques est celui, à la fois intime et collectif, du cinéma hollywoodien des années quarante, dans lequel Alferi puise, coupe, découpe, emprunte. Les procédés sont la prolifération, la multiplication, le décalage des registres, du texte, de l'image, du son : simplicité du dispositif, mais complexité de la lecture. L'objectif, dit Alferi, est de provoquer un état concret, physique, de jouer avec les rythmes, les échelles, de déplacer les repères. De produire une accélération et un ralentissement du temps vécu, intime, qui place le spectateur entre hypnose et fascination, disponibilité et suggestion, aléatoire et mémoire.

L'effet recherché toutefois concerne encore et toujours la lecture, son rythme, sa tension, son humeur. Le DVD, cet objet mixte, ressemble à un livre, et il s'agit «moins d'inventer des trucages ou des procédés, que de suivre jusqu'au bout, avec les moyens du bord, des idées de lecture». Aucune prétention ici de cinéaste ou de plasticien, le travail se veut un travail d'écrivain.

Chez Alferi, importance du cinéma ; chez Anne Portugal, priorité au pictural. *Le plus simple appareil* s'attache à une héroïne biblique souvent dépeinte, de Tintoret à Rembrandt : Suzanne au bain, surprise nue par les vieillards. Et si le plus simple appareil, c'est bien évidemment la nudité, c'est aussi la poésie, nue, exposée, offerte : qui se donne non seulement comme un corps, mais comme un mécanisme, un dispositif, léger, facile, le plus simple possible.

Nous sommes dans un tableau, le texte l'affirme clairement : car «un tableau très connu / peut toujours nous servir de cadre / considérant que la pose / est prise à l'avance». Suzanne comme de juste occupe le centre de la composition ; désinvolte, épanouie, dans sa baignoire au milieu d'un pré, «elle trône et elle est nue / comme un pommier fleuri» : image de la poésie même, allègre et souveraine. Autour d'elle, tout un petit peuple passe : des visiteurs, des jardiniers, les vieillards lubriques, des petit chiens, divers animaux. Car ce tableau est un tableau mouvant, le paysage est mobile, la perspective change, du zoom au panoramique il s'agit d'ajuster le regard ; c'est quasiment un plateau de cinéma, le tableau se transforme en petit film, Suzanne elle-même, plastique et changeante, se transforme et se métamorphose, change de rôle, d'aspect, de costume, «Suzanne échappe Suzanne fuit». Le mouvement, à nouveau et toujours : échapper à la stabilité mortifère de la définition, cela pourrait être la tentative même de la poésie.

Le livre d'Anne Portugal, *définitif bob* (P.O.L 2002), mettra en jeu cette primauté du mouvement de façon plus explicite encore : à la croisée du dessin animé et du jeu video, bob (pas de majuscule à son nom, c'est crucial) «joker minuscule», «dopé d'énergie pure», investit un champ d'action virtuel, s'agite à tout instant, «bref, active les manettes de la création, dans la version hasardeuse des points de vie non renouvelables». Le mouvement s'accélère, la course se fait poursuite : impossible d'arrêter ce texte qui s'envole (joyeux, désinvolte, et en même temps doté d'un mécanisme implacable), ces signifiés qui s'enfuient, ce constant et joyeux flottement du sens.

bob, héros au format minuscule, n'est pas un personnage, c'est «un opérateur d'énergie», et il évoque irrésistiblement, dit Anne Portugal, le lapin Duracell, ce lapin de l'antique publicité, peu familier peut-être à un public étranger, qui a une petite pile électrique sur le dos : la pile Duracell, qui lui permet bien entendu de courir plus vite dans l'exploration du pré, et du monde, que les autres lapins. Courir plus vite : comme le vers, évidemment. Le monde qu'explore bob est virtuel : nous sommes dans l'espace du jeu. Si nature il y a – forêt, mer et rizières – elle n'apparaît qu'à l'intérieur, sur de grands panoramiques, des écrans totalement fictifs, puisque le jeu vidéo, on l'a compris, est le modèle de composition adopté. Et qu'à l'espace suivant, logiquement on se retrouve dans le labyrinthe, où bob, nous dit le quatrième de couverture, «enfonce des portes, explore des couloirs cibles, déplace des panneaux coulissants». L'énergie, c'est ici la notion clé, la question centrale du livre : une certaine dose, donnée au départ, et qui va, fatalement, s'épuiser ; le vers, mécanisme inépuisable, toujours relancé, toujours remonté, finit quand même par trouver sa fin, car le vers est une mécanique : c'est une petite machine fragile et têtue, «bob il peut comme ça gazelle accélérer dans les derniers tournants», mais le vers, dans cet élan perpétuel, file fatalement vers son achèvement. Le lapin Duracell, avec sa petite pile sur le dos, vacille et flanche, le temps lui est compté.

En attendant, bob ouvre des portes, il galope il gambade, «et bob il peut comme ça / pousser une porte / porte simple et non / porte pareille», il nomme et décrit son décor, il se déhanche allègre, il trace des plans, il explore les recoins, courageux il accélère dans les virages, mais le temps presse, l'énergie s'épuise, sous l'apparence d'un jeu léger l'enjeu est grave :

toutes les questions que se pose bob sont des questions de poétique, le livre est un traité, un manuel : bob annonce chaque fois ce qu'il va faire, non seulement il le dit mais il le fait vraiment, et en même temps c'est aussi une fanfaronnade, il agite les questions plus qu'il ne performe.

Le texte bondit, bob explore et gambade à travers des paysages toujours renouvelés, il s'active et se dépense, sous l'apparence d'un jeu léger l'enjeu est grave : toutes les questions que se pose bob sont des questions de poétique, le livre est un traité, un manuel ; si *Le plus simple appareil*, le livre précédent d'Anne Portugal, était une exposition, celui-ci est une installation, il est programmatique, c'est un art poétique. Le plus simple appareil, bien sûr, cela signifie en français la nudité mais ici aussi la poésie. Cette métaphore du vers comme « mécanisme », est une constante dans la poésie contemporaine : le vers est une petite machine, destinée à produire (parfois), une étincelle attendue – et ce serait l'étincelle lyrique. bob est ici une métaphore de la langue, le texte le dit, encore et encore : « bob il peut comme ça… ». bob est une allégorie du pouvoir de la langue (et de ses limites), langue qui peut, « comme ça » tout faire (et ne rien dire), tout dire (et ne rien faire). Car bob peut faire tout ce que les mots peuvent faire : le comme ça renvoie ici au présent de l'énonciation (*définitif bob* est un livre entièrement au présent).

Et bob se penche aussi sur la question brûlante de la beauté, question ancienne de la poésie même, sans cesse entamée jamais résolue, secret renouvelé sur lequel bob perplexe s'arrête, « il peut comme ça surface intentionnelle s'inventer le secret / beauté chère bonne vieille / beauté avait été un élément de fantaisie » : beauté par définition toujours fuyante, jamais définitive.

Nous sommes dans un monde où la représentation se brouille, tout en vibrations, en bifurcations et télescopages, lumineux et gai dans ses flashes bousculés et le dérapage contrôlé de sa syntaxe, « mais dans l'ensemble ça fait accord », nous dit bob, un petit cinéma qui apparie réalité virtuelle et observation curieuse du monde, sous l'impulsion de bob électron fou qui nous chante joyeux sa petite chanson, si simple en somme, si transparente « si mon désir / si mon désir / le ciel est plein / si mon désir / si mon désir vraiment le ciel est plein ».

Il s'agit dit Alferi de « n'être plus englouti dans le temps, de le ralentir, l'accélérer, le morceler et le suspendre » l'espace d'un instant, fixer « le sentiment du temps, un moment à plusieurs moments, un présent feuilleté », c'est ce que bob tente de saisir, c'est le présent de la poésie même :

> et bob il peut comme ça faire revenir le temps
> hermétiquement belle fleur
> fréquent celui
> d'une cloche à sonner chimique enregistrée
> un seul horaire hello félicité
> le faire à tout tracer sillon platine et faire tourner

Ainsi dans cette poésie du mouvement se suivent constamment, délibérément, continu / discontinu, enchaînement / disjonction, accélération / décélération : la poésie n'est plus un genre, mais une vitesse. Qui « préfère le vertige », « qui additionne des mouvements » (ce sont des phrases du *Plus simple appareil*). Citons Pierre Alferi, dans un entretien qui concerne plus particulièrement ses *cinépoèmes* : « Quand j'écris c'est pour mettre en mouvement les choses alentour, corps et mots, que les mots vidés redeviennent moteurs. La pulsation la plus intime, dans le langage, est celle du sens, partout tremblé, mouvant. A partir d'elle la poésie, le récit produit des rythmes de vie, des flux, des caillots de sensation. On y façonne le temps à toutes les échelles, le temps d'une histoire, d'une surprise, d'une phrase, d'un vers, d'une syllabe ».[11] Ne plus être englouti dans le temps, agir sur lui, « le ralentir, l'accélérer, le morceler ou le suspendre » l'espace d'un instant : l'illusion poursuivie par la poésie, son but ultime, sa jouissance serait là.

---

11. Entretien Pierre Alferi / Jean Damien Collin, *Les cahiers de l'espace*, Belfort, n° 1, novembre 2002.

Anne Portugal: *la formule flirt*, P.O.L, 2010

> on aimait à se rendre et peu situés connaître
> qu'on était des naïfs
> que des bonheurs juxtaposés
> que chacun avait son truc social
> minimum tendre
>
> de la fancy surprise nous disions
> corps secret
> des liaisons du courant
> nous disions
> justement ligne
> ainsi de l'ordre à un autre

Anne Portugal a toujours cru habiter le XVIe siècle, dit-elle. Si la mode en poésie est au descriptif et au percept, en ce cas *la formule flirt* est une entreprise démodée, et périlleuse, dangereuse même! puisqu'elle se veut inventaire sentimental – *moods*, affects, états d'âme – et clin d'œil aux *topoi* du lyrisme amoureux, toutes choses interdites aujourd'hui. Tout ça très codé au demeurant, poèmes deux à deux en regard, retour d'une même formule (tout à la fois petite forme[1] et formule du flirt: «minimum tendre»). D'emblée voici annoncés tous les registres du sentiment, «nous disions / justement ligne / d'un ordre à un autre», et l'on pense aux ordres de Couperin: la Rêveuse, la Boudeuse, qui entrent en scène dans une fraîcheur renouvelée, objectif explicite du livre, «Vers un métier fraîcheur avec une chute[2]». C'est un livret d'opéra, une comédie musicale, «un roman de bergerie» à la Marie-Antoinette. Jusqu'à oser (mais version paratactique et décalée) le mièvre et le fané, musique et décor. On y trouve beaucoup de cartes (celles du Tendre), Apollinaire, Verlaine, Brahms et Schubert, référence essentielle, «à ton nom mets des lèvres à la belle meunière», on va

---

1. Ici minimale et ramassée, dans un vers toujours enjambé, recette et formule qu'il est facile de reporter à la poésie même, comme dans *Le plus simple appareil*, P.O.L, 1992.
2. 4e de couverture.

CHAPITRE 3

de la rencontre entre Jane et Tarzan (jeu de lianes et moment suspendu) à la Sylvie de Nerval et sa ronde enfantine[3], de la mélancolie à la désespérance. Toutes les métaphores à revisiter sont celles de l'amour, de sa naissance[4] au plaisir à la joie et à la noyade finale[5], formule inévitable et répétée, puisque le flirt doit finir pour recommencer, c'est sa définition.

---

3. « La ronde nous réunit figuration bon exposé » (p. 50).
4. « on aimait à se rendre et peu situés connaître / qu'on était des naïfs / que des bouquets juxtaposés » (p. 7).
5. « du coeur et du macabre/ sa femme se baigne / échappe/ réactualise le virage » (p. 91).

Un poème d'Anne Portugal : *En parlant de salut public*, Ink, 2012

> en parlant de salut public caducée
> qui rame dans l'air mais la princesse
> sortie de la troisième orange
> peut être rempotée et comme
> exotisme précis son navire poivre
>
> or voici ce château en Espagne
> le suisse de staël chacun gardant
> sa forme aura danger sur la
> géométrie jaune d'ameublement
> l'avertissant de prendre garde
>
> il y a un chemin d'herbe au rivage
> et qu'il a reçu la figure Mischwesen
> camper différence avec le lamantin
> son inflexion en forme de croissant
> deux arcs blancs du plus hardi
>
> mais ces choses dépendant de l'invention
> l'auront mené dans le caractère des
> corps relevés et conversant entre
> eux la nature du lieu doublée
> contraint par des montagnes

La poésie d'Anne Portugal, dense et légère, oblique voire cryptique, est rarement de circonstance : or c'est le cas ici. Ce poème bref, quatre strophes de cinq vers dans la petite collection d'Ink, se lit comme un appel à un nouveau comité de salut public, en écho avec la Révolution Française, face aux catastrophes qui nous cernent. Il commence pourtant comme un conte de fées, un *exotisme,* une pure fantaisie, mais *la princesse / sortie de la troisième orange*[1], voit, hélas, *son navire poivre* (qui pointe, qui penche – et sombre,

---
1. On pense au conte mis en musique par Prokofiev, *L'amour des trois oranges*, qui est une histoire de renaissance, par trois fois. Ici par contre, trois drames. (Trois est

dans ce faux verbe qui fait frein pour le vers) : aucun optimisme ici, tout drame se répète, le *caducée qui rame dans l'air* est un pitoyable remède[2]...

Or voici ce château en Espagne[3]*/ le suisse*[4] *de staël* : on passe du conte à l'Histoire, dans ce château habite Madame de Staël, renvoyée en Suisse par Bonaparte[5]. Menace sur le conte, danger de mort : les contraintes historiques miment celles géographiques, *danger sur la géométrie* (celle du lieu, assigné ou naturel). Car *la nature du lieu doublée / contraint par des montagnes*[6] suffit au drame : le navire du conte est englouti, entre lamantin et sirène[7], *il y a un chemin d'herbe au rivage*, on glisse de la Suisse au... Japon, autres rives, autres montagnes, autre catastrophe, tsunami et tremblement de terre.

Une date est omise en marge du poème, mars 2011, date de la venue d'Anne Portugal au Japon. Et de la catastrophe qui a sévi alors, et que l'on connaît.[8]

La poésie n'est pas un remède : elle ne sauve de rien. Elle se doit juste de rappeler, *avertissant de prendre garde*, que nous sommes en suspens avec la mort.

---

toujours un chiffre clef du conte.)
2. Le caducée ou sceptre d'Hermès, est constitué du bâton d'Hermès, dieu des messagers, sur lequel s'enroule le serpent d'Esculape, dieu de la médecine : symbole donc à la fois de la prophétie et du remède. Mais dans caducée, il y a aussi caduc : le futur est sombre et tous les remèdes sont sans effet.
3. Expression utilisée par Rousseau et Voltaire – réfugiés en Suisse eux aussi, tout près du château de Madame de Staël...
4. Un Suisse (ici adjectif) est traditionnellement un soldat neutre, comme son pays, donc un gardien, un protecteur («gardant»).
5. On sait que Madame de Staël a participé à la Révolution et à la création du Comité de Salut Public ; mais dans ses écrits ses avertissements contre les dangers et les dérives révolutionnaires n'ont pas été écoutés.
6. Les montagnes autour du lac de Genève comme l'encerclement des montagnes dans le Japon du tsunami : mêmes contraintes, même impossible fuite. D'où «corps relevés et conversant» : une conversation entre des fantômes, ceux du XVIIIe et ceux morts ici.
7. Le lamantin est la figure originaire de la sirène, qui attire les marins vers la mort ; comme le Mischwesen, monstre mi-homme mi-bête, dans le vers qui précède.
8. Trois drames successifs donc : le naufrage du conte, l'exil suisse, le tsunami. L'enjambement correspond au glissement entre les trois catastrophes, et au glissement parallèle de l'imaginaire à l'historique puis au présent.

L'altérité au féminin :
Anne Portugal, Pascalle Monnier, Nathalie Quintane

Identité / Altérité, Je sujet / Tu allocutaire : il est coutumier de voir dans ce rapport du Je à l'autre le soubassement même de la poésie lyrique, voire sa définition. Mais le schéma bien sûr n'est pas si simple. Hors de toute effusion intime, aujourd'hui surannée, on sait aussi que cette relation duelle est triangulaire et qu'il existe un autre pôle à ce triangle : celui de la médiation incontournable de la langue, sans laquelle la poésie se confondrait avec la prose ordinaire, avec l'information, avec « l'universel reportage » de Mallarmé. On peut arguer que toute poésie tient à une focalisation particulière sur le langage, que la littérature est détour, détournement, opacité obligée induite par cette médiation même, que le texte depuis Derrida et Deleuze est texte avant d'être communication.

Certains poètes toutefois s'en défendent, les « nouveaux lyriques » par exemple, et tiennent à conserver le choix délibéré, constitutif pour eux de la poésie, d'un dialogue avec l'autre. D'autres au contraire revendiquent la primauté de la syntaxe, de l'outil, de l'exploration formelle. Le troisième pôle du langage rejette à la périphérie sujet et destinataire ; ou plus exactement, comme le dit le poète Emmanuel Hocquard : « Mon intention est mon destinataire. Personne d'autre. »[1].

D'aucuns qualifieront ce mouvement de narcissique ; d'autres mettront en garde contre les excès de l'autotélicité du texte (en invoquant l'impasse d'une certaine poésie des années 70, où le Je est désincarné, le Tu éthéré et la page blanche).

Un certain versant de la poésie contemporaine en tente une version plus tonique, plus allègre ; poésie qui se définit d'abord comme « grammairienne »[2], axée sur des options formelles, syntaxique plutôt que métaphorique. Dans ce paysage, trois femmes : Anne Portugal, Pascale Monnier, Nathalie Quintane. Avec l'évocation de ces trois noms féminins, la problématique de l'identité se redouble d'une acceptation autre du terme et bifurque vers un registre tout à fait différent : celui d'une identité féminine – ou non.

---

1. Emmanuel Hocquard, « Ma vie privée », Revue de Littérature Générale, *La mécanique lyrique* n° 1, P.O.L, 1995, p. 225.
2. Emmanuel Hocquard, *Tout le monde se ressemble*, P.O.L, 1995, p. 18.

Qu'il suffise de dire que leur identité (leur définition) ne réside pas dans une écriture «féminine» ou «féministe». Cette identité commune est ailleurs: dans le choix d'une option poétique caractérisée par un Je multiforme, par l'éparpillement des points de vue, la multiplicité des figures, le brouillage des voix. Le Je est souvent indirect, oblique, ailleurs; les registres s'y télescopent et les dispositifs s'y multiplient. A un Je polyphonique répond un Tu polymorphe.

Leur altérité (leur différence) face à une poésie plus majoritaire tient à cette tentative désinvolte (Portugal), parfois mélancolique (Monnier) ou ingénument provocatrice (Quintane). Avec une ironie, une distanciation qui leur sont très particulières.

Anne Portugal, née en 1949, se rapproche de poètes plus anciens comme Jacques Roubaud ou Jean Tortel. Son premier livre, *Les commodités d'une banquette*, part d'un matériau inattendu quoique banal, les injonctions et consignes affichées dans les trains et les bus à l'intention des passagers:

> pour vos vêtements
> une patère
> se trouve disposée
> dans le pli du rideau[3]

«vous êtes en deuxième classe dans une salle fumeurs (plafond bleu)»[4], «l'accoudoir central peut se relever vous disposez ainsi des commodités d'une banquette»[5]. On est entraîné ainsi (sans guide, sans narrateur) dans ce voyage le long des rails, on croise des personnages divers qui peuplent les trains et les gares: agents receveurs, voyageurs, mais aussi la Sanseverina, Saint Georges et le dragon, Saint Christophe... Et puis des aveugles, invalides de guerre et femmes enceintes à qui certaines banquettes sont réservées en priorité – mais elles ne sont pas leur apanage exclusif: en effet, dans la table des matières, on découvre, sous la rubrique «Banquettes réservées», «D'Aubigné, Jouve, Reverdy, Cendrars, Apollinaire, Rilke»[6], juste avant la

---

3. Anne Portugal, *Les commodités d'une banquette*, P.O.L, 1985, p. 12.
4. Ibid, p. 16.
5. Ibid, p. 20.
6. Ibid, p. 74.

section « Bagages ». Un fragment s'intitule même « le tombeau de Paul Valéry » (ironiquement inventorié « objet encombrant 4... »[7]).

L'écriture est à la fois lisse et sinueuse (pas de ponctuation, pas de démarcation). Elle opère un court-circuit constant de l'objet (le strapontin, la banquette) à l'être, à l'évocation, au souvenir. Mais curieusement le raccourci, le télescopage n'introduisent pas de rupture : la phrase est en même temps éclatée (« un vers tout en bris de phrases et de logiques apparentes », dit Henri Deluy[8]) et ininterrompue (grâce à l'enjambement systématique).

Une Suzanne à peine entrevue surgit au détour d'un vers dans ce premier livre ; elle réapparaît, cette fois au premier plan, personnage principal, dans le livre suivant, *Le plus simple appareil*. Plus qu'un personnage, Suzanne est ici un prétexte, une figure, le sujet d'un tableau aussi : il s'agit de l'héroïne biblique, Suzanne au bain, surprise nue par les vieillards. Scène célèbre, qui a donné lieu à de nombreuses représentations picturales, du Tintoret à Rembrandt.

Le titre est bien sûr à double sens : le plus simple appareil, au figuré, c'est la nudité ; au sens propre, c'est un dispositif, un mécanisme, un appareil (comme la poésie), le plus simple possible.

Ce n'est pas un récit, ce n'est pas l'illustration d'un mythe, ce n'est pas une allégorie : Suzanne est installée dans son bain, mais elle change, elle se transforme, « en maillot élastique »[9], « en reine d'Egypte »[10], « en modèle de Bombay »[11] ; elle n'est pas une figure stable et figée, mais un sujet changeant et plastique – quoique bien en chair, allègre et sensuelle – qui se modifie selon les changements de points de vue et de perspective, puisque nous sommes dans un tableau. Les rubriques « Exposition » et « Table d'orientation » l'indiquent au début du texte, les termes « scène », « tableau », « dessin » aussi. Tout est question de regard et de focalisation, du zoom au panoramique, jusqu'au contrechamp. Il s'agit d'ajuster la lorgnette (« le périscope »[12]) à sa juste distance et de voir les méandres du poème comme une série de glissements et de variations, où le texte déjoue avec humour sa propre illusion. Suzanne est un simulacre, le passage suivant le dit de façon très explicite :

---

7. Ibid, p. 53.
8. Henri Deluy, « Chronique », L'Humanité, 29 janvier 1993.
9. Anne Portugal, *Le plus simple appareil*, P.O.L, 1992, p. 53.
10. Ibid, p. 122.
11. Ibid, p. 38.
12. Ibid, p. 65.

> essayons maintenant de limiter Suzanne à ce rectangle
>
> On considère que la terre est plate que Suzanne est petite
> et très appétissante
> et aussi que les vieillards la regardent à une longueur fixe
> et que les regards coulissent mais ne s'emmêlent pas
>
> si je résous ce problème je pourrai même m'arranger pour
> que Suzanne dispose plus tard d'une baignoire circulaire
>
> la notion la plus utile ici est celle du voisinage
> le regard par-dessus le mur
> la route bordée de tilleuls
> Annie et le poète
> à l'heure exacte
> exactement
> c'est la figure elle-même
> c'est la figure que nous avons posée au début de notre
>   histoire[13]

La mention «Annie et le poète» renvoie aussi à un autre temps, un autre lieu : Apollinaire et une autre femme dans un autre jardin, Annie Playden dans son jardin américain, mentionné plus loin, « entre Mobile et Galveston »[14]... Le paysage bouge, le décor est changeant comme un plateau de cinéma, Suzanne grandit et rapetisse, «Suzanne échappe Suzanne fuit »[15], le spectacle est mobile ; la phrase aussi glisse et s'envole, ondoie, accélère : « cet art fantasque du désenchaînement, du dérapage, du décollage et du plongeon est un art syntaxique. »[16]. Le procédé principal est le suspens induit par l'enjambement, « mécanique de la surprise ».[17] Mais l'enjambement a aussi des vertus musicales et lyriques, celles qu'on assigne d'ordinaire aux ballades anciennes et aux romances :

---

13. Ibid, p. 29.
14. Ibid, p. 33.
15. Ibid, p. 125.
16. Pierre Alferi, « La poésie et les vieillards », Les Lettres Françaises n° 29, février 1993, p. 16.
17. Pierre Alferi, op.cit.

> un deuxième corps à la nuit passe
> les autres l'observant le jardin donne
> du champ à leurs visions passe
> à même le buis c'est le récit qu'elle donne
>
> m'entends-tu même dans le silence passe
> une colonie de petits animaux donne
> un jour supplémentaire à vivre passe
> léger surtout léger le goût qu'il donne
> si rare il peint des feuilles donne
> le second effort pour effacer passe
> la main des heures pour les calquer donne
> force aux copieurs le temps passe
>
> si l'on ne s'appelle pas donne
> l'alerte sera donnée il le faut passe
> le milieu d'une belle journée donne
> demain le temps qu'il fait passe[18]

Les deux livres suivants, *De quoi faire un mur*[19] et surtout *Dans la reproduction en 2 parties égales des plantes et des animaux*[20], avec des photos de Suzanne Doppelt déploient ce même «jubilatoire éloge de l'indécis»[21] dont parlait Christian Prigent à propos du livre précédent. Eclats d'un quotidien à la fois prosaïque et changeant, phrase syncopée et virevoltante, petits flashs visuels, faux commencements et bifurcations logiques, tout concourt à l'effet de surprise, à l'impression «d'une langue lavée, vivace»[22], jeu de la langue qui déjoue les habitudes «dans une découpe imprévisible de la prose du monde»[23] – et de sa grammaire :

> dans le jardin
> il tombe de la neige

---

18. Ibid, p. 43.
19. Anne Portugal, *De quoi faire un mur*, P.O.L, 1999.
20. Anne Portugal et Suzanne Doppelt, *Dans la reproduction en 2 parties égales des plantes et des animaux*, P.O.L, 1999.
21. Christian Prigent, *Une erreur de la nature*, P.O.L, 1996, p. 157.
22. Ibid.
23. Ibid, p. 156.

CHAPITRE 3

> bouche cousue tu dois
> approcher une vison
> la presser insister
> cession cession
> accord de e donne la dérivée

Pascalle Monnier est née en 1958. L'un de ses premiers textes «Tim, Ben», incisif et faussement naïf,

> […]est un bon exemple d'intonations acidulées et enjôleuses (fitzgeraldiennes), artificiellement transposées du langage parlé. On pourrait penser à des cartes postales de vacances ou à des tableaux de David Hockney. Le recours au conditionnel et aux propositions affirmatives en forme de questions est assez rare en poésie pour être relevé.[24]

La série de questions, acides, désinvoltes, déroule un petit récit – une fiction.

> Et cette maison, Tim, est-ce que tu la trouves jolie ?
> Ces volets verts, c'est beau, non ?
> Et cette fille, Tim, tu la trouves pas jolie ?
> Ça te plairait d'habiter dans la maison avec cette fille ?
> Sa jupe rouge et sa coiffure, tu les aimes ?
> T'avais déjà vu une aussi jolie fille, Tim ?
> Dis, Tim, le jardin aussi est beau, tu trouves pas ?
> Je te vois bien fermer, chaque soir, la grille du jardin.
> Tu pourrais, l'été, t'abriter sous le tilleul.
> Les autres jours tu descendrais vers la rivière.
> La fille, elle t'accompagnerait.
> Peut-être pas toutes les fois, mais souvent.
> Tu serais pas heureux, Tim, si cette maison était à toi ?
> Dis, cette maison tu la trouves comment ?

---

24. Emmanuel Hocquard, *Tout le monde se ressemble*, op.cit, p. 99.

Le livre suivant, *Bayart*[25], est très différent, plus ample, plus lyrique, avec un grand vers qui va vers le récit: «souvent un vers long, proche du verset, un vers souvent disloqué, qui redouble les cas de figure, les incises, les parenthèses, que travaille la cassure répétitive pour aller au rythme.»[26]

Le titre renvoie au chevalier Bayard, gentilhomme guerrier du seizième siècle, passé dans la légende sous le nom de «chevalier sans peur et sans reproche», mais avec une distorsion orthographique qui nous place d'emblée dans la fiction: non l'histoire, mais l'histoire revisitée. Le texte est un tressage de deux motifs: souvenirs d'enfance (passé personnel) et épopée médiévale (passé historique), avec des points d'intersection (lieux, décors, couleurs). Bayard est un prétexte, comme la Suzanne d'Anne Portugal: il s'agit d'un récit, d'une demi-légende, d'une fausse biographie, d'une autobiographie oblique, indirecte.

C'est un long poème divisé en quatre parties suivant les saisons, où alternent rubriques paires et impaires: aux chiffres pairs semble d'abord correspondre l'épopée chevaleresque, aux chiffres impairs l'évocation du souvenir par un Je flou et non nommé – mais les choses ne sont pas si simples, la frontière entre dates et chiffres se brouille, le glissement est constant entre personnages historiques, batailles anciennes et nostalgies d'un grand parc, d'une maison de l'enfance; entre motifs, registres, temps historique et temps personnel, passé lointain et passé récent. Dans ce va-et-vient du texte il y a le champ de bataille, le roi qui s'adresse à Bayard, les autres capitaines, une belle demoiselle, Dieu, les canons, les fosses pleines de morts, et Bayard gisant sur l'herbe verte, sous la voûte des arbres; et par ailleurs, plus près de nous, des notes de lecture, la même voûte d'arbres cette fois sur les allées du parc de l'enfance, la table sur la terrasse, les magnolias. Et tissant des liens entre ces deux mondes: la force des odeurs et l'éblouissement du jeu des couleurs.

Mais le procédé privilégié, celui qui imprime sa mélancolie lancinante au texte, c'est la répétition. La rime a disparu: c'est donc la scansion sonore et rythmique de la répétition qui s'y substitue. Le poème se focalise ainsi par exemple sur un visage, aimé et remémoré, avec pudeur, discrétion (le je s'y camoufle en tu) dans un ressassement presque incantatoire:

---

25. Pascalle Monnier, *Bayart*, P.O.L, 1995.
26. Henri Deluy, «L'amour des mots et des formes… Pascalle Monnier», Bulletin de la Biennale internationale des poètes du Val-de-Marne, 1995, p. 27.

> Si tu penses à un visage
> (celui-là, ce visage-là, et qui fut très précisément regardé) et plus qu'à cette voix vite oubliée, indistincte et cet autre visage oublié, donc uniquement à ce visage qui d'un trait particulier liait entre eux
> les différents éléments qui composent ce visage (très précisément regardé) et surtout la ligne du front, l'ombre des cils sur la joue, la courbe des lèvres
> et même la tache brune à droite des lèvres et la couleur des lèvres
> et plus que la couleur des yeux (elle, vite oubliée) et qui, de toute manière, changeait selon la lumière et changeait comme cette voix (très vite oubliée)
> mais si tu penses à cette voix très précisément écoutée
> et notamment, l'infléchissement, l'accélération et, plus encore,
> les signes de lenteur, de fatigue ou de douceur, alors
> la voix et le visage se confondent à nouveau (et, surtout
> la ligne du front, l'ombre des cils sur la joue, la courbe des lèvres
> ou, plus encore, les signes de lenteur, de fatigue et même de douceur).[27]

Mais cette tentative de reconstitution d'une notion aussi évasive que la courbe d'un visage ou l'inflexion d'une voix, dans la précision toujours effacée, toujours fluctuante du souvenir, est bien sûr impossible; et la redondance, voulue, la ponctuation même (virgules, parenthèses) donnent à cette voix suspendue, digressive, tout son poids de confidence et de nostalgie.

Ce désir d'épuisement d'un terme devenu abstrait – le visage, la voix – se traduit aussi par la diversité des angles et des perspectives: le regard tourne autour de l'objet, la perspective est kaléidoscopique, l'effet de zoom, de va-et-vient renvoie au cinéma, presque à l'image virtuelle. Technique qui actualise ainsi un thème lyrique très ancien, celui de la remémoration.

Nathalie Quintane, née en 1970, est la plus jeune des trois poètes cités ici; la plus turbulente aussi, la plus provocatrice, celle qui pousse dans ses derniers retranchements les frontières habituelles de la poésie: par un brouillage délibéré avec la prose, par le choix d'une sorte de distanciation, d'une neutralisation peu associée d'ordinaire à l'écriture poétique; et enfin par l'utilisation d'un matériau quotidien mais inattendu. Ainsi le livre qui l'a

---

27. *Bayart*, op,cit, p. 32.

fait connaître en 1995 s'intitule-t-il *Chaussure*[28] et traite, tout simplement, de chaussure. Comme le dit Nathalie Quintane au dos du recueil : « *Chaussure* n'est pas un livre qui, sous couvert de chaussure, parle de bateaux, de boudin, de darwinisme, ou de nos amours enfantines. *Chaussure* parle vraiment de chaussure. »

On rencontre en effet dans *Chaussure*, mocassins, basquets, espadrilles, on y croise les pieds de Socrate, Imelda Marcos, l'invention de la chaussure, le squelette du pied, et la terre qu'on foule... Le tout sous forme d'une série de remarques simples ou cocasses, d'aphorismes d'une platitude délibérée, au point d'atteindre une sorte de quintessence du prosaïsme :

> Dans une église ou dans un passage souterrain, j'ai plaisir à écouter le bruit de mes pas.
>
> Quand je frappe le sol du talon, cela se répercute jusque dans mon dos.
>
> Quand je m'essuie les pieds sur un paillasson, mes mouvements sont semblables à ceux du patineur.
>
> Tandis que je passe la serpillère, je vois mes pieds avancer quand elle recule, et reculer quand elle avance.
>
> Au plafond, deux chocs mats : mon voisin vient de retirer ses chaussures.
>
> Quand j'ai parlé en marchant, et que je m'arrête, j'ai l'impression d'être allée plus vite, ou d'avoir couvert une plus grande distance, que si je m'étais tue.

Il s'agit d'interroger nos mots les plus banals, l'évidence de leur emploi le plus ordinaire, de porter sur eux un regard étonné, inquisiteur, détaché – d'où le comique et l'étrangeté qui se dégage de ce petit inventaire. On pourrait penser à Ponge et au *Parti pris des choses*, sauf que Ponge est métaphorique à l'extrême et que Quintane justement ne l'est pas. Tout l'enjeu du dispositif est là : cerner non le concept « chaussure », mais le mot, très précisément, et rien d'autre.

Bertrand Leclair y voit non une parodie mais un hommage à la fameuse

---

28. Nathalie Quintane, *Chaussure,* P.O.L. 1995.

formule de Mallarmé : « Je dis une fleur ! Et musicalement se lève l'absente de tout bouquet »[29]. Vieille question de la valeur du signe en poésie mais reprise dans un texte justement à la limite du poétique, prosaïque jusqu'au paradoxe, « un livre de poésie pas spécialement poétique »[30] dit Quintane.

Et pourtant cette volonté farouche de prendre le langage au pied de la lettre, de s'arrimer au concret pour cerner le langage au plus près, s'achève sur un constat quasi mélancolique. Car l'inventaire, on s'en doute, n'a pas de fin. Le signe résiste, la tentative d'épuisement est impossible, on ne peut tout dire d'un mot – même aussi simple que celui de « chaussure »... Les dernières phrases de ce petit recueil provocateur sont comme empreintes d'un regret, d'une nostalgie : « Tous les lieux, et toutes les fois, où je n'étais pas chaussée. Toutes les chaussures que je n'ai pas portées. »[31]

Il faut ajouter que le Je ici est distancié, objectivé ; mais s'y dessine quand même en creux, de façon indirecte, un portrait de la narratrice, frais et désinvolte dans sa banalité concertée. On ne voit d'elle que son pied, sa jambe, sa cheville : motif qui serait érotique ailleurs, ici présenté avec une candeur détachée, et qui suffit pourtant à dresser un décor, des gestes, des habitudes – une narration, sous forme de journal. Tout comme dans le livre suivant, où cette fois le récit à la première personne adopte l'identité d'un personnage historique, mais revisité, réinventé : le livre en effet s'intitule *Jeanne Darc*[32] – écho du *Bayart* de Pascalle Monnier.

Le livre qui suivra, *Début*, est accompagné cette fois de la mention « Autobiographie », et sa présentation résume à merveille le projet d'écriture de Quintane et de ses consoeurs :

> *Début* est l'autobiographie d'une enfance vue d'avion avec quelques piqués.
>
> *Début* a aimé multiplier les angles et les manières - en phrases, en blocs, en vers, en discours, en récits, en photo, etc. - n'ayant pas l'intention de faire le point sur une enfance singulière, ni de tâcher d'en ressaisir l'essence, ou d'en donner une représentation unique et linéaire, mais préférant la livrer en pièces, en faire un compte rendu partiel, changeant, brutal, pas fini.[33]

---

29. Bertrand Leclair, « Prendre la poésie par les pieds », La Quinzaine Littéraire, juin 1997, p. 30.
30. Op.cit, 4ᵉ de couverture.
31. Op.cit, p. 151.
32. Nathalie Quintane, *Jeanne Darc*, P.O.L, 1998.
33. Nathalie Quintane, *Début,* P.O.L, 1999, 4ᵉ de couverture.

Autobiographie documentaire donc, mais d'une enfance recomposée – comme elle a dû être, ou comme elle a été ? C'est plus une collection de gestes, de motifs, de rituels enfantins, avec une focalisation sur le corps, les organes surtout, sur des évidences, des phénomènes quotidiens, des actes ordinaires, manger par exemple, qui donnent lieu à une série de variations :

Mange 4
Extension centrifuge du repas, du dimanche, vers le matin, à table, contemplation de la confection de la pâte à tarte, farine, eau, gras, tripatouille, contemplation du bout des doigts dans la chaleur, chaleur contre une joue du four, vers le midi, couvert, assiette, couteau, fourchette, nappalisser, mots de télévision devant un canapé, vers le tard, ventre entre les mains, lambinante activité de la tarte à l'intérieur, du rôti à ficelle, des patates de terre, de la boisson en nombreux grands verres, contemplation des miettes du pain sur la nappe à plis, contemplation du rideau qui tombe, du vert du velours dans la chaise, de la moulure du meuble, le soir.[34]

Le réel y est à la fois très proche, comme vu au microscope, ou vu de très haut, de loin , « en piqué » dit Quintane, mais toujours précaire, fragile, d'une déroutante étrangeté dans sa banalité même :

Nathalie Quintane invente une nouvelle forme de littérature portative et comportementale qui ébauche les contours d'un monde géométrique et quotidien où les choses se font et se défont dans des mouvements contradictoires. Sous la rigueur plastique pointe la fragilité des assemblages.[35]

Quoi de commun donc entre ces trois femmes ? Au-delà des particularités très marquées – une écriture sinueuse et bondissante chez Portugal, plus proche du verset chez Monnier, de l'aphorisme chez Quintane – on retrouve chez toutes trois multiplication des dispositifs, télescopage des registres et des genres (prose ou poésie ?) et surtout refus délibéré du pathos et de la confidence.

On peut certes s'interroger sur la place du « sujet lyrique » dans cette poésie. Le Je néanmoins n'y est ni gommé ni nié, mais il change de statut ; il devient fictionnel (la Suzanne de Portugal, comme le zouave de Cadiot), il

---

34. Op.cit.p.65.
35. Christophe Kihm, « Natalie Quintane », Art press, juillet 1997, p. 4.

feint de s'absenter d'une poésie faussement descriptive (Tarkos, Liron), il adopte des identités quasi historiques (Monnier dans *Bayart*, Quintane dans *Jeanne Darc*). Le destinataire y est par définition aussi brouillé et insaisissable que l'énonciateur.

Mais le lyrisme a connu bien des avatars, et sa plasticité n'est plus contestée. On peut dire de ces dispositifs multiples, comme Dominique Rabaté, que «la complexité des développements narratifs est au coeur du lyrisme; la poésie moderne a fait de la fragmentation de ces voix le champ même de son travail.»[36]

Quant à l'illusion référentielle, si tenace en poésie alors que dans le roman elle n'a plus cours, elle ne peut, selon Dominique Combe, définir le lyrisme: des Romantiques allemands à Valery et Larbaud, la fiction – à la première personne – n'a jamais été étrangère à la poésie lyrique[37].

Car dans cette poésie d'aujourd'hui, le lyrisme n'est ni évacué ni rejeté: il est au contraire revendiqué comme objectif ultime de la poésie. Il est clair cependant que l'enjeu est posé en d'autres termes: c'est du jeu des formes que surgira «l'étincelle lyrique»[38] qu'évoque Alferi, c'est «la mécanique lyrique» qui induira le «sublime»[39]. Le lyrisme est entendu ici non dans son acception d'adresse à l'autre, mais comme rythme, retour, découpage différent de la langue et de ses flux, renouant d'une certaine façon avec son oralité première: et si la poésie est «machine à émouvoir», on n'est pas si loin, sous la pudeur d'une modernité affichée, des visées d'une poésie très ancienne.

---

36. Dominique Rabaté, «Enonciation poétique, énonciation lyrique» in *Figures du sujet lyrique*, P.U.F, 1996, p. 75.
37. Voir Dominique Combe «La référence dédoublée, le sujet lyrique entre fiction et autobiographie», in *Figures du sujet lyrique*, op.cit, pp. 39-63.
38. Pierre Alferi, «La poésie, entretien avec Pierre Alferi et Jacques Roubaud», Libération, 17 avril 1994, p. 31.
39. Olivier Cadiot, *La mécanique lyrique*, Revue de Littérature Générale, op.cit, pp. 3-22.

CHAPITRE 4

Christian PRIGENT
Prose et poésie :
le cheval noir de la prose

©Vanda Benes

Né en 1945 à Saint-Brieuc, poète, romancier, essayiste.

Bibliographie sélective :
Poésie
Une leçon d'anatomie, poésie, 1990
Écrit au couteau, P.O.L, 1993
Dum pendiet filius, P.O.L, 1998
L'âme, P.O.L, 2000
La Vie moderne, P.O.L, 2012
Prose
Peep show (roman en vers), Le Cheval d'attaque, 1984, Le Bleu du Ciel, 2006
Commencement, P.O.L, 1989
Une phrase pour ma mère, P.O.L, 1996
Grand-mère Quéquette, P.O.L, 2003
Demain je meurs, P.O.L, 2007
Météo des plages, (roman en vers), P.O.L, 2010
Les Enfances Chino, P.O.L, 2013
Essais
La Langue et ses monstres, essai, Castex 1989, P.O.L 2014
Ceux qui merdRent, P.O.L, 1991
À quoi bon encore des poètes ? P.O.L, 1996
Une erreur de la nature, P.O.L, 1996
L'écriture, ça crispe le mou, livre et CD, Alfil, 1997
Salut les anciens, salut les modernes, P.O.L, 2000
L'Incontenable, P.O.L, 2004
Compile, lecture de textes, P.O.L, 2011

CHAPITRE 4

Sur *Demain je meurs* :
Christian Prigent et le cheval noir de la prose

«Le cheval sur lequel voyage le poète, d'après une ancienne exégèse de l'Apocalypse selon saint Jean, est l'élément vocal et sonore du langage. Commentant le passage 19, 11 de l'Apocalypse, dans lequel le logos est décrit comme un cavalier "fidèle et digne de foi" monté sur un cheval blanc, Origène nous dit que le cheval est la voix, la profération de la parole, qui "court avec plus d'élan et d'ardeur que n'importe quel destrier", et que seul le logos rend clairement intelligible. C'est endormi sur un tel cheval – *durmen sus un chivau* – qu'à l'aube de la poésie romane, Guillaume d'Aquitaine déclare avoir composé son *vers* ; et l'on peut voir un indice non négligeable de la persistance symbolique de cette image, dans le fait qu'au début du siècle, chez Pascoli (ou, plus tard, chez Penna et Delfini), le cheval prend l'allure réjouissante de la bicyclette.»

Giorgio Agamben, *Idée de la prose*[1]

Le vélo ! Mais bien sûr… *Demain je meurs* est, on le sait, une épopée à vélo. On y voit le narrateur adolescent qui grimpe côtes et raidillons, pédale en danseuse et s'élance, dans une course enfiévrée contre la montre ; pire, une course contre la mort, non la sienne certes (encore que… «hier j'étais né, demain je meurs» souffle le mourant, résumant le sort commun qui nous attend), mais celle du père à l'agonie dans une chambre d'hôpital, qu'il lui faut rejoindre pour une ultime visite, dans l'angoisse et l'ambivalence des sentiments. Car le père est un héros, un saint laïque quasiment, militant communiste, formidable ombre portée, peu amène et peu présent, tout entier dédié au Parti et à la lutte des classes (nous sommes dans les années 1950) : Édouard dans la vie, la vraie (celle de l'auteur), Aimé dans le récit, prénom qui dit tout de l'affection contrariée, conflictuelle et douloureuse qui justifie l'entreprise (de la randonnée, et du livre).

L'épopée ici est intime, son décor familier : la Bretagne de l'enfance (mais avec renvoi en filigrane, évidemment, à l'épopée médiévale de la

---

1. Giorgio Agamben, *Idée de la prose*, trad. Gérard Macé, Christian Bourgois, Paris, 2006, p. 25-26.

«matière de Bretagne»: Beroul et Chrétien de Troyes). Son temps est bref, une demi-heure, à vélo, de la maison à l'hôpital (un plan du trajet la documente dans le dossier final, et l'inscrit dans du réel, du vécu attesté), l'espace l'est tout autant: deux kilomètres. Car c'est dans la tête seulement qu'elle a lieu: «[...] tu concentres à fond sur quoi passe têtu dans tes intérieurs.» S'enclenchent alors souvenirs, séquences données hors de toute chronologie, allers-retours de l'Histoire, la petite et la grande (l'exode et la rencontre des parents, l'Indochine, Budapest, Thorez, Staline), flash-back, «défilé sans interruption de spots de vision de qui fut ton père», puisque aussi bien c'est lui qui occupe le rôle principal.

Pour qui dit défilé, urgence, donc vitesse, mouvement, cavalcade du trajet et son flux d'images, le vélo ici va de soi. Comme biographème d'abord, puisque Prigent adolescent lisait *Miroir Sprint*, s'est essayé quelque temps à la compétition, et a gardé pour celle-ci une fascination durable, qui remonte à l'enfance; en témoigneront les chroniques faites pour France-Culture sur les étapes alpestres du Tour 1991, Six jours sur le Tour, ou les randonnées cyclistes organisées à Saint-Brieuc en 2007 pour le centenaire de la mort de Jarry... Ou encore en 2009 *Jour de Tour*, d'après *Grand-mère Quéquette*, spectacle syncopé et polyphonique, où le passage du Tour de France dans un village, à Yfinniac, Côtes d'Armor, suscite «chahut, brouhaha, tintamarre, barouf» devant l'échappée du peloton et le maillot jaune entr'aperçu: «ça grimpe: quasi raidillon, ça précise contexte, on cause pas loin propos bicyclette en compétition: les vlà, izarrivent!».

Mais il y a plus: le cyclisme s'inscrit idéalement dans la mythologie du Parti, et de l'époque; réminiscences du Front populaire et des premières vacances à vélo, sport populaire, sport ouvrier, comme le foot, mais qui de surcroît renvoie sans effort, avec naturel, à l'épopée littéraire. Car «le cyclisme», dit Prigent, «est un sport qu'on lit, qui vit par le récit toujours inscrit comme légende[2]».

Le choix de la petite reine comme monture de légende donc? Le vélo avatar modeste – et moderne – du cheval blanc d'Origène, comme l'affirme Agamben? Or ce cheval allégorique qui «court avec plus d'élan et d'ardeur que n'importe quel destrier» n'est autre, nous dit dès le IIIe siècle l'exégète d'Alexandrie, que «l'élément vocal et sonore du langage». Le mouvement qu'il incarne, c'est celui de la parole et de sa profération. Cet élan ardent,

---

2. Thierry Guichard, «Le parti pris de Christian Prigent», *Le Matricule des Anges*, n° 28, décembre 1999, p. 14.

irrépressible, c'est celui de la voix.

La pensée se fait dans la bouche, disait Tzara. On connaît l'importance de la voix chez Prigent, l'insistance sur l'oralité – une oralité qui n'a rien à voir avec le naturel, reconstruite au contraire, mise en jeu autrement dans la lecture publique – et la question sans cesse reprise de ce qui constituerait «la Voix de l'écrit[3]». Qui ne serait, définie négativement, ni la voix de l'émotion, ni la voix socialisée de la norme communautaire, ni le style individuel de tel ou tel écrivain. Mais un phrasé irréductible, presque anonyme, impersonnel et singulier à la fois, sans rien qui relève des significations ou du sémantique ; un tracé non figuratif plutôt, une trace sismographique de l'expérience. La voix de l'écrit – oralisée ou silencieuse, qu'importe – ce serait justement ce qui exhibe la texture sonore, l'arabesque rythmique de ce phrasé spécifique. Pour le faire apparaître et surgir comme une «forme respiratoire».

Ce sont là des procédés poétiques, puisque la poésie est travail sur cette dimension non figurative de la langue (métrique, rythme, scansion, échos sonores, respiration), et cela le Troubadour dix siècles plus tard le dit aussi : *durmen sus un chivau*, endormi sur son cheval, dès ses tout débuts cette voix qui s'éveille a à faire avec le *vers* – mais de quelle manière ?

Or *Demain je meurs* a bel et bien partie avec le vers en effet ; la prose s'en empare et en joue, refuse d'en faire l'économie, la forme s'hybridifie, le récit scande autant qu'il récite et raconte. On y croise le jeu (remotivé) des langues, de l'allemand à l'ancien français, du gallo au latin ; les sauts de registres (tels des changements de braquet : vitesse, freinage) de l'érudition à l'argot, du familier au classique ; le rebond des allitérations ou le glissement de la paronomase, procédé privilégié chez Prigent – comme moyen de répondre à la nécessité musicale du texte (autre que la scansion rythmée) sans éliminer le sens. Et le recours désinvolte à tout l'éventail rhétorique, dans la variété de ses tons, du comique au pathos, et de ses effets, accélération ou décélération.

Mais ce qui frappe surtout, en alternance constante avec la prose du récit, c'est l'omniprésence du vers : petit historique amusé des formes attestées au cours des âges, passage en revue parodique de ses réalisations possibles, hommage oblique aussi (Prigent est poète, après tout) à la variété infinie des jeux formels, et de leur scansion, de leur rythme. On y rencontre, dans le plus gai désordre, l'alexandrin hugolien ronflant d'« Un intermède épique à Saint-Brieux-des-Choux », qui nous déclare – c'est une épopée, on l'a vu –

---

3. Christian Prigent, *La Voix de l'écrit*, Nepe, Ventabren, 1985.

qu'aussi bien «L'histoire enrage ici comme partout ailleurs. / Pas besoin d'aller loin quêter bruits et rumeurs»; la ballade à la Villon, dénonçant la misère bretonne, avec envoi rageur et mise en garde aux Puissants : «Princes des Cieux / (Qui vous montrez peu) / Pitié pour eux ! / Princes de la Terre / (Qui pompez leur air) / : Gare à leurs colères ! »; la Chanson de l'innocence, dédiée à Aimé enfant, rythme 2/4/6 : «Ah, pouce ! / Pédale douce / Vitesse du temps ! » Autres exemples encore, autres formes : le madrigal, l'appel amoureux du conte, l'intermède enlevé et allègre, les brèves vignettes épinglant les dignitaires du Parti, l'ode pindarique enfin (en alexandrins balancés et confiants), à la gloire des envolées de Garaudy[4] dans «Jour de fête» (celle de l'Huma bien sûr[5]) ; et dans une rare citation auto-référentielle, un poème résumant la quête même qui se trouve au coeur du livre, sous la forme tranchante et verticale inventée par Prigent pour son recueil *Écrit au couteau* : «Ores cy falt la geste / Reste / un môme qui recherche au fond de l'hôpital / le lit / fatal / où / son père gît. »

Chacun de ces poèmes introduit dans le récit comme une parenthèse rythmique, soulignée par une graphie chaque fois particulière. Mais on a peu vu que le texte en prose adopte lui aussi tout au long du récit un rythme qui lui est propre : le rythme 5/5, ici véritable leitmotiv, basse continue qui scande de façon récurrente tout le récit. Rythme inattendu au demeurant, peu usité en prosodie française, et traditionnellement confiné à un registre populaire. Au contraire de son usage étranger : on pourrait penser au vers de l'Arte Mayor espagnol, mais c'est un vers noble ; ou au pentamètre iambique, vers canonique de la poésie anglaise, mais la série de dix syllabes soi-disant identiquement marquées y est en fait découpée en 4/6 (si l'on excepte les sonnets de Shakespeare, à de rares occasions marqués 5/5), à l'instar du décasyllabe français qui n'admet que cette seule césure.

Le rythme 5/5 serait ainsi un parent pauvre ou un découpage abusif du décasyllabe ancien de la grande poésie narrative, telle *La Chanson de Roland*, tronqué ici afin d'accélérer la machine rythmique. Toutefois, son trait fondamental étant la dissymétrie, on voit s'emballer, déjanter et dérailler sans

---

4. Roger Garaudy, figure importante et contestée du Parti communiste français, dont il fut exclu en 1970.
5. La Fête de l'Humanité est une fête populaire très connue, organisée chaque année à Paris par le journal du Parti communiste français, l'Humanité, fondé en 1904 par le socialiste Jean Jaurès. La première fête a eu lieu en 1930, pour lever des fonds pour le journal. Christian Prigent y a bien sûr souvent assisté avec son père quand il était enfant.

cesse le petit vélo, forcément. De plus, lorsque l'oral est privilégié, le e muet n'entre pas dans le décompte syllabique : ici aussi il s'agit d'aller contre la symétrie, et la tradition.

Historiquement, si le pentasyllabe peut parfois évoquer l'élégie, comme chez Blondel de Nesle («A l'estrant d'esté / Quand le temps commence» est un adieu, anticipant le défilé du paysage breton le long des talus sous les yeux du cycliste : «Adieu chèvrefeuilles, / adieu melliflores / et l'odeur des menthes»), on l'associe surtout au Taratantara, c'est-à-dire au son martial de la trompette ou du clairon (deux versions, quatre enchaînements possibles : 2/3/3/2, ou 3/2/2/3). Et plutôt qu'à Blondel et aux Trouvères celtiques du Grand Chant, on pense d'abord à la poésie populaire de Bonaventure Des Périers, l'un des auteurs de l'*Heptameron* de Marguerite de Navarre, dont Charles Nodier louait «le style abondant, facile, énergique, pittoresque et original»[6] – tous adjectifs qui, somme toute, pourraient un siècle et demi plus tard, s'appliquer à la prose de Prigent aujourd'hui.

Tombé en désuétude, le rythme 5/5 sera retrouvé au XIXe siècle, quoique toujours cantonné à un registre populaire. Hugo l'emploiera parfois dans *Chansons des rues et des bois* : «Je ne sais plus quand / Je ne sais plus où / Maître Yvon soufflait / Dans son biniou.» Par la suite en France on n'en trouvera plus d'exemple. Sinon parfois chez Rimbaud (lui justement qui suscita chez Prigent adolescent un véritable choc poétique, et une passion durable), mais il est impossible de faire de «La mer en allée» un *taratantara*…

Vers méconnu donc, peu usité en français, résolument populaire, boiteux et partout combattu car fondamentalement dissymétrique : on comprend mieux pourquoi Prigent l'a choisi – et déjà expérimenté dans *Grand-mère Quéquette*. Car il rend compte, transposé en prose, de la scansion déhanchée et heurtée de la course : «roule cette boule, / enroule les cadences, / enchaîne véloce / – et va la musique!», accordée hypnotiquement au refrain ressassé du souvenir : «Car dans la mémoire / qui mouline en toi / à même cadence / que tu pédalas / […] voici : c'est ton père.»

Le motif est en tout cas remarquablement constant. Dans *Demain je meurs*, le rythme 5/5 s'installe dès le premier chapitre ; c'est l'injonction de la mère, figure d'une autorité différente de celle paternelle mais tout aussi inflexible (voir le portrait formidable dressé tout au long d'*Une phrase pour ma mère*) qui induit la sortie à vélo obligée : «Va donc voir ton père / où tu

---

6. Charles Nodier, *La Revue des deux Mondes*, tome 20, 1839.

sais qu'il est. / T'aurais pu penser / à ça en tout seul. » L'adolescent réticent regimbe, grommelle, puis cède, l'ordre est sans appel : « Et c'est concetto : / en route, mauvaise troupe ! / Rien à faire : obtempère. » Rythme 5/5, asséné sans recours. Sinon dans la dernière phrase, un hexasyllabe (6 pieds), où l'injonction se fait plus insinuante et sournoise, et où dans la syllabe finale parasite on entend : « père ».

Cette association du pentamètre à l'hexamètre a existé ; elle rappelle, en l'inversant, une forme très ancienne : le distique élégiaque (6/5) essentiel à la poésie grecque et latine, codifié par Ovide et Catulle, et qui après avoir parlé de philosophie, de la guerre et de l'Histoire – l'élégie étant une forme, non un thème – versera par la suite du côté plus discret de la mélancolie, comme l'ont fait les Trouvères, ou le Rimbaud de *L'Éternité*.

On oublie souvent l'importance des Anciens pour Prigent, qui les a beaucoup lus, enseignés, voire traduits, que ce soit Homère ou Virgile (pour l'épopée), Tacite (l'Histoire), Martial (l'épigramme), Properce, Catulle (l'érotisme), et Ovide, justement : pour *Les Métamorphoses* qui déroulent une épopée jusque-là inédite, celle de l'écriture même ; et *Les Amours*, où d'emblée Ovide se targue d'avoir inventé le pentamètre, ce vers neuf, boiteux et corrosif, dédié à l'amour et conçu pour contrebalancer le sérieux mesuré du vers épique.[7]

Le chapitre final de *Demain je meurs* est intitulé, logiquement, « Adieu ». Dans la dernière tentative d'une proximité impossible, rêvée par l'enfant sans s'être jamais réalisée, le narrateur dans un élan instinctif se penche sur le cercueil pour en humer l'odeur : les saints sentaient bon au Moyen Âge, ils dégageaient dit-on un parfum de rose et de fleurs – d'où la tentative parodique et dérisoire de saisir de ce cadavre aimé l'odeur de sainteté : « ce sera parfum / de vraie perfection / pour tes adorations /. Sans quoi à quoi bon / sans quoi c'est trop dur / sans quoi tire l'échelle »... Dans la scansion quasi impeccable (5/5) de l'hagiographie, est-ce le possessif « tes » qui fait cette fois office de syllabe en excès avant « adorations », dans la nostalgie entravée, le rythme maladroit d'un amour jamais dit, et mal partagé ?

Car le livre, plus classiquement, est un tombeau : « linceul c'est ce livre, / on dira plus tard, / on dira peut-être ». Seul recours possible au remords, au creusement lancinant du regret, à l'impossibilité de dire le deuil, et l'inutilité

---

7. « J'allais chanter, sur un rythme grave, les armes et les combats sanglants ; ce sujet convenait à mes vers ; chacun d'eux était d'égale mesure. Cupidon se prit, dit-on, à rire, et en retrancha un pied », Ovide, *Les Amours*, Élégie 1, Livre 1.

de tout : « Nomme ta vie, écris. Construis ta maison, fonde-la en mots. [...] Coiffe-la d'un toit en tuiles de musique en pente pour qu'y roulent les rythmes où t'es bien. Habite cette maison. Qu'elle soit l'espace où ta vie se fait comme tu l'écris. »

Le rythme ? Le lieu, où enfin, idéalement, l'on serait bien.

Et le vélo ? Fondu enchaîné, puis petite photo : Christian Prigent (aujourd'hui), tête nue mais harnaché cycliste, bras levé pour un salut (« façon Vive la Sociale / Fernand Léger »), du haut de son petit cheval noir (son vélo, rouge, en fait), sous ciel bleu armoricain. Au fond de l'image, c'est le Cap Fréhel, celui-là même cartographié dans *Demain je meurs*, citons l'auteur : « y a pas plus beau. »

En breton, vélo se dit : cheval de fer.

« Persistance de l'image symbolique », dit Agamben, le cheval qui porte le fier cavalier du langage a adopté aujourd'hui, chez les poètes, « l'allure réjouissante de la bicyclette ». Tout s'éclaire, nous y voilà : au cheval blanc de la poésie répond au présent le cheval noir de la prose.

CHAPITRE 5

Ryoko SEKIGUCHI
Poésie et bilinguisme :
écrire entre deux langues

©Felipe Ribon

Née en 1970 à Tokyo, poète et traductrice.

Poésie
Calque, P.O.L, 2001
Héliotropes, P.O.L, 2005
Deux marchés, de nouveau, P.O.L, 2005
Etudes vapeur et Série Grenade, Le Bleu du Ciel, 2008

Prose
Ce n'est pas un hasard, chronique japonaise, P.O.L, 2012
L'astringent, Argol, 2012
Manger fantôme, 2012
Le Club des Gourmets et autres cuisines japonaises, P.O.L, 2013
La Voix sombre, P.O.L, 2015

CHAPITRE 5

Ryoko Sekiguchi, une poésie invitante :
Héliotropes et *Deux marchés, de nouveau*, P.O.L, 2005

Ryoko Sekiguchi écrit de la poésie depuis l'âge de seize ans et a obtenu à dix-sept ans au Japon le célèbre Prix du Cahier de la Poésie Contemporaine ; elle publie en japonais aux éditions Shoshi Yamada depuis 1993, vit à Paris depuis 1997, est traduite en français depuis 1999 et écrit en français depuis 2003. Chacun de ses livres existe ainsi en version française et japonaise, mais avec de subtiles différences : le titre est parfois identique, parfois non ; il ne s'agit pas d'une auto-traduction, mais plutôt d'un rapport de transfert, de transposition, puisque la transparence totale entre deux langues est impossible. Il n'y a ainsi ni original, ni copie, mais une « écriture double », un « entre-deux langues » mouvant qui se nourrit de leur décalage, mais aussi de leur continuel frottement. Ce qui n'a pas manqué de nourrir son expérience et son travail de traductrice : elle a traduit entre autres, Pierre Alferi, Atiq Rahimi, Yoko Tawada, Jean Echenoz et Gôzô Yoshimasu ainsi que de la poésie classique japonaise.

Cette poésie singulière, nourrie de divers ailleurs, est tout d'abord une poésie invitante. Plantes, oiseaux, noms[1], sont accueillis dans le jardin tropical d'*Héliotropes* comme des êtres à qui la parole serait offerte. Aucune allégorie ici, les phrases sont des êtres, les mots hésitent au bout du vers, vivants, et la question posée est celle de l'hospitalité à leur accorder : car comment parler à la place de l'autre ? A la place des fleurs, des oiseaux ? Contre la convention d'une nature poétique bavarde dans son discours attendu, à l'inverse comment rétablir (et non combler) la distance, dans le respect de cette irréductible séparation ? L'interrogation tournera autour du nom propre : celui convenu des fleurs, des oiseaux (car qui connaîtra jamais leur véritable nom ?). Leur mystère demeure, flottant, léger, irrésolu, puisque « ces noms savants des plantes, quelle que soit la durée de leur prononciation, ont tous le même poids ». Le mode est celui de la paraphrase : textes scientifiques, botaniques, et pour sortir du poème, noms savants en latin, « Acacia caffra, Delonix regia » selon une forme poétique ancienne de l'Andalousie arabe[2], où il s'agit là aussi, via une autre voix, une autre langue, de « passer la parole à l'autre ».

Deux marchés, de nouveau se place dans la citation, autre façon complémentaire de rendre compte de la dignité des objets. Les textes invités sont fragiles, fragmentaires, détruits, Sapho par exemple, le geste doit être délicat face à cette blessure, la citation est l'inverse de l'appropriation. Citer, comme nommer, c'est posséder, mais c'est aussi appeler, faire surgir, soutenir cette vie fragile, rendre compte de la faille, accueillir l'incompréhensible. On reconnaît le travail de traduction de Ryoko Sekiguchi : fils lancés, ping-pong délicat, poésie hospitalière, soucieuse de l'autre ; et cette voix ténue mais assurée, que l'on devine féminine, impersonnelle mais décidément singulière. On pense à l'arabesque dont parle Alferi, empruntée à Pétrarque : une poésie sinueuse et subtile.

Notes
1. 70 blocs de texte, sur 3 rangs, graphiquement mais librement reliés : structure spatiale du jardin et parcours de pensée.
2. la *muwashshah* médiévale, plurilingue, où la *kharja* (la sortie, l'issue) du poème adoptait une autre langue, arabe, hébreu ou mozarabe : la question de la fin du poème habitait déjà le livre précédent, *Calque*, P.O.L, 2001.

CHAPITRE 5

Ryoko Sekiguchi : *Adagio ma non troppo*, Le Bleu du Ciel, 2008

La poésie de Ryoko Sekiguchi est une histoire de circulation : promenade dans le jardin tropical d'*Héliotropes*[1], où la structure spatiale figure un parcours de pensée ; rencontres et croisements au long des allées vaguement orientales de *Deux marchés, de nouveau*[2]. Ici la consigne est musicale, *adagio ma non troppo,* c'est le tempo du rendez-vous, motif répété et délicat : méandres du temps dérobé aux côtés d'Ophelia, la petite fiancée. Car le point de départ (littéral : blocs de prose qui en respecteront le format), ce sont les *Lettres à la fiancée* de Pessoa. Au début du texte, un bref croquis de sa main, trois triangles, Lisbonne, un plan esquissé, et l'unique mention : « stratégie ». Ou comment imaginer le parcours le plus lent, le plus long possible, qui prolonge à souhait le tête-à-tête désiré. L'itinéraire ici se substitue à la narration (toujours refusée, on le sait, comme antagoniste au poème), il a à voir avec la célébration de l'attente, les préliminaires amoureux, et donc avec la suspension du récit. Autour du rituel du rendez-vous, la modification du temps et de l'espace se fait ainsi visible.

Car si le regard – orphique – est jeté en arrière, le texte est au présent : *une petite silhouette surprise est sur le point de se retourner, arrondies ses oreilles sont bien visibles ainsi que ses boucles d'oreilles qui scintillent juste au-dessous, entre ces deux angles la septième ligne qui s'apprêtait à se relier au point final a dangereusement chancelé.* Trois personnages : Pessoa, la fiancée, la lectrice des lettres – pour une histoire qui finit mal. Mais comment intervenir ? comment faire basculer le temps, du passé au présent, pour en modifier le cours, réécrire cette histoire d'amour, refaire un livre déjà fait : *si seulement je tournais la page ou ajoutais une phrase de plus j'arriverais à toucher réellement leurs mains ou à faire se toucher leurs doigts, mais avec quelle concordance de temps.* Les indices s'effacent, dates, lieux, repères nécessaires, dans ce paysage pourtant bien réel qu'arpente la narratrice, *rua da Boa Vista et rua do Arsenal…* Entreprise impossible, puisque cet homme apparu à la fin – Pessoa, ou son fantôme – on ne le reconnaîtra pas.

Notes
1. P.O.L, 2005.
2. P.O.L, 2005.

Ryoko Sekiguchi : trois essais

Ecrire double, Les Presses du vide, 2011
Présentation de dix quartiers de Shinjuku à usage purement personnel et nostalgique, Ink, 2011
Ce n'est pas un hasard, **chronique japonaise,** P.O.L, 2011

    Ryoko Sekiguchi, on le sait, est poète. En 2011 toutefois ont paru un bref essai sur l'écriture, le petit guide d'un Tokyo très personnel, et enfin une chronique, écrite au jour le jour, à Paris et à Tokyo, sur la catastrophe de Fukushima. Trois genres différents, trois registres opposés, et un élément nouveau, l'émergence d'un *je* jusque-là voilé en poésie, discret jusqu'à l'impersonnel, qui s'affirme ici comme sujet, dans une proximité plus directe, révélatrice. Et pourtant la voix, unique, est parfaitement reconnaissable. Car les thèmes demeurent les mêmes, ce sont ceux des poèmes, constamment répétés : les noms propres, le double, les fantômes. Les noms de lieux tout d'abord dans le petit guide, Kagurazaka, Edogawabashi, évoquant l'enfance heureuse, l'imprimerie, l'odeur de l'encre, déjà ; Shinjuku, plus tard, les bars littéraires. Mais aussi la mort partout présente, et les fantômes aimés, leurs parcours familiers : car ce petit livre nostalgique est un testament[1]. Ecrire double, c'est de même écrire avec l'autre, avec les vivants[2] et les morts, ceux qui vous précédaient, ou pire, celui qui vous a laissé[3]. Seule issue possible : écrire « à côté » des morts, dans le respect de leur distance, leur incontournable altérité.[4] Le double, c'est aussi par excellence la langue, français, japonais, l'écriture habitée du fantôme de la langue maternelle, autre rencontre, autre ombre portée. La perspective est double elle aussi, ici, là-bas, vu de Paris, vu de Tokyo, dans la description de la catastrophe du 11 mars, hors de toute volonté littéraire, dans la plate sidération, la modestie du journal. « Le surgissement fantomatique des noms propres » fait de ce livre un

---

1. Le plan final, manuscrit, vise non à décrire mais à marquer « les quartiers que je fréquenterai une fois devenue fantôme, pour que les gens puissent me retrouver ».
2. Le texte est un extrait d'une correspondance menée avec le poète Gôzô Yoshimasu, selon une tradition littéraire au Japon très courante.
3. « Dans une pensée qui avançait à deux, comment réagir lorsque l'un des deux s'est retiré du lieu ? ».
4. « Sans jamais lâcher la main que l'on tient, décider de rester à l'écoute des sonorités doubles ».

tombeau : celui des victimes, des disparus anonymes, emportés par la vague ou le séisme, à qui rendre un dernier hommage. La dédicace finale rassemble ces motifs récurrents, imbriqués, et fait surgir en le nommant un mort très aimé, le grand-père disparu, le fantôme d'Edogawabashi, celui qui sans le savoir a anticipé l'écriture[5].

---

5. « En général, je ne dédie mes livres à personne, mais puisqu'il est question de noms propres, je dédie celui-ci à la mémoire de mon grand-père, Teruo Ôtsuka, éditeur, qui m'a appris à lire et à écrire ».

Ryoko Sekiguchi : nourritures

L'astringent, Argol, 2012
Manger fantôme, Argol, 2012

Argol a publié en 2012 deux petits livres de Ryoko Sekiguchi, compacts, érudits et élégants, tous deux traitant d'un motif à première vue trivial, la nourriture[1]. Ce choix littéraire inattendu a comblé dit l'auteur un besoin de réconfort – retour à l'enfance, repli familier – après la catastrophe japonaise du 11 mars 2011. Le premier, *L'astringent*, évoque le goût unique d'un fruit récurrent dans les estampes et le haïku, le kaki[2], via l'adjectif qui le définit, *shibui*, mais le problème abordé ici est bien sûr celui de la traduction. Car comment rendre par les mots la spécificité, élusive et familière à la fois, d'une saveur ? Et surtout comment embrasser, d'une langue à l'autre, l'expansion sémantique, la profondeur et l'amplitude d'un terme qui débouche en japonais sur le domaine de l'esthétique, voire de la morale : l'astringence égale ainsi beauté discrète, voix rauque, élégance raffinée, couleurs sobres, « expérience, connaissance, retrait… ».

Le second livre, *Manger fantôme*, semble tirer son titre d'une autre expression japonaise, « manger la brume », qui signifie « mener une vie d'ermite, vivre sans ressources » ; il s'agira de dresser la liste de tous ces « aliments vaporeux », imaginaires ou réels : si la pluie et la neige sont parfaitement comestibles, manger les nuages, la fumée, la transparence est plus difficile. On peut toutefois mimer, et nommer, l'objet de notre appétit, friandises neigeuses, crème fouettée, gelées, croissant, reflet de la lune dans le gobelet de saké…. Jusqu'à dévorer l'impossible, le lieu, le symbole. Car tout aliment a trois attributs : une substance, un nom, une provenance – comme nous autres. Comme des personnes[3]. Mais que se passe-t-il lorsque l'un d'eux vient à manquer ? La mort alors affleure, et c'est là que le titre prend tout son sens : cet aliment fantôme, que l'auteur se refuse obstinément à nommer, cette menace qui habite désormais tout ce qu'on mange, cette

---

1. Motif également exploré dans les traductions de dix nouvelles japonaises du XIIe au XXe siècles, *Le club des gourmets et autres cuisines japonaises*, P.O.L 2013.
2. Le goût du kaki en bouche / J'entends la cloche / Du temple Hôryûji (haïku célèbre composé en 1895, souvent cité en mangeant les premiers kakis de l'année).
3. Tout comme les fleurs d'*Héliotropes*, P.O.L 2005, êtres vivants et fragiles, dotés des mêmes attributs.

ombre portée, c'est celle de la catastrophe, Fukushima et la contamination nucléaire. Le parcours est circulaire, le livre se clôt sur le fantôme de son titre : « Invisible, inodore, insipide, incorporel, impalpable, indescriptible, innommable. Ce qui est innommable est immangeable ».

Ryoko Sekiguchi : spéculations fantômes

Ryoko Sekiguchi est japonaise mais écrit en français. Une écriture double donc, suspendue entre deux langues : à la fois précise et décalée, sans sujet reconnaissable (sinon parfois « nous », ou « on »), ténue, évanescente mais en même temps décidément descriptive (qu'on pense au livre intitulé *Etudes vapeur* (2008) par exemple : comment rendre compte du flottant, de l'insaisissable, de l'indescriptible). Bref dans son cas une évanescence matérielle qui laisse peu de place a priori à la concrétude d'un réel socio-économique. L'argent n'apparaît pas explicitement dans les textes de Ryoko Sekiguchi, sinon, obliquement, dans *Deux marchés, de nouveau* (2005). Nous sommes bien dans l'espace d'un marché, labyrinthique et vaguement oriental – double lui aussi, *deux marchés,* dit le titre, puisqu'il est par définition le lieu réciproque de l'échange. Ce réseau enchevêtré de ruelles est arpenté par une voyageuse étrangère (un « je » rare, ou un « nous », toujours féminins et anonymes). Y circulent comestibles et denrées, mais aussi saveurs, textures nouvelles, odeurs inédites :

> Toc toc, il nous arrivait d'accueillir, dans ce marché, la visite de l'autre marché qui pouvait nous sauver.[…]. Lors même des courses banales de petits navets, lorsque nous nous désaltérions d'un bol de blé concassé au lait, l'odeur de rose sauvage écrasée, ou l'odeur des grenades et des oranges que l'on mange parfois accompagnées de citron et de sirop, venait nous envelopper, nous seules, comme un châle léger (p. 16).

Marché, commerce, sont des termes récurrents, répétés à chaque page. On connaît bien sûr le double sens de commerce, dans son usage figuré : rapport, relation, voire commerce amoureux. Il existe diverses sortes de commerces, qui ne relèvent pas tous du trafic de marchandises. Dès le XVIe siècle, le mot désigne l'ensemble des relations humaines – fréquentations, échanges d'idées, correspondance, liens réciproques. On pense à Montaigne qui développe dans les Essais « les trois commerces principaux : le commerce du monde, en compagnie des hommes d'esprit, des amis proches ». Vient ensuite « le doux commerce des belles et honnêtes femmes ». Enfin en dernier, l'essentiel : le commerce des livres, dont il dit « J'en jouis comme les avaricieux des trésors… ». Le mot, au delà de la satisfaction sensuelle, s'élève ainsi au-dessus des contingences matérielles pour ouvrir l'âme –

CHAPITRE 5

puisqu'il s'agit d'elle – à des jouissances plus nobles. Le marché évoqué ici est un lieu indéfini, ouvert, généreux, il permet rencontres, croisements, regards, amorces d'échanges ; au hasard de ses détours, il va jusqu'à offrir, en prime de ses marchandises, la beauté entrevue et l'amour possible :

Je me souviens encore de l'autre marché. Une jeune fille aux joues tendres, auprès d'un homme qui possédait de bons abricots secs, confectionnait toujours de petites choses du bout des doigts, son prénom devait commencer par un *kh,* comme un doux balayage de feuilles mortes. Dans la matinée fraîche encore, venue chercher les abricots, à l'heure où le soleil vient tout droit au-dessus de nous, reprenant en chœur par derrière la voix de celui qui les prend dans la main, après une discrète récitation, laissant en fines couches de baisers sur la paume de la main, au crépuscule je suivais la courbe des épaules de la fille à ses côtés. (p. 22-23).

Le commerce comme mode d'accession à la beauté, voire à l'amour, évoqué explicitement plus loin, semble toutefois un peu suspect ; impossible de soupçonner chez Ryoko Sekiguchi une apologie du libre-échange et de l'économie de marché : ce lieu idyllique est forcément métaphorique. On s'interroge : quelles sont donc les marchandises en circulation dans ce marché ? Qu'y vend-t-on, en fait ? On l'a compris, ce qu'on vend ici, ce sont des mots, des phrases, voire des noms propres : « Des mots tendres venus de si loin qu'ils échappent à toute réduction […] : O Clémence, O Dolcis, O Pia ». (p. 25)

Ce marché est imaginaire, les marchandises sont virtuelles, mouvantes, changeantes, venues d'ailleurs, la circulation, mot double aussi, n'est pas seulement celle des denrées, c'est celle aussi de la multiplicité des langues, le lieu traversé est celui de la lecture. Tout comme les robes de miel créées par Marie, l'héroïne de Jean-Philippe Toussaint dans *Faire l'amour,* sont des robes faites de mots, impalpables et condamnées à la dissolution, ici les objets qui s'échangent sont des mots, mais flottants, parfois étranges jusqu'à l'incompréhensible. Dans l'espace du livre se rassemblent à la fois des marchandises de provenances diverses, et les langues différentes parlées par les marchands et leurs clients. Ce marché désigne le texte d'accueil, et ses habitants d'origine. La voyageuse y rencontre d'autres étrangers, comme elle, qui sont convoqués ici sous forme de citations, souvent fragmentaires, fragiles, morcelées parfois en pures bribes sonores :

Les textes de nos sœurs oubliées, déformés en chants d'amourettes, flânent dans un voltigement d'ombres diaphanes [...] Par courant d'air en spirale, nous croisions des mots et de petites consonnes agiles, et les marquions chacun de signaux fluorescents, pareils à des traces de baisers.
Une voix douce... *ma langue... brisée... sur des coussins moelleux...* éphémère... *Attis, Lydie,* les lèvres aux contours dorés... *couleur de safran...* par *la rosée.... emportée... d'Artémis...du pays phrygien...* (Il s'agit d'une citation, tronquée parce que venue jusqu'à nous incomplète, de la poétesse Sapho, p. 30-31).

Parfois il est vrai, le marché se fait plus oppressant «affluence, images qui se hérissent, guet-apens», «voix qui crient car il leur est impossible de s'échapper du lieu, depuis une ruelle humide», on découvre à un tournant «l'épicerie exclusive du marché pour une minorité officielle», on entrevoit des silhouettes menaçantes, «quelques personnes sans doute venues d'une direction autre que l'est, hors de l'étendue commerciale du marché». Le visiteur se raidit face à des dangers inconnus: «Simples voyageurs qui ne faisions à peine que conjecturer la saison, nous laissant attirer par le tourbillon d'images défilantes, loin de nous rendre compte combien ce marché pouvait nous être dangereux». (p. 19)

Il n'en reste pas moins, malgré les aléas des rencontres, que le commerce demeure ici une opération porteuse de sens, encore heureuse, encore possible. Un axiome de base de toute analyse sociologique pose toutes les relations économiques comme des relations humaines: rapports de domination, de corruption, d'aliénation certes, mais aussi d'échanges et de sociabilité. Dès 1900, Georg Simmel dans *Philosophie de l'argent* définit celui-ci, et par extension tout commerce, comme un opérateur social, un agent de circulation. Mais également comme un apprentissage de l'altérité, de l'extérieur de soi. Donner, échanger, laisser passer, c'est distinguer ce qui est «eux» et ce qui est «nous». Or le motif central du livre, c'est justement cette question de l'altérité, de l'appartenance. Citons encore Simmel: «L'argent est apte à assurer la cohésion d'associations qui réunissent des individus par ailleurs inconciliables» (p. 438). Ce qui introduit la notion cruciale de la confiance, sur laquelle se fonde la légitimité de l'échange. Le marché, même en tant que métaphore, garde ici une dimension humaine, les transactions y sont directes et immédiatement décryptables. Les marchandises – c'est à dire les mots – sont rares et précieuses, mais leur prix est tangible, mesurable. Les protagonistes de l'échange en sont encore les acteurs, non des êtres écrasés ou passifs, soumis à des transactions et ou des stratégies qui les dépassent.

Le passage récent de la poésie au récit suggère chez Ryoko Sekiguchi un glissement vers plus de réalisme, une voix plus autobiographique. Mais ses livres sont toujours des histoires de circulation, dans son sens littéral : parcours, itinéraire. Que ce soit les croisements au long des allées orientales de *Deux marchés, de nouveau,* comme la promenade dans le jardin tropical d'*Héliotropes* (2005), où la structure spatiale figure un parcours de pensée ; ou encore *Adagio ma non troppo* (2008), une déambulation dans Lisbonne qui prend comme point de départ les *Lettres à la fiancée* de Pessoa. Le sujet en est le tempo du rendez-vous, les méandres de la promenade et le temps dérobé aux côtés d'Ophelia, la petite fiancée. Ou comment imaginer le parcours le plus lent, le plus long possible, qui prolonge à souhait le tête-à-tête désiré. L'itinéraire ici se substitue à la narration, il coïncide avec le parcours amoureux. Trois personnages : Pessoa, la fiancée, la lectrice des lettres – pour une histoire sans résolution possible. Les indices s'effacent, dates, lieux, repères, dans ce Lisbonne d'aujourd'hui qu'arpente à son tour la narratrice… Mais l'entreprise de restitution du passé est impossible, puisque cet homme entrevu à la fin - Pessoa, ou son fantôme – restera innommé.

C'est donc dans ce livre qu'apparaît pour la première fois la figure ensuite récurrente du fantôme, motif littéraire japonais traditionnel, lié à la disparition, l'évanescence, l'impuissance. En 2011 paraissent ensemble trois livres, une réflexion sur l'écriture double, le petit guide d'un Tokyo très personnel, et enfin une chronique, écrite au jour le jour, à Paris et à Tokyo, sur la catastrophe de Fukushima. Trois genres différents, trois registres opposés, et un élément nouveau, l'émergence d'un «*je*» jusque-là voilé, oblique, quasi impersonnel, qui s'affirme ici comme sujet, dans une proximité plus directe. Les thèmes demeurent les mêmes, ce sont ceux des poèmes, constamment répétés : les noms propres, le double, et enfin les fantômes, de plus en plus tangibles. La mort est partout présente, ā travers les fantômes aimés, leurs parcours familiers : car ce petit livre est un testament. Ecrire double, c'est ainsi écrire avec l'autre, avec les morts, les convoquer, leur parler. Le double, c'est aussi par excellence la langue, français, japonais, l'écriture habitée du fantôme de la langue maternelle, autre rencontre, autre ombre portée. La perspective est double elle aussi, ici, là-bas, vu de Paris, vu de Tokyo, dans la description de la catastrophe du 11 mars, hors de toute volonté littéraire, dans la sidération, la modestie du journal. «Le surgissement fantomatique des noms propres» fait de ce livre un tombeau : celui des victimes, des disparus anonymes, emportés par la vague ou le séisme, à qui rendre un dernier hommage. La dédicace finale rassemble ces motifs récurrents, imbriqués, et fait surgir en le nommant un mort très aimé, le grand-père disparu, le fantôme d'Edogawabashi, celui qui en apprenant à l'enfant à lire, a sans le savoir anticipé l'écriture.

Citons dans *Présentation de dix quartiers de Shinjuku à usage purement personnel et nostalgique* (2011):

> J'ignore tout des consignes d'usage de la ville en vigueur chez les fantômes, mais, allez savoir pourquoi, je me suis mise en tête qu'ils doivent passer leur existence à retracer les chemins qui leur étaient autrefois familiers. […] Peut-être aussi que si j'ai rédigé cette présentation des quartiers de Shinjuku [….], c'était pour marquer, comme une sorte de testament, les quartiers que je fréquenterai une fois devenue fantôme, pour que les gens puissent me retrouver - même si, pour ceux que je connaissais et qui sont déjà partis, il est déjà trop tard et ces indications ne serviront à rien, que l'on errera chacun de notre côté sans jamais plus pouvoir se revoir. (p. 18)

Ce même paysage urbain, identique, celui de l'enfance, deviendra à son tour fantôme par anticipation, car promis à l'effondrement dans *Ce n'est pas un hasard* (2011), la chronique écrite pendant et juste après la catastrophe du 11 mars 2011 qui a dévasté le nord du Japon:

> Je contemple ce quartier, bercée d'un sentiment doux, en lui superposant malgré moi une autre image, détruite et dévastée, qui sera fatalement le futur de ce quartier, après le séisme qu'il faudra bien que les Tokyoïtes subissent à leur tour. (p. 178).

Mais c'est un dernier fantôme, terrifiant et délétère, auquel je veux arriver pour atteindre, selon ce même mode oblique qui caractérise le travail de Ryoko Sekiguchi, le sujet qui nous occupe, l'argent: son dernier livre, *Manger fantôme*, 2012, semble en effet a priori traiter d'un sujet volatile, évanescent, plus léger dans tous les sens du terme, c'est à dire plus dérivatif, moins dramatique: il s'agit de dresser la liste de tous les «aliments vaporeux» envisageables, fugitifs, immatériels, pluie, neige, vapeur, fumée, transparence…

On l'avait remarqué très clairement auparavant, dans *Deux marchés de nouveau* les denrées vendues et disponibles étaient essentiellement des denrées comestibles: nourritures heureuses, savoureuses, exotiques, prétexte et tremplin à la découverte à la fois de goûts et de langues inconnus. Le goût des mots s'y confond avec le goût des mets. On y revient dans ce dernier livre mais la nourriture y est virtuelle, si l'on peut dire, à un degré encore plus élevé.

Manger fantôme semble tirer son titre d'une expression japonaise, « manger la brume », qui signifie « mener une vie d'ermite, vivre sans ressources » ; d'où la tentative d'inventorier tous ces « aliments vaporeux », imaginaires ou réels : si la pluie et la neige sont parfaitement comestibles, manger les nuages, la fumée, la transparence est plus difficile. On peut toutefois mimer, et nommer, l'objet de notre appétit, friandises neigeuses, crème fouettée, gelées, mousses nuageuses, croissant qui copie la lune, ou reflet de la lune que l'on peut boire dans le gobelet de saké…. Jusqu'à dévorer l'impossible, le lieu, le symbole. Car tout aliment a trois attributs : une substance, un nom, une provenance – comme nous autres. Comme des personnes. Mais que se passe-t-il lorsque l'un de ces termes vient à manquer ? La mort alors affleure, et c'est là que le titre prend tout son sens : cet aliment fantôme, que l'auteur se refuse obstinément à nommer, cette ombre portée, c'est celle de la catastrophe, Fukushima et la contamination nucléaire.

> Je ne veux pas faire apparaître ici, noir sur blanc, ce mot autour duquel je tourne. Je réitère ce mot « fantôme » comme terme de substitution. […] (p. 76)
>
> Mais si je me refuse à incarner son nom, en dépit de tout le maléfice qu'il produit du seul fait qu'il est fantôme, c'est que je ne veux pas, je n'accepterai jamais d'associer cette chose à la nourriture, fut-ce dans un livre. (p. 77) […]
>
> Désormais il nous faut continuer à manger ce fantôme, jusqu'au dernier jour, jusqu'à ce que nous devenions nous-mêmes fantômes. (p. 86)

Et voici le dernier passage du livre :

> Dans le pays où je suis née, il y a aujourd'hui une zone devenue fantôme. Elle existe, mais on ne peut la voir. On n'y a pas accès, sauf ceux qui, à leur corps défendant, ont affaire à elle. En tant que territoire, elle est inutilisable. Une terre réelle pour ainsi se transformer, en une seconde, en une terre invisible et intouchable.
>
> Et c'est de là que surgit le fantôme. (p. 87).

Le parcours est circulaire, le livre se clôt sur le fantôme de son titre :

« Invisible, inodore, insipide, incorporel, impalpable, indescriptible, innommable. Ce qui est innommable est immangeable ». Cet aliment fantomatique et pourtant bien réel, jamais nommé – dans une tentative non de déni mais de conjuration impossible –, cette menace qui habite désormais tout ce qu'on mange, c'est celle bien sûr des retombées de Fukushima. Ici, une parenthèse, qui échappe au littéraire, à titre de bref rappel : au printemps 2014, 15 000 km2 de terre contaminée, 300 tonnes par jour d'eau radioactive déversée dans le Pacifique depuis 2011 comme l'a enfin reconnu l'opérateur de la centrale, et qui ont désormais atteint la Californie ; mainmise de la mafia japonaise sur la manne financière des opérations de décontamination, pour lesquelles elle emploie des SDF, hausse probable du taux de cancer de la thyroïde chez les enfants de Fukushima. Et enfin passage en mars 2014 des lois anti-terroristes de censure de la presse imposées par le gouvernement Abe, interdisant toute diffusion d'information sur Fukushima, affaire classée désormais secret d'état.

On le sait, la catastrophe de la contamination nucléaire, au-delà des phénomènes naturels, séisme ou tsunami, est entièrement humaine : elle incarne, littéralement, le fantôme de la spéculation, et du profit.

CHAPITRE 6

Suzanne DOPPELT
Archaïsme et métamorphose

Née en 1956, poète, photographe, éditrice, directrice avec Pierre Alferi de la Revue « Détail ».

Poésie
Mange, éd. Snapshot, 1995
Dans la reproduction en 2 parties égales des plantes et des animaux, avec Anne Portugal, P.O.L, 1999.
Raptus, éd. de l'Attente, 2000
TOTEM, P.O.L, 2002
Quelque chose cloche, P.O.L, 2004
Le pré est vénéneux, P.O.L, 2007
Lazy Suzie, P.O.L, 2009
La plus grande aberration, P.O.L, 2012
Magic tour (avec François Matton : textes, dessins, photographies), Editions de l'Attente, 2012
Amusements de mécanique, P.O.L, 2014

Suzanne Doppelt : *Lazy Suzie*, P.O.L 2010

> voir suppose une petite fissure et commencer à
> peindre exige de percer un trou, un seul suffit pour
> faire une passoire, à travers on regarde l'histoire,
> le monde ou son reflet, son écran est une vitre sans
> tain, le tableau est une fenêtre qui s'ouvre comme
> une orange.

« Voir » ouvre le texte, et tout est là. *Lazy Suzie* traite des incertitudes de la perception, des illusions de la vision : car que voit-on quand on voit ? Question posée via une série de photos d'anamorphoses, ces images brouillées[1] qui se redressent selon l'endroit où l'on se tient. Comme devant le plateau rotatif éponyme des restaurants chinois qui distribue couleurs, saveurs – comme la terre[2] elle-même nous distribue la beauté du monde dans son incessante rotation[3], « révolution sans fin », réservoir fini des images dans lequel il suffit de puiser pour un infini et merveilleux réagencement. Miracle de l'œil et de la lumière, « la réalité n'est qu'une affaire de réglage ». Dans le flux de la phrase, son effet de tournis, un leitmotiv, « voir se fait toujours par un petit trou » : celui de l'œil, de la camera oscura, cette boîte trouée dans laquelle s'engouffre le monde renversé. D'où aussi la fenêtre, le cadre, le miroir, et le cinéma.

Le livre se clôt sur « le parc est vide sans un son », renvoi à la dernière scène du *Blow up* d'Antonioni, où la balle de tennis (virtuelle) rebondit vers le parc (vert, celui du livre, celui du film), dans le silence des images, leur puissance d'illusion, leur irrésistible effet de sidération.

---

1. Images fantômes, revenants, comme les photos spirites qui ont inspiré *Le pré est vénéneux*, P.O.L, 2007.
2. « le monde est une table, un coup pour a, 2 pour b, etc. animula ça fait 72, à Naples, le chiffre des merveilles » (*Le pré est vénéneux*).
3. Voir *Le monde est beau, il est rond*, Inventaire-Invention, 2008.

Poésie contemporaine : silence et altérité du végétal
-Ryoko Sekiguchi, Suzanne Doppelt, Justine Landau-

On connaît le beau livre de Jean-Christophe Bailly, *Le versant animal* [1], qui traite magistralement de la question de l'animalité : mais on pourrait rêver aujourd'hui son pendant, un nouvel horizon à la fois familier et inconnu, un *Versant végétal*, auquel le 4e de couverture, à peine transposé, pourrait s'appliquer mot pour mot ; puisqu'il s'agit là aussi « au lieu d'invoquer en passant la biodiversité », d'entrer dans « la multiplicité hétérogène du vivant.... ».

Or on oublie que la poésie, peut-être parce qu'elle n'est soumise à aucune contrainte de narration ou de vraisemblance, voire aucune exigence d'orthodoxie syntaxique, semble disposer d'antennes plus fines pour saisir les questions qui agitent son époque ; questions qu'elle restitue par une capillarité particulière dans des œuvres parfois difficiles, parce qu'elles précèdent leur explicitation collective – ou rejoignent, curieusement, des intuitions très anciennes. C'est ce que nous observerons chez trois poètes que l'on peut assigner à la catégorie de « l'extrême-contemporain », puisque tous les ouvrages cités ici ont été publiés après 2005.

La plante, arbre ou fleur, a toujours été un motif obligé en poésie, allégorique ou symbolique, codé mais immédiatement décryptable : dès le Cantique des Cantiques, « Je suis le narcisse de Saron, le lys des vallées », depuis la rose de Ronsard ou le chêne des fables, les exemples sont sans fin. On les connaît.

Mais peu à peu la plante, cet être qu'on croyait immobile, a élargi son territoire. Il y a eu la grande poésie didactique du XVIIIe et XIXe, où les botanistes étaient aussi poètes : Jacques Delille par exemple, auteur oublié des *Trois règnes* (animal, végétal, minéral), mais surtout les Encyclopédistes, qui n'étaient pas poètes, mais qui herborisaient, et qui ont amorcé cette énorme entreprise : nommer et classer le monde naturel. La fleur en poésie deviendra plus tard pure abstraction (la fleur mallarméenne « absente de tout bouquet »), puis prétexte chez Ponge à l'interrogation cratylienne

---

1. Jean-Christophe Bailly, *Le versant animal*, Bayard, 2007. Le végétal sera toutefois abordé sous l'angle du temps et de la mobilité, en conclusion de son livre suivant, *Le Dépaysement*, Seuil, 2011.

systématique du rapport entre le nom et la chose – mais le «bois de pins» de Ponge offre encore une leçon de morale, et les «poussins d'or» de son mimosa demeurent du côté de la métaphore.

Or la poésie de l'extrême-contemporain ne se veut plus ni métaphorique, ni narrative, ni lyrique – ou alors lyrique autrement. Sa réflexion s'attache en priorité au *percept*, plus qu'à *l'affect*. Simultanément, la biologie se penche sur le monde végétal pour approfondir l'exploration amorcée par les Encyclopédistes: via aujourd'hui l'embryogénèse, l'étude de la structure et du fonctionnement cellulaire, la biochimie, la génétique, etc. Pour découvrir que la plante, loin d'être inférieure à l'animal, le dépasse de beaucoup en complexité – comme le démontrent désormais sans équivoque les travaux du botaniste Francis Hallé[2].

La philosophie rejoint ici la biologie dans un refus commun, celui déclaré de l'anthropomorphisme, qui oblitère l'énigme du monde végétal et l'étonnement qu'il suscite, et empêche donc d'en percevoir la singularité: «Quand la littérature se déprend de l'identification de l'arbre à l'homme et des métaphores qui l'accompagnent, elle approche au plus près les différences de l'un et de l'autre ainsi que la complexité des leurs rapports.[3]»

On pourrait avancer que la poésie aujourd'hui, consciemment ou non, emprunte à cette approche de la biologie végétale non plus des images mais des figures, non des motifs mais des modèles organiques de fonctionnement: elle mime par exemple la réitération (qui est un terme de botanique), la prolifération, le rejet (terme botanique encore), sous forme de bifurcation syntaxique, la bouture, dans un appel différent à la citation. Surtout, elle adopte un mode radicalement descriptif, qui allie observation attentive de la vie silencieuse du végétal et prise de conscience d'une altérité irréductible. La plante n'est plus hommage à Dieu, indice de sa puissance; plus créature témoin, anthropomorphisée ou symbolique; elle devient créature seule, autonome, dotée d'une vie propre, particulière et séparée (de nous, et de toute interprétation).

---

2. Francis Hallé, *Plaidoyer pour l'arbre*, Actes Sud, 2005.
3. Robert Dumas, *Traité de l'arbre. Essai d'une philosophie occidentale*. Actes Sud, 2002. Dans *Plant-thinking: A Philosophy of Vegetal Life* (Columbia University Press, 2013), le philosophe Michael Marder en déduit la nécessité d'une éthique dans nos rapports avec le monde végétal: «All we can hope for is to brush upon the edge of their being, which is altogether outer and exposed, and in so doing to grow past the fictitious shells of *our* identity and *our* existential ontology.»

Se pose alors le problème de la nomination – et c'est la première figure que nous aborderons ici : comment en effet nommer (sans réduire ni coloniser) cette espèce étrangère ? C'est la question posée par Ryoko Sekiguchi dans *Héliotropes*[4] (2005) : au-delà de tout classement, de tout inventaire, quel serait le vrai nom des plantes ? Sa réponse : celui qui n'est jamais prononcé.

Ryoko Sekiguchi est japonaise mais vit à Paris ; elle écrit parallèlement en français et en japonais : œuvre double donc, et plutôt qu'auto-traduction, « frottement » dit-elle entre deux langues. *Héliotropes* propose une promenade dans un jardin tropical – c'est le titre plus explicite de la version japonaise, *Nettai Shokubutsu-en*. Chaque bloc couvre une page, et ceux-ci, sur trois rangs, lient graphiquement trois catégories d'objets : les plantes, les oiseaux, et les noms. Ce jardin tropical est un jardin botanique : *Jardim botânico ou Jardim Tropical*, affirme la seconde page du livre, et la dernière page le confirme : « premier plan né en 2001, dans quelques jardins tropicaux du Portugal ».

Or un jardin botanique se caractérise par l'affichage des noms scientifiques attribués aux plantes, via des étiquettes placées devant chaque espèce. Nommer on le sait c'est d'abord posséder, imposer un ordre, soumettre, s'approprier. Mais, s'interroge Ryoko Sekiguchi, comment la poésie peut-elle prétendre parler à la place de l'autre ? A la place des fleurs, ou des oiseaux ? Toutefois nommer – et citer – a aussi une autre fonction, plus noble : appeler, faire surgir, rendre compte d'une présence, accueillir l'autre, le mot étranger, l'espèce étrangère, dans une poésie qui se veut invitante, hospitalière. Contre la convention d'une nature poétique bavarde qui occupe tout l'espace du poème, à l'inverse comment préserver (et non réduire) la distance, comment respecter cette altérité irréductible de la plante – son silence, son écart d'avec nous ?

L'interrogation tournera autour du nom propre : celui convenu des fleurs, « sur cette terre clairement délimitée, seuls les oiseaux appellent les plantes parleur propre nom, » : la virgule finale laisse l'hypothèse en suspens ; car le langage des oiseaux est pour nous bien sûr aussi opaque que celui des fleurs... Quelle que soit la langue employée, leur mystère demeure, flottant, irrésolu. Le mode choisi pour s'en approcher sera celui de la description, à la fois distanciée et minutieuse, et surtout le mode de la paraphrase : textes scientifiques et botaniques de l'époque de Linné sur la nomination des

---

4. Ryoko Sekiguchi, *Héliotropes*, P.O.L, 2005.

plantes, emprunts à un texte-clé, *How plants get their names*, de Liberty Hyde Bailey (Macmillan, 1933). Ou encore fragments d'une correspondance suivie avec le sculpteur Isamu Wakabayashi (1936-2003), qui a travaillé sur les feuilles d'arbres, leurs empreintes sur papier et sur cuivre, et leur délitement progressif dans le temps. Plusieurs blocs d'*Héliotropes* sont ainsi des paraphrases des notes et essais qu'il a laissés sur les plantes. De fait, la moitié du recueil des blocs du recueil sont des citations, traductions ou paraphrases; il s'agit bien d'une réitération volontaire (au sens botanique): mode d'expansion proliférant de la plante par boutures et rejets – comme un jeune arbre qui croît sur un plus ancien, ici un texte neuf se greffe sans césure décelable sur un texte qui l'a précédé.

La liste est un autre procédé obligé, induit par l'ancien désir de classement: liste des plantes par origine géographique supposée, «D'Alep, de Podolie ou qui a des feuilles pétiolées, de Liburnie, de Cafrerie, qui se tient sur les rives, de l'étranger, de l'Arkansas», qui fait des plantes des êtres mobiles et voyageurs: car la plante est mobile, par la graine, le pollen que le vent disperse et transporte, la colonisation des territoires, les racines aussi qui s'enfoncent et se déploient. Elle n'est immobile que pour nous: «comme si elle avait oublié que les plantes pouvaient se déplacer à l'aide de leur nom…».

Ou encore liste par propriétés traduite du latin, «Népète qui porte des fleurs pédonculées avec un espacement et en forme d'épi…», où peu à peu le nom propre, détaché de son signifiant, devient autonome, jusqu'à constituer un règne à part entière, celui des noms, aussi riche, varié et complexe que celui des plantes. Car à l'époque de Linné le nom des plantes engendre une définition si longue qu'il devient phrase, sans frontière perceptible entre le nom et sa description.

Pour en arriver enfin à la liste qui clôt le recueil, celle des noms savants en latin: «Cycas circinalis, Erythrina abyssinica, Punica granatum, Parkinsonia aculeata, Annona cherimola […] Acacia caffra, Delonix Regia, Cycas circinalis.»

Ces noms savants seraient ainsi, enfin, les vrais noms des plantes, capables de conjuguer universalité, légèreté, et secret, puisqu'écrits dans une langue étrangère et donc rarement prononcés. Silence du nom scientifique, lu mais jamais dit: «ces noms savants des plantes, quelle que soit la durée de leur prononciation, possèdent chacun exactement le même poids»

La liste finale est ainsi pure litanie sonore et seul répertoire capable de restituer la part d'étrangeté, d'incompréhensible du monde végétal. Il s'agit bien face au monde muet du végétal, d'honorer la différence, et via une autre langue, une langue étrangère – le latin ici – de « passer la parole à l'autre ».

Chez Suzanne Doppelt le vert – herbe, parc, prairie – est emblématique ; la beauté du monde – animaux, plantes, éléments naturels – s'appréhende d'abord par la vue (le mot « voir » ouvre *Lazy Suzie*[5], 2009). Suzanne Doppelt en effet est poète mais aussi photographe, et tout son travail traite des aléas de la perception, des illusions de la vision : car que voit-on quand on voit ? la question est posée via le flux ininterrompu de la phrase ; et à travers des photos de détail en regard, si précises et construites qu'elles en deviennent abstraites et non identifiables : miracle de l'œil et de la lumière, « la réalité n'est qu'une affaire de réglage ».

La plante est partout visible, dans un jardin, un paysage, à travers la fenêtre, ou une image : « Le tableau est une fenêtre qui en contient une autre, […] une ligne d'horizon et le bon point de fuite ». Cette « vue tournante, ce vertige panoramique qui n'en finit plus », c'est la caméra, c'est aussi bien sûr la phrase qui s'enroule et se déploie, et *Lazy Suzie* se clôt sur un décor de cinéma : le parc peint en vert du *Blow up* d'Antonioni, où la mort est cachée dans l'herbe.

Les figures récurrentes sont le ressassement et la prolifération, dans une intertextualité foisonnante. *Lazy Suzie* invoque Giambattista della Porta et Leonard de Vinci, les inventeurs de la *camera obscura* et de la magie photographique, dès la première phrase : « voir suppose une petite fissure.. ». *Le pré est vénéneux*[6] (2007) renvoie par son titre aux *Colchiques* d'Apollinaire, « Le pré est vénéneux mais joli en automne … », et plus loin à la magie, aux fantômes et à la photo spirite ; le livre précédent *Quelque chose cloche*[7] (2004) cite ou paraphrase les Présocratiques, en présentant la vision alors magique de la nature, mélange de merveilleux et d'explication préscientifique, théorisée par Pythagore, Démocrite, Thalès : « Les plantes sont irrégulières, à la base de la tige on trouve les taches rouges caractéristiques dans les terrains vagues de la grande ciguë, vertiges et éblouissements, faiblesse et pâleur de la face, mouvements et stupeur, les plantes éprouvent des appétits, elles sont douées de sensations[8], tristesse et

---

5. Suzanne Doppelt, *Lazy Suzie*, P.O.L, 2009.
6. Suzanne Doppelt, *Le pré est vénéneux*, P.O.L, 2007.
7. Suzanne Doppelt, *Quelque chose cloche*, P.O.L, 2004.
8. Jusqu'au violent rejet de la notion par Aristote, Platon affirmait que les plantes

joie [...]. Moi-même en les cueillant je fis pâlir la lune : un cercle, un feutre, un bol, un disque ». Mais ces ouvrages de sources très diverses subissent une curieuse contamination, les images, les références, les phrases, les photos même, se répètent et se télescopent d'un ouvrage à l'autre, dans un mouvement circulaire ou plutôt spiralaire d'hybridation, de cross-pollinisation. Comme si le monde naturel offrait un réservoir fini d'images, pour un infini réagencement. Plus qu'un texte arborescent, ce serait plutôt un tressage, un effet de vrille, comme un liseron, une plante qui croît en s'enroulant : « lancer des tiges, tramer, varier », métaphore de la phrase. Les photos par contre permutent selon une géométrie impeccable, « le monde est un damier [...] Le pré est un beau luna-park », mais une géométrie elle aussi répétitive.

Le végétal chez Suzanne Doppelt s'impose par sa pure présence, ténue

---

avaient des désirs ; Marder y fait retour, mais il précise quand il évoque l'« âme des plantes » (« the soul of plants ») qu'il l'entend évidemment de façon immanente, comme une « intentionnalité *non*-conscience » (« a *non*-conscious intentionality »). Pour d'autres questions davantage axées sur l'environnement abordées par l'écocritique américaine, voir Greg Garrard, *Ecocriticism, the new critical idiom*, Routledge, 2004, réédition 2011 / Jeffrey Jerome Cohen ed, *Animal, Vegetable, Mineral : Ethics and Objects*, Oliphaunt Books, 2012.

mais obstinée, dangereuse parfois, toujours vivante, fragile[9]– dans son étrangeté familière. Mais aussi sa paradoxale puissance de sidération et d'émerveillement[10]. Un autre livre, en 2008, hommage aux Encyclopédistes et à leur tentative enthousiaste de classement, l'affirme dès son titre : *Le monde est beau, il est rond*[11].

Justine Landau, la plus jeune des trois poètes abordés, nous parle quant à elle de champignons : la syntaxe serait-elle rhizomatique ?

La question est posée explicitement, et à plusieurs reprises, dans son premier livre, *Sommaire*[12] (2010) : « De l'analogie non plus je ne peux pas te sauver, mais le modèle de reproduction syntaxique est-il proliférant ? »

On le sait, les champignons ne sont pas des plantes ; ni animal, ni végétal, leur règne est un règne à part entière : le cinquième règne ou règne fongique. Autrefois classés avec les algues, on les voit à présent comme un règne autonome. Les champignons font partie des plus anciennes espèces végétales apparues sur terre, et seraient même, selon les travaux les plus récents de la microbiologie moléculaire, nos plus lointains ancêtres.[13] Au point d'éclairer de façon unique les principes fondamentaux et les paradigmes de la reproduction sexuée…

Il sera donc question encore de taxinomie et de classement, et la figure mise en œuvre ici sera l'analogie, ou la métonymie. Car elles résident à la base du classement, en rapprochant invariablement « ce qui se ressemble ».

---

9. Cf Marder, op. cit « [...] the elusive life of flora : its precariousness, violability, and at the same time, its astonishing tenacity, its capacity for survival. »
10. Dans la même veine, outre les herbiers, on pense aux volucraires consacrés au oiseaux au Moyen Age, aux bestiaires ou aux lapidaires traitant des minéraux, qui inventoriaient les choses du monde comme des *mirabilia,* des merveilles, souvent sous forme poétique. Pour un historique de la relation science et poésie, voir *Muses et ptérodactyles*, Anthologie sous la direction de Hugues Marchal, Seuil, 2013.
11. Suzanne Doppelt, *Le monde est beau, il est rond*, Inventaire-Invention, 2008 (épuisé).
12. Justine Landau, *Sommaire*, Les Cahiers de la Seine, 2010.
13. Voir : Soo Chan Lee, Min Ni, Wenjun Li, Cecelia Shertz, and Joseph Heitman, *The Evolution of Sex: a Perspective from the Fungal Kingdom*, Microbiology and Molecular Biology Reviews, June 2010, p. 298-340, Vol. 74, No. 2 : « Given their unique evolutionary history as opisthokonts, along with metazoans, fungi serve as exceptional models for the evolution of sex and sex-determining regions of the genome. »

La première page le pose clairement: «Les anciens ne mettaient pas les champignons au rang des plantes. Un caractère de la taxinomie – comme on voudrait accroître l'intensité de la couleur par l'empilement des objets colorés (par transparence, deux feuilles plus vertes qu'une) – est qu'à l'extrémité de la métonymie se tient le discours du savoir, réticulé.»

Ici encore, les sources et matrices du texte reposent sur une abondance de citations: des textes scientifiques du XVIIIe siècle, Jussieu et l'Académie Royale des Sciences de 1753, ou des botanistes du XIXe siècle, Girard, Bonnet, et l'ouvrage *Les microbes, les ferments et les moisissures*, de Trouessart. Ces passages sont donnés en italiques: *«Depuis le champignon jusques à l'orme; depuis la mousse jusques au sapin; depuis le lychen jusques au chêne, tout n'est qu'animalcule, et qu'être sentant»*. Cycle du vivant qui croise donc dans un accord consenti le plus petit et le plus grand, l'enfoui et le visible, le vertical et l'horizontal.[14]

Mais la réflexion porte aussi en parallèle sur la dégénérescence et le cadavre, la putréfaction, qui est, on le sait, le terreau même de la croissance végétale. Car contrairement aux autres végétaux, chez les champignons pas de photosynthèse, mais l'absorption de matières organiques, à l'instar des animaux.

Les italiques désigneront parfois aussi un mode d'adresse: car il y a un je, discret, qui se souvient, ici, et un tu, absent, jamais nommé. Il y a un mort, ici, dans le paysage et sous la terre: «ce creux dans le sol humide serait ce qui reste de tu [...] Les doigts plantés dans le jardin, ils verdiront, deviendront branche ou feuille. Les doigts en terre; cueillir des champignons». Les champignons, on le sait, sont avec les bactéries, les agents indispensables de la dégradation organique végétale, et de la formation de l'humus: impossible de distinguer, dans le processus de développement du vivant, ce qui est mort et ce qui est vivant. On rencontre ici non seulement Hallé, mais les travaux de Jean-Claude Ameisen[15] sur la sculpture du vivant et la mort cellulaire, programmée par l'organisme comme la condition de sa vie même.

L'herbe devient un linceul: «La pelouse est un drap à fleurs [...] – blasons

---

14. En biologie, le mutualisme désigne une association bénéfique entre deux partenaires. Un des cas les plus cités est celui de la mycorhize, symbiose entre les racines des plantes et le mycélium des champignons via son réseau de filaments souterrains: le champignon sert d'extension aux racines de la plante et lui apporte de l'eau ou du phosphore tandis qu'en échange son partenaire l'alimente en sucres.
15. Jean-Claude Ameisen, *La sculpture du vivant: le suicide cellulaire ou la mort créatrice*, Seuil Points Sciences, 1999, mise à jour 2003.

où le discernement s'épuise». Jusqu'à la constatation de l'incontournable : «Cette fois tu en es venu à l'inaltérable et ce n'est pas simple proposition». Mais comment parler d'un mort sans nostalgie du passé ? «Par le passé sans détour, ta couleur a pris ce qui, tout ce qui entre en contact de par toi, je qui ne veut pas disparaître, cette amertume peut parler avec, sur la langue même» : le texte se disloque, se désagrège – cadavre lui-même, mimant sa dissolution.

Comment donc échapper à la réduction de l'analogie ? Est-ce seulement possible ? Une question plus loin apporte paradoxalement sa réponse : «Il serait là, le nom serein de la putréfaction des corps ? dans l'humus, l'alvéole et les souches ?». Le végétal offrirait cette issue : une sérénité possible, une sortie du monde animal, apaisante non par son pouvoir d'émerveillement, comme chez Suzanne Doppelt, mais par sa tranquille indifférence.

Présence de la plante donc, chez ces trois exemples, mais hors de toute transcendance : la référence ici renvoie d'abord à la science et non à la poésie. Mais les textes cités qui croisent sans le savoir dans leurs intuitions anciennes[16] les découvertes les plus récentes d'aujourd'hui sont ceux des naturalistes grecs, persans ou arabes (Ryoko Sekiguchi et Justine Landau sont toutes deux spécialistes de poésie persane), de Linné, Buffon, des Encyclopédistes[17]. Penser, classer : le regard est distancié, le vocabulaire scientifique, pour déboucher néanmoins sur la même fascination devant l'inventaire impossible, l'infinie complexité du monde végétal – un monde *autre,* encore à explorer.

---

16. «Les historiens de l'art et de la littérature savent qu'il y a entre l'archaïque et le moderne un rendez-vous secret, non seulement parce que les formes les plus archaïques semblent exercer sur le présent une fascination particulière, mais surtout parce que la clé du moderne est cachée dans l'immémorial et l'archaïque». Giorgio Agamben, *Qu'est-ce que le contemporain*, Editions Payot & Rivages, Rivages poche, 2008, p. 34-35.
17. Cette caractéristique de la contemporanéité comme déphasage et anachronisme est déjà présente dans la formule de Nietzsche : «Le contemporain est l'inactuel», *Considérations inactuelles,* 1874.

CHAPITRE 7

Nathalie QUINTANE
Une transparence paradoxale

©pol/Bamberger

Née en en 1956 à Paris. Poète, écrivain, critique.

Poésie / prose
Remarques, Cheyne, 1997
Chaussure, P.O.L, 1997
Jeanne Darc, P.O.L, 1998
Début, P.O.L, 1999
Mortinsteinck, P.O.L, 1999
Saint-Tropez – Une Américaine, P.O.L, 2001
Formage, P.O.L, 2003
Les Quasi-Monténégrins, P.O.L, 2003
Antonia Bellivetti, P.O.L, 2004
L'Année de l'Algérie, Inventaire-Invention, 2004
Cavale, P.O.L, 2006
Grand ensemble, P.O.L, 2008
Un embarras de pensée, Argol éditions, 2008
Tomates, P.O.L, 2010
Crâne chaud, P.O.L, 2012
Descente de médiums, P.O.L, 2014

CHAPITRE 7

Nathalie Quintane : « Eponger le réel »
Sur *Saint-Tropez – Une Américaine*

On retrouve dans *Saint-Tropez – Une Américaine* (P.O.L, 2001) le ton si caractéristique de Quintane, distanciation, platitude voulue, neutralisation apparente d'un je qui fait semblant de décrire plus qu'il ne parle, regard aigu de l'ethnologue (ou de l'entomologiste), matériau banal mais insolite : ici deux lieux, Saint-Tropez et l'Amérique, qui n'ont a priori rien à voir. Le titre à la fois les accole et les sépare – par un tiret, et par des italiques. Deux textes au départ indépendants, dit l'auteur, qui précise au dos du livre « cependant, des poussières de l'un entrent dans l'oeil de l'autre – et réciproquement : ce sont deux vues *gênées* sur le monde ».

L'objectif (ambitieux, et avoué) c'est bien une saisie du monde (« ma préoccupation : le monde » dit Quintane en ouverture d' *Une Américaine*), mais pour cela il faut pouvoir éluder le brouillage et les aléas de la perception ; car un texte en cache toujours un autre, derrière un nom il y a toute l'épaisseur de ses images et de ses représentations, et c'est donc par là qu'il faut commencer : par le nom, le mythe fondateur (Torpes, soldat romain et martyr, marquant l'origine de Saint-Tropez, Christophe Colomb et Amerigo Vespucci découvrant l'Amérique). Pour ensuite démêler les strates, les couches superposées, les mythologies diverses qui s'y sont agrégées. Et qui renvoient moins à l'Histoire (petite ou grande) qu'à la *vision* qu'on en a (« Vadim est Saint Trop' dans l'oeil de Sagan et de nul autre. Dans l'oeil de Vadim, par exemple, B. Bardot est Saint Tropez, et dans l'oeil de B. Bardot peut-être est-ce Bardot même qui l'est. »).

Pour cerner, et idéalement désenclaver le mythe, pour rétablir distance et recul salutaires, première étape obligée donc : l'inventaire, procédé déjà mis en jeu dans plusieurs livres précédents, *Remarques*[1] ou *Chaussure*[2] ; mais qui aboutit ici au même constat désenchanté : car qu'est-ce qui constituerait, en définitive, et de façon indiscutable, irréfutable, « les spécialités de Saint-Tropez » ? Bardot, Barclay, Sacha Distel, « des substantifs plus ou moins généraux : la mer, le soleil, la fête » ? Puisqu'aussi bien, on le sait, Saint-Tropez est « un village qui n'existe pas ». Inutile de tourner autour du pot (du mot), d'ajuster le tir, impossible de cerner le nom et ses multiples avatars ; malgré l'appel aux sources, aux preuves, malgré l'abondance de la documentation (brochures, biographies, magazines, témoignages, photographies...) le nom (le lieu) se dérobe – noyé dans « un argumentaire touristique ou médiatique, dans des clichés de tous ordres, lexicaux, iconiques » (dit Quintane, à propos d'un autre projet de description d'une autre ville, Las Vegas).

Quant à l'Amérique, d'ailleurs ... qui l'a jamais *vue* (même quand on y est allé), qu'en dire qui n'ait pas été dit? Le mythe est cristallisé, l'imagerie définitive, la nomination (arbitraire, puisque c'est sa définition) arrêtée pour toujours (« Americ resta dans son lit et des Inuits aux Alakalufs ils eurent son nom »). Certes, on peut « remonter systématiquement au débarquement (arrivée des premiers colons, problèmes avec les Indiens) »; on peut tenter des « reconstitutions », des portraits de Colomb, successifs et contradictoires (« portrait maussade », « en chevalier errant médiéval », « en loup de mer élisabéthain – oeil égrillard, barbiche, fraise ».) Tous aussi vrais les uns que les autres, évidemment. L'inventaire n'épuise pas (n'épuisera jamais) la liste infinie des possibles. L'inventaire, chez Quintane, ne vise à aucune opération du type penser, classer, à la Perec; il s'agit plutôt, dit-elle, « d'éponger »[3].

Eponger le réel, l'entreprise peut sembler mélancolique, parce qu'impossible à mener à terme, forcément; mais le ton, volontairement détaché, faussement naïf et légèrement décalé, ne l'est pas: les modèles invoqués sont des « petits maîtres »[4], Cravan, Alphonse Allais, mais ausssi Harry Langdon, Laurel et Hardy, les premiers burlesques. On reconnaît aussi Queneau dans cette façon de poser des problèmes graves sur un mode prosaïque, dans ce premier degré, cette littéralité voulue, comique. S'y superposent des références plus contemporaines, graphiques, artistiques: le collage, le cut-up (plutôt Cadiot que Gysin), et le cliché comme matériau (Cadiot là aussi, plutôt que Flaubert).

On peut s'interroger toutefois: quel rapport, en définitive, entre Saint-Tropez et l'Amérique? Un nom, encore, Co(s)sa, deux hommes dans cette légère variante: Cossa, génois, fondateur de Saint-Tropez, y rejoint Cosa, l'hydrographe, qui un peu plus tard sépare sur les cartes l'Asie de l'Amérique. Nom-prétexte, qui fait le lien (arbitraire, aléatoire comme tous les liens, comme tous les noms, après tout). Cosa, le savant, introduit une nouvelle façon de voir, désenglue les continents de l'image fausse qui les figeait jusque-là. Quant à Cossa, le fondateur, son rôle est plus modeste, et se résume en un mot, essentiel pourtant: modifier. « Là où il n'y avait non un vide mais une surface monotone (invariable), il introduit du détail ». Métaphore du geste d'écrire? Devant l'impossibilité de la dénomination (beaucoup de jeunes poètes, Tarkos, Quintane, Liron, ne disent pas autre chose) il s'agirait de « tenter une écriture plane, soucieuse du détail »; non plus attaquer la langue, frontalement, à la Artaud, à la Guyotat, mais «filouter, trafiquer avec la langue», se livrer en quelque sorte à un bricolage (prélever, relever, éponger donc) puisque la question qui reste, ce serait : «comment peut-on faire bouger la langue, ne serait-ce que d'un centimètre ? »[5]

Références
1. Cheyne éditeur, 1997.
2. P.O.L, 1999.
3. www.auteurs.net/public/actualite/rencontre.asp?d=quintane.
4. idem.
5. idem.

Blancheur de Nathalie Quintane

L'expression écriture blanche a fait florès, les définitions ou interprétations en sont multiples; s'y attachent toutefois, pour le lecteur accidentel de poésie, pêle-mêle les notions de minimalisme, d'abstraction, de vide, l'évocation d'une théâtralité, un « arte povera » (le fameux blanc sur la page), une atmosphère raréfiée, un certain sérieux aussi, en matière de poésie... Rien de tout cela il est vrai chez Nathalie Quintane. Et pourtant, si l'on reste dans l'isotopie de la couleur, et du pictural, on pourrait envisager une écriture blanche qui le serait justement parce que monochrome, dense, unie; concentrée, concrète, plate, purement descriptive, sans transparence; une écriture saturée, comme on le dit d'une couleur.

Le minimalisme y tiendrait à l'ordinaire du matériau et à la brièveté du vocabulaire. Ainsi qu'à l'absence de métaphore et à la vue frontale, littérale, du monde, face à un problème qui occupe non seulement Quintane mais bien des jeunes poètes, très différents, de sa génération (Christophe Tarkos, Yannick Liron, ou ailleurs Valérie Mréjen) : l'impossibilité de la dénomination, et donc le travail rigoureux, têtu de la définition, dans la multiplicité obligée des angles et des dispositifs. Il s'agit de cerner l'objet, de la façon la plus serrée, la plus obstinée possible. Non pour en extraire l'essence, mais au contraire en obtenir la mise à plat, à travers le disparate de l'expérience, l'aléatoire du quotidien, ces petits riens, gestes, bribes, banalités communes de tous les jours : puisque c'est justement cette expérience de l'ordinaire que l'on partage le mieux. Et pour cela il faudra une langue « plane, soucieuse du détail négligé (parce que négligeable ou perçu tel »[1]. Une écriture comme de surface, faussement naïve, d'une simplicité appuyée et qui crée, paradoxalement, une légère perturbation du réel, un trouble : exemple parfait, la mini-biographie que proposait Quintane à ses débuts sur le site de son éditeur, P.O.L, où la distance ironique et décalée entre le portrait et sa traduction (approximative) va croissant au fil des phrases :

> Je m'appelle Nathalie Quintane / Hello my name is Na-tha-lie-quin-ta-ne/ Je suis née le 8-3-64/ I was born in 1964 in Paris, France/ j'habite à Dignes les Bains/ I live in the south near the Côte d'Azur/ j'écris souvent

---

1. *Saint Tropez – Une Américaine,* P.O.L, 2001, p. 72.

des phrases simples/ my style is simple, but sometimes complicated/ j'ai publié mes premiers textes dans des revues/ I published my poems in avant-gardist, or less avant-gardist reviews/ je fais des lectures à voix haute dans des bibliothèques ou des salles publiques/ I can read on my lips or in my head if you want.

A noter que la version 2015 de cette présentation, bien que plus brève, témoigne de la constance de son auteur :

> Je m'appelle encore Nathalie Quintane. Je n'ai pas changé de date de naissance. J'habite toujours au même endroit.
> Je suis peu nombreuse mais je suis décidée.

Dans les premiers livres, *Remarques*[2] et *Chaussure*[3], l'écriture se veut donc d'emblée factuelle, prosaïque, littérale. Dans une matérialité quasi pongienne : un parti-pris non des choses mais du mot, rien d'autre. *Chaussure* est « un livre de poésie pas spécialement poétique, de celle (la poésie) qui ne se force pas »[4]. Son parti-pris est clair, son matériau circonscrit « *Chaussure* parle vraiment de chaussure »[5] et son objectif, bien que défini a contrario, annoncé avec fermeté : « *Chaussure* ne résulte pas d'un pari : il ne présente aucune prouesse technique, ou rhétorique. Il n'est pas particulièrement pauvre, ni précisément riche, ni modeste, ni même banal »[6]. Car « *Chaussure* s'est gorgé de tout ce qu'il a croisé sur son parcours : des patins, des chaussons d'escalade, un homme avançant en palmes sur la plage, Socrate nu-pieds dans Athènes, Caligula, Imelda Marcos (bien sûr), la Transcaucasie, l'invention de la chaussure, le squelette du pied, etc... et il l'a rendu »[7]. Gorgé, rendu : les participes résument l'entreprise sans cesse recommencée. La visée, dit ailleurs Quintane, est « d'éponger le réel ».[8] Objectif on s'en doute jamais rempli, jamais comblé, l'inventaire du monde (ou même des variantes d'un mot aussi simple que chaussure) n'ayant pas de fin. Pour s'y essayer toutefois, il est indispensable d'invoquer l'évidence, de tout ramener

---

2. Nathalie Quintane, *Remarques*, Cheyne éditeur, 1997.
3. Nathalie Quintane, *Chaussure,* P.O.L, 1997.
4. *Chaussure*, op.cit, 4ᵉ de couverture.
5. Idem.
6. Idem.
7. Idem.
8. www.auteurs.net/public/actualite/rencontre.asp ?d=quintane

à la surface des choses, «Quand je marche, il y a toujours un de mes pieds qui a disparu derrière moi»[9]. Voire à la tautologie, «La chaussure s'appelle chaussure, ainsi que toutes autres sortes de nom, comme la rose»[10]. Tout l'effet tient ici dans l'absence d'effets; l'évidence débusque la bizarrerie, révèle l'étrangeté des objets du monde, «Une chaussure ordinaire peut avoir la profondeur d'un chapeau»[11], de nos habitudes, «Je reconnais certains amis à leurs chaussures»[12] ou de la perception, «Couchée, en levant haut mon pied, je parviens à couvrir le soleil»[13].

Parmi les influences avouées on trouve Dada, et aussi les petits maîtres, Arthur Cravan, Xavier Forneret; au cinéma l'imperturbable Harry Langdon et les premiers burlesques. Queneau aussi dans le souci d'une littéralité qui va jusqu'au comique, et cette façon d'envisager des choses graves sans appuyer, avec naturel, l'air de ne pas y toucher.

Avec *Début*[14], Nathalie Quintane nous livre son autobiographie, «même si ça ne se fait pas en poésie,» parce que «ça fait pas très propre, c'est pour ça que ça m'a intéressée»[15]. Elle y traque l'enfance et ses gestes, ses brefs moments, ses rituels, entre souvenir et habitudes, de la cuisine à la cour de récréation : ce sont «des piqués d'une enfance vue d'avion»[16], où se multiplient points de vue diffractés, angles d'attaque, variations du même phénomène ordinaire (manger, par exemple, décliné en quatre contextes et quatre variantes). Le film est documentaire, il est aussi fiction, grossissement démesuré des détails, ou au contraire panoramique, zoom, flash-back, puis recul, distance : il s'agit de «multiplier les angles et les manières – en phrases, en blocs, en vers, en discours, en récit, en photo, etc»[17] : non pour nous livrer l'essence, la singularité attendue de cette enfance particulière, mais au contraire pour nous la donner en kit, à refaire, à partir «d'un compte-rendu partiel, changeant, brutal, pas fini»[18]. On y retrouve le regard

---

9. *Chaussure*, op.cit, p. 64.
10. Ibid, p. 140.
11. Ibid, p. 14.
12. Ibid, p. 18.
13. Ibid, p. 52.
14. Nathalie Quintane, *Début*, P.O.L, 1999.
15. Entretien, «Tout sur la chose», Nelly Kaprielian, *Les Inrockuptibles*, 15 mai 2001, p. 38.
16. *Début*, op.cit, 4ᵉ de couverture.
17. Idem.
18. Idem.

fragmenté de l'enfant, sa fascination pour la vie des organes et la primauté obsédante du corps, et aussi les hypothèses qu'elle avance pour rendre compte de l'absurdité de la perception et de l'illogisme premier du monde.

Enfance recomposée donc, comme toutes les enfances, roman familial après coup, motifs rétrospectifs, l'école, la télévision, le rôti, la pâte à tarte, la nappe, l'hiver, mais dans une langue neutre, strictement descriptive, sans affect et sans nostalgie; et cette platitude prémonitoire réussit, curieusement, à nous entretenir d'une enfance «telle qu'elle a dû être, mais aussi telle qu'elle deviendra : tout comme Gertrude Stein a fini par ressembler à son portrait peint par Picasso»[19].

Il a fallu ensuite s'attaquer, dit Quintane, «non plus à un autre objet – après la chaussure, faire le cendrier – mais à un être, mythique en plus»[20]. Ce sera *Jeanne Darc*.[21] Jeanne comme la Pucelle, mais Darc comme la grande blonde[22] : mythe du passé, mais aussi (petit) mythe d'aujourd'hui. Car qui connaît le vrai visage de Jeanne d'Arc? Il n'y a pas de portrait connu, et pourtant abondance de représentations : or tout Quintane est là ; il s'agit de retrouver derrière les strates des images fournies par le mythe, la vérité que diraient, peut-être, tous ces mensonges. Objectif inatteignable on l'a compris, la vraie nature de Jeanne se dérobe, Jeanne n'existe pas, sinon dans le nom même qui la résume – et sur lequel sa légende se fonde. Mais c'est aussi le nom qui relance, sans arrêt, la production tourbillonnante des images et qui alimente indéfiniment le mystère.

Le livre est inclassable, entre poème et narration, fausse hagiographie et auto-fiction : car Jeanne Darc, c'est Quintane aussi bien sûr, cette présence féminine, tranquille et assurée, dotée «du goût de l'invention»[23], mais qui veut d'abord «rendre les choses concrètes par l'action»[24]. En effet, nous dit Jeanne «je ne désespère pas d'ajouter au répertoire des ruses celle qui porte mon nom»[25]. Les ruses de Quintane sont simples, presque enfantines, et efficaces : dire ce que l'on voit, ce qui est devant, mais dans une parole si concrète, si plane, si directe, sans artifice, qu'elle déroute, crée un léger

---

19. Pascale Cassagnau, «Nathalie Quintane: Début», *Art press*, mai 99, p. 42.
20. Entretien, «Tout sur la chose», Nelly Kaprielian, *Les Inrockuptibles*, 15 mai 2001, p. 37.
21. *Jeanne Darc*, P.O.L, 1998.
22. Mireille Darc, actrice française populaire dans les années 70.
23. *Jeanne Darc*, op.cit, p. 27.
24. Ibid, p. 27.
25. Idem.

sursaut, une surprise. L'étrangeté est immédiate : le mythe en sort lavé, décanté, cette Jeanne est nouvelle, fraîche et moderne, le passé s'y mêle à l'aujourd'hui, ses voix prennent une dimension inattendue « Je suis la sainte qui émet[26] », dit Sainte Catherine, Jeanne garde ses moutons, pensive elle s'interroge sur la division du travail, « quand elle coud, sa mère appelle ça du travail, mais pas son père. Quand elle suit le troupeau, son père appelle ça du travail, mais pas sa mère (elle appelle ça « se promener ») »[27]. Jeanne va aussi à la guerre, c'est son destin ; ses réflexions sur son épée, son armure, ses soldats, pourraient émarger au premier livre de Quintane, *Remarques*, dans cette même platitude délibérée qui réduit tout objet à sa simple fonction : « La poignée de l'épée est aussi importante que la lame, non pour d'ornementales raisons, mais parce qu'une épée sans poignée ne peut être tenue, et qu'une épée assassine doit pouvoir être *bien* tenue ; son pommeau occuper le vide de la main serrée refermée sur lui »[28]. Car les questions posées par Quintane sont toujours, immanquablement, des questions de vocabulaire : depuis l'antichambre de la torture, « j'avais appris ce qu'était un couloir, car c'était un mot nouveau, et la chose existait fort peu dans nos campagnes »[29], jusqu'au verdict, « le mot *exécution* était toujours dit au même moment que l'exécution, c'est à dire en retard – *exécution*, au moment où on tombait »[30]. Et enfin, sans aucun pathos, une fois atteint le bûcher final et le poteau sur lequel Jeanne est liée : « De l'espèce d'arbre qui la maintient (chêne ? hêtre ? aulne ? saule ?) nous ne saurons rien, pour la raison qu'avec elle il brûla »[31].

De ce déroutant télescopage émergent non le vrai visage de Jeanne mais tous ses visages possibles, autour de quelques traits qu'on pourrait prétendre attestés par l'histoire, jeunesse, naïveté, rébellion, « FIERE-PURE-JOYEUSE-CONQUERANTE-FIERE »[32] mais qu'on peut tout aussi bien assigner à la fiction. Le quatrième de couverture nous le dit : « Sa vie est ici *repassée* : et voilà qu'elle agit et qu'elle parle, presque comme on l'attendait ». Le mot opérateur ici est bien sûr « presque » : écriture plate, sans effet, mais dont l'imperceptible « bougé » assure la perturbation du texte, son léger et constant décalage.

---

26. Ibid, p. 6.
27. Ibid, p. 10.
28. Ibid, p. 21.
29. Ibid, p. 68.
30. Ibid, p. 70.
31. Ibid, p. 76.
32. Ibid, p. 35.

Un des livres qui suivra, *Saint-Tropez – Une Américaine*, ne dit pas autre chose. Il parle de la découverte de l'Amérique (de Saint-Tropez aussi, comme son titre l'indique en toute simplicité, nous y reviendrons) et la même question se pose : qui connaît le vrai visage de Christophe Colomb ? Les portraits possibles sont pléthore, on peut l'imaginer en chevalier médiéval, en seigneur élisabéthain, en spationaute, « Une photo de Christophe Colomb ne nous le rendrait pas pas plus réel que les multiples portraits qui ont été de lui imaginés peints »[33], mais en définitive seul demeure dans l'histoire et dans la mémoire ce nom qui a donné naissance à un continent, « Améric resta dans son lit et des Inuits aux Alakalufs ils eurent son nom »[34]. Puissance et arbitraire de la dénomination, répète à l'envi Quintane : sans espoir d'échapper jamais à l'infini de ses avatars et de ses représentations.

Le même souci de démanteler les représentations collectives, de creuser le cliché, s'il porte sur un personnage, peut aussi porter sur un lieu : Saint-Tropez sera ce lieu, fameux, incontournable, décrit à loisir par les pages des magazines à sensation, qui répète et met en scène indéfiniment la chronique des stars, les amours des vedettes et des milliardaires ; tout le monde le connaît, il n'est pas nécessaire d'y être allé, la rumeur suffit. Mais, somme toute, « qu'y avait-il, avant, à la place de Saint-Tropez ? Et qu'y a-t-il à présent, derrière ? »[35]. Inutile pour y répondre de remonter au soldat romain fondateur, « la personne qui donna son nom à Saint-Tropez ne s'appelait pas Tropez mais Torpes »[36], comme on remonte à la découverte fondatrice de l'Amérique ; le constat final sera désenchanté, « Il n'y a pas de savoir « en prise directe » de Saint-Tropez : c'est un savoir lointain »[37] : n'existent que les strates échelonnées du mythe, les visions successives et brouillées de protagonistes divers, visiteurs, vedettes, inconnus, qui l'ont traversé ou en ont entendu parler, « Vadim, c'est Saint-Tropez, dit F. Sagan encore vivante »[38], ou encore Saint-Tropez = l'Amour (mais pour Brigitte Bardot). A moins qu'on n'évoque « la focale de Colette »[39]. « Il n'est pas si facile de quitter la brouillasse »[40], constate Quintane.

---

33. *Saint-Tropez – Une Américaine*, op.cit, p. 132.
34. Ibid, p. 107.
35. Ibid, 4e de couverture.
36. Ibid, p. 10.
37. Ibid, p. 25.
38. Ibid., p. 60.
39. Ibid, p. 37.
40. Ibid, 4e de couverture.

Brouillasse, chaos, mélange, écheveau à démêler de la langue : Quintane dit ailleurs, dans un texte inédit sur la chanteuse Nico (autre mythe moderne, plus souterrain, moins partagé) « elle parle un salmigondis, il n'y a pas de langue ordonnée silencieuse, c'est, en somme, déjà mélangé »[41]. Dans *Formage*[42] le propos sera identique, quoique plus délibérément didactique. Car *Formage*, comme son nom l'indique sans ambiguïté, est un livre de formations. En trois parties : sportive, politique et ... polonaise. La première, où un personnage nommé Chien jaune (« c'est un bon starter, un nom de démarrage »[43]) permet d'envisager, sportivement, le problème de la vitesse, celle de l'écriture et de la lecture ; la deuxième, où le quidam nommé Roger ne sait plus dire qu'un mot, ordinaire à souhait, « Orangina », ce qui induit une réflexion mélancolique sur l'aliénation langagière, jusqu'à l'aphasie et la réduction radicale du vocabulaire ; et la dernière, où le narrateur, par Pologne interposée, s'interroge sur la France et sa langue maternelle, « cette bouillie verbale dans laquelle j'étais né »[44].

La seule solution pour en finir avec le salmigondis, pour désenclaver la langue, se tient peut-être dans cette langue blanche, neutre, aplanie, non pour faire du vide, mais pour faire du plein : « non éliminer ou épurer quoi que ce soit mais ajouter une couche supplémentaire, tenir compte de toutes les visions au lieu de les éliminer »[45] ; il s'agit dit Quintane – modestement somme toute, mais obstinément – de « filouter »[46], de « bricoler »[47], et d'utiliser aussi pour cela brouillage, parasitage, objets annexes, cut-up, jeux graphiques, dessins éventuels, pour superposer à cette simplicité délibérée de la langue certains procédés empruntés à l'art contemporain. Le choix des outils est large, on peut les emprunter aussi au théâtre, puisque *Les Quasi-Monténégrins* et *Deux frères*[48] sont des « pièces », où l'on invente, c'est logique, une langue « quasi » ; on peut tenter le roman, c'est *Antonia Bellivetti*[49], un roman de banlieue pseudo-réaliste mais qui déjante, un roman d'apprentissage, drôle, mélancolique et distancié, « un roman pour la

---

41. www.remue.net/cont/quintane/.html
42. *Formage*, P.O.L, 2003.
43. *Formage*, op.cit, p. 10.
44. Ibid, p. 178.
45. www.auteurs.net/public/actualite/rencontre/asp?d=quintane
46. Idem.
47. Idem.
48. *Les Quasi-Monténégrins* suivi de *Deux frères*, P.O.L, 2003.
49. *Antonia Bellivetti,* P.O.L, 2004.

jeunesse destiné aux adultes »[50]; on peut même recourir à la musique : car Nathalie Quintane chante de surcroît, et nous offre sur le CD *Progressistes*[51] un joyeux mélange de ses textes sur des rythmes de bossa nova, rap et chanson, pour un objectif faussement simple et ironiquement proclamé : « voici la langue / elle nous est imposée / approprions-nous-la ».

On pourrait citer enfin, conclusion partielle ou bref résumé :

Les costumes d'E. Barclay[52] sont d'une couleur dont la nature offre de nombreux exemples (le lait, la neige).
Hormis E. Barclay, peu sont ceux qui portent intégralement dans leurs vêtements cette couleur.
C'est pourquoi Barclay n'a pu à la longue se résoudre à être seul habillé ainsi demandant amicalement à ses visiteurs : Collaro, Carlos, Cowl, Pousse, Jones, John, Polanski, Nicholson, de, le temps d'une fête, la porter aussi. Dans ce cadre, elle renaît à son sens d'origine : ni la pâleur du lys, ni la matité de la craie, mais le *brillant* de blanck – langue franque.[53]

Langue franque (franche) de Quintane : blanck, l'adjectif offre dans le dictionnaire toute une série de variations possibles, carte blanche, vacuité, blanc-seing, table rase, vers blancs non rimés, espace vide ; bref, repartir de rien, mettre à plat, interroger, de façon la plus neutre possible, les mots dans leur blancheur aveuglante, leur dénotation première. Et ceci blankly : sans ambages. Blancheur de Quintane : tout un programme.

---

50. *Antonia Bellivetti*, op.cit, 4ᵉ de couverture.
51. *Progressistes,* CD, Al Dante, 2003.
52. Richissime producteur de musique, connu dans les années 80 pour ses extravagances et ses fêtes à Saint Tropez.
53. *Saint Tropez – Une Américaine,* op.cit, p. 65.

Nathalie Quintane : les paradoxes de la transparence

Illisible, Nathalie Quintane ? Rien de plus transparent à première vue que les brefs axiomes et les quasi tautologies des *Remarques* (1997) le livre fondateur de Quintane, ou *Antonia Bellivetti* (2004), un (faux) roman d'apprentissage. La langue y est plane, frontale, parfaitement accessible, la syntaxe sans effets – contrairement par exemple à Anne Portugal (ellipse et parataxe), Ryoko Sekiguchi (polyphonie des voix, fantôme de la langue étrangère), d'emblée perçues comme plus « difficiles ». Et pourtant pourquoi devant cette écriture d'une simplicité appuyée cette étrangeté persistante, cette perturbation à la lecture ? Il faudrait pour expliquer ce « bougé » constant du texte, son trouble et ses disjonctions, évoquer les avatars de la nomination, question qui hante les livres de Quintane de ses débuts à l'épopée picaresque et tragi-comique de *Cavale* (2006).

Une transparence qui mène à l'opacité : paradoxe de Quintane. Si l'on choisit l'isotopie de la couleur et du pictural, on pourrait envisager une écriture monochrome, dense, unie ; concentrée, concrète, plate, purement descriptive ; une écriture par aplats, qui se veut sans profondeur ni perspective.

La succession paratactique des livres, chez Quintane, se résout en un seul livre : chacun servant de contre-feu au précédent. Avec *Début*, on passe à l'autobiographie « même si ça ne se fait pas en poésie »[1]. Ainsi après l'objet, le je, mais sans affect ni nostalgie. Le je y est neutralisé, objectivé – autre facteur d'étrangeté ; il n'y a pas chez Quintane, comme chez ses aînés en poésie, formalisation par un sujet de son rapport avec la langue et le monde, mais au contraire une mise entre parenthèses délibérée de l'expérience singulière.

Il a fallu ensuite s'attaquer, dit Quintane, « non plus à un autre objet mais à un être, mythique en plus »[2]. Après le nom commun, le nom propre. Ce sera *Jeanne Darc*. Après l'histoire (faussement) individuelle, l'Histoire de France. La poésie, pour Quintane, a toujours à voir avec l'Histoire, la petite et la grande[3]. Jeanne comme la Pucelle donc, mais Darc comme l'actrice blonde :

---

1. Entretien, « Tout sur la chose », Nelly Kaprielian, *Les Inrockuptibles*, 5 mai 2001, p. 38.
2. Entretien, « Tout sur la chose », op.cit, p. 37.
3. La sortie du littéral se fait toujours chez Quintane via les personnages historiques,

mythe du passé, mais aussi (petit) mythe d'aujourd'hui. Car connaîtra-t-on jamais le vrai visage de Jeanne d'Arc ? Il n'y a d'elle aucun portrait connu, et pourtant abondance de représentations : or tout Quintane est là ; il s'agit de retrouver derrière les strates des images fournies par le mythe, la vérité que pourraient dire, peut-être, tous ces mensonges. Objectif inatteignable on l'a compris, la vraie nature de Jeanne se dérobe, Jeanne n'existe pas, sinon dans le nom même qui la résume – et sur lequel sa légende se fonde. Mais c'est aussi le nom qui relance, sans arrêt, la production tourbillonnante des images et qui alimente indéfiniment le mystère.

Jeanne Darc, c'est Quintane aussi bien sûr, cette présence féminine déterminée, celle d'une battante « intraitable »[4], qui veut d'abord « rendre les choses concrètes par l'action »[5]. Et qui prévient, avec majuscules ajoutées pour bonne mesure : « Pour l'instant, je suis radicale et spontanée : SI TU N'AIMES PAS LA GUERRE, CHANGE DE GUERRE »[6] (l'avertissement est adressé en premier lieu aux poètes, on s'en doute). Les armes sont très simples : dire ce que l'on voit, ce qui est devant, mais dans une parole concrète, si plane, si directe, sans artifice, qu'elle crée un léger malaise, une surprise, un « bougé » paradoxal et perturbant.

Saint-Tropez – Une Américaine, roman géographique, roman didactique, tient sur la nomination un discours identique. Car si l'on évoque la découverte de l'Amérique, la même question se pose : qui connaît le vrai visage de Christophe Colomb ? Les portraits possibles sont multiples, mais « Une photo de Christophe Colomb ne nous le rendrait pas pas plus réel que les multiples portraits qui ont été de lui imaginés peints »[7], mais en définitive seul demeure dans l'histoire et dans la mémoire ce nom qui a donné

---

grâce à l'appui de leur nom : Imelda Marcos déjà dans *Chaussure*, Gilles de Rais derrière Jeanne d'Arc, Clémenceau et son dialogue avec les Allemands dans *Cavale* (où il s'agit bien sûr ici de refaire l'Histoire). Plus tard dans *Grand ensemble* (P.O.L, 2008), livre plus ouvertement politique, qui poursuit la dénonciation amorcée dans *L'Année de l'Algérie* (Inventaire-Invention, 2003), on passera du nom à la phrase, pour une analyse féroce et grammaticale des conditions d'énonciation de phrases fameuses ayant servi à la propagande coloniale.

4. Sur la poésie comme bataille et l'activisme en poésie, voir le débat avec Alain Farah dans *L'illisible en questions,* dir. Bénédicte Gorrillot et Alain Lescart, Editions du Septentrion, 2014, pp. 177-191.
5. Nathalie Quintane, *Jeanne Darc*, Paris, P.O.L, 1998, p. 27.
6. Idem.
7. Nathalie Quintane, *Saint- Tropez – Une Américaine*, p. 132.

naissance à un pays, sinon à un continent, «Les Colombiens ressentent une (profonde) injustice à être appelés eux seuls Colombiens, et non l'ensemble des Américains, car il s'en est fallu de peu que l'ensemble des Américains ne se nomment Colombiens »[8]. Puissance et arbitraire de la dénomination, répète Quintane : sans espoir d'échapper jamais à l'infini de ses représentations.

Le même souci de désamorcer les représentations collectives, de creuser le cliché, s'il porte sur un personnage, peut aussi porter sur un lieu : Saint-Tropez sera ce lieu, fameux, incontournable, décrit à loisir par les pages des magazines à sensation, qui met en scène indéfiniment la chronique des stars, les amours des vedettes et des milliardaires ; tout le monde le connaît, il n'est pas nécessaire d'y être allé, la rumeur suffit.

Or s'il n'existe aucun savoir « en prise directe » de Saint-Tropez, si « c'est un savoir lointain »[9], en ce cas, « il n'est pas si facile de quitter la brouillasse »[10], comme le constate Quintane.

Brouillasse, chaos, mélange, «mentisme» dira Quintane plus tard dans *Cavale* ; ou «embarras de pensée», selon le titre éponyme d'un livre consacré au plasticien Alain Rivière[11]. Dans *Formage* le propos est identique : et là aussi didactique. Car *Formage*, (formatage, formation) est un livre en trois parties : sportive, politique et polonaise. La première, où un personnage nommé Chien jaune («un nom de démarrage»[12]) permet d'envisager, sportivement, le problème de la vitesse, celle de l'écriture et de la lecture ; la deuxième, où le nommé Roger ne sait plus dire qu'un mot, «Orangina», ce qui induit une réflexion mélancolique sur l'aliénation langagière, jusqu'à l'aphasie et la réduction radicale du vocabulaire ; et la dernière, où le narrateur, par Pologne interposée, s'interroge sur la France et sa langue maternelle, «cette bouillie verbale dans laquelle j'étais né»[13].

La seule solution pour en finir avec le salmigondis, pour désenclaver la langue, se tient peut-être dans cette langue neutre, aplanie, non pour faire du vide, mais pour faire du plein : «non éliminer ou épurer quoi que ce soit mais ajouter une couche supplémentaire, tenir compte de toutes les visions au lieu

---

8. Ibid, p. 101.
9. Ibid, p. 25.
10. Ibid, 4ᵉ de couverture.
11. Nathalie Quintane, *Un embarras de pensée*, Paris, Argol éditions, 2008.
12. Nathalie Quintane, *Formage*, Paris, P.O.L, 2003.
13. Ibid, p. 178.

de les éliminer »[14] ; il faut pour cela dit Quintane « bricoler »[15], tout simplement, en s'appuyant sur brouillages, parasitages, objets annexes, cut-up, jeux graphiques, dessins éventuels, et certains procédés empruntés à l'art contemporain.

Un mode emblématique de l'art contemporain qui s'avère utilisable, à la fois productif et déstabilisant, serait le recours délibéré à l'idiotie («les vertes vallées de la bêtise» qu'évoque Wittengstein), pour aboutir à ce burlesque moderne, cette «parodie de rien»[16] (c'est à dire sans modèles) décrite par Jean-Yves Jouannais. Et que partagent avec Quintane d'autres tenants d'une même écriture littérale, objective et souvent drôlatique, comme Olivier Cadiot, Valérie Mjeren, Emmanuelle Pireyre. C'est entre autres exemples les «nouilles les plus molles du monde», secret de la grand-mère,[17] ou le «poème débile»[18] d'*Antonia Bellivetti*, un roman de banlieue pseudo-réaliste qui déjante, un *bildungsroman* distancié et aplati, «un roman pour la jeunesse destiné aux adultes»[19]. Les noms y jouent leur rôle d'embrayeurs : la cité s'appelle Michel Foucault, l'héroïne va à la pistoche et mange des Bounty, ils connotent une banalité et une vacuité tranquille qui est celle de l'époque, années 70, adolescence du personnage, de l'auteur? La débilité délibérée du roman, qui inventorie les détails insignifiants et la vie creuse d'une adolescente, en partance justement pour la Creuse, interdit toute interprétation littéraire ou psychologique ; et en fait, selon le critique Xavier Person «un roman cubiste nouille»[20] – un roman de l'apathie paisible, où le romanesque subit un aplatissement qui le ramène à sa surface, puisque la surface est chez Quintane, en prose ou en poésie, le seul espace envisageable. Christian Prigent le disait déjà dans *Salut les modernes*, en 2000, à propos de Quintane, Beck, Tarkos, il s'agit chaque fois d'éliminer la verticalité au profit d'une horizontalité : «le texte comme pure surface, la poésie faciale, sans rêve de profondeur ou bouclage sur du secret, la formalité auto-engendreuse, l'affirmation de littéralité, d'explicite atone et d'objectivité pince-sans-

---

14. www.auteurs.net/public/actualite/rencontre.asp?d=quintane
15. Idem.
16. Jean-Yves Jouannais, *L'idiotie: Art, vie, politique-méthode*, Paris, Beaux Arts magazine/livres, 2003, p. 90.
17. Nathalie Quintane, *Antonia Bellivetti*, Paris, P.O.L, p. 143.
18. Ibid, p. 16-17.
19. Ibid, 4e de couverture.
20. Xavier Person, «Kit Kat», *Le Matricule des Anges*, septembre 2004, p. 15.

rire »[21].

Cavale par contre est un roman explosé, vingt-et-un débuts, vingt-et-une bifurcations narratives et théoriques possibles (et contradictoires), c'est un road movie, un thriller drôle et cruel; ou encore un roman picaresque, à la Machado de Assis, qui figure un oncle à la Tati, ou deux, lancé dans une épopée débridée à vélo, de la Californie à la Picardie et retour, avec des poissons à profusion, silure et autres (les oncles sont pêcheurs), des personnages déjantés (métaphore cycliste), logorrhéiques ou paranoïaques, un Dominicain pornographe, un hôtelier rhétoriqueur, le géant Polyphème et même Jeanne Hachette, écho de Jeanne d'Arc, tout ça en vrac le long de la route. Il y a aussi un meurtre, des noyades diverses, un cycliste ensanglanté dans le frais cresson bleu, des forêts pygmées polluées, et surtout des guerres, à profusion, à toutes les époques, la Commune, l'Algérie, les esclaves jetés aux murènes (pour rester dans le piscicole).

Nous voilà « dans une mauvaise passe »,[22] annonce sobrement l'un des personnages, et c'est une litote. *Cavale* est le roman de la confusion mentale[23], dit Quintane dans un entretien. Ou selon le 4ème de couverture « *Cavale* est le *devisement* d'un monde flottant, fait à une époque « assez désagréable », par un narrateur douteux ». C'est le roman de la fuite des idées, non seulement propre à l'époque mais intrinsèque, question valéryenne selon Quintane, celle de la pensée, de l'indéfini, du non-fixé. Comment, autrement que par la platitude ou le non-sens des premiers livres, échapper à la brouillasse déjà citée, toujours recommencée? On en revient à la question obstinée de la nomination. Qui s'élargit à celui de la représentation (en allant cette fois du détail au panorama: *Cavale* abonde en paysages naturels, lacs, montagnes, forêts), sujet qui travaille explicitement toute la poésie récente sur des modes divers, on pense au Robinson d'Olivier Cadiot s'interrogeant dans son île (« Comment représenter le lever du jour? Comment représenter le lever du jour et sa fraîcheur le bleu clair imprimé? »)[24], ou, sur un mode plus lyrique, à la tentative de construction d'un jardin par Anne Parian dans *Monospace*[25].

Car la reconstitution, terme constamment répété, ce n'est pas facile.

---

21. Christian Prigent, *Salut les anciens Salut les modernes,* Paris, P.O.L, 2000, p. 53.
22. Nathalie Quintane, *Cavale,* Paris, P.O.L, 2006, p. 221.
23. Entretien avec Philippe Loret, *Libération,* 11 mars 2006.
24. Olivier Cadiot, *Futur ancien fugitif,* Paris, P.O.L, 1993, p. 127.
25. Anne Parian, *Monospace,* Paris, P.O.L, 2007.

L'oncle soupire, «il faut le dire, c'est le plus dur, la reconstitution»[26]. Le conditionnel n'y suffit pas, première phrase du livre: «Une belle dorade! voilà ce que j'aimerais vous offrir! je serais habillée en dame anglaise, avec un volant et avant l'heure du thé»[27]. Les conventions de la représentation sont férocement démontées, avec mise à distance obligée. Première condition: «on tenterait d'oublier le monde, de le tenir à grande distance»[28]. La poésie, ce n'est pas branler le lecteur, disait déjà Stendhal, et le lecteur naïf en prend ici pour son grade: «oh, *il imagine la scène*, c'est charmant c'est exquis: voyez donc comme il l'imagine, cette scène, franchement, j'aurais pas fait mieux, rien dans les mains, rien dans les poches, et hop»[29].

Les procédés s'accumulent et se diversifient: jusqu'à la métaphore cette fois-ci, mais «Attention: presque pas une métaphore»[30], et c'est dans ce presque pas que se tient le tremblé du texte, dans «un vestige métaphorique»[31] emprunté à Proust. Se pose aussi ici dans ce flux plus long, plus romanesque, la question du style, mais la narratrice nous met en garde contre le mythe de la voix authentique ou singulière; elle affirme son refus du «à chacun son charabia»[32], du style comme élaboration d'une singularité: «que quand j'écris, je donne de la voix, ou «une voix», c'est une vue de l'esprit: on est dans la transposition. Et il faut faire un gros effort de transposition pour imaginer qu'on a là ma voix, ou celle de mes oncles»[33].

Si *Cavale* est un roman foisonnant, éclaté, bondissant – sauts narratifs, sauts de registres, sauts d'époques – il est aussi désabusé. Multiplier les mondes s'avère difficile. La narratrice soupire: «Quand on parvient à en mettre deux ou trois sur pied, c'est déjà bien. Franchement, on ferait mieux de se contenter des oncles»[34]. Seules solutions: la concrétion, la réduction. «Réduisons. Supposons que le monde = un arbre»[35], via «une manière, un artifice de prose contrainte»[36], qui colle à la façon, à l'objet, à l'odeur:

---

26. Nathalie Quintane, *Cavale*, p. 173.
27. Ibid, p. 9.
28. Ibid, p. 24.
29. Ibid, p. 134.
30. Ibid, p. 75.
31. Idem.
32. Ibid, p. 92.
33. Ibid, p. 27.
34. Ibid, p. 13.
35. Ibid, p. 30.
36. Christian Prigent, *Salut les anciens Salut les modernes*, p. 52.

Mes préférences iraient à la manière dont mon oncle prend ses médicaments plutôt qu'au circuit des pharmacies, à l'outil pour écailler le poisson plutôt qu'à la globalité des poissons pêchés, à l'odeur du gazole qu'il met dans son 4x4 plutôt qu'au nombre des véhicules automobiles qu'il a achetés[37].

On en revient obstinément au mot, à sa définition, afin de traquer l'évidence si souvent invisible d'être trop vue. Ainsi dans l'exemple volontairement banal de la soupe, et la polémique sur sa définition : « ce n'est pas une figure de soupe, ce n'est pas un semblant de soupe, c'est, c'est, c'est, c'est. Je dis, dans un langage qui ne saurait tromper : c'est une soupe. Le reste est nuance. Tracasserie »[38]. Hélas, « le monde s'est chagallisé »[39] : la soupe est verte désormais, elle est bleue, le monde s'est délité, il est parti « en lévitation dans l'univers des signes »[40].

Et pourtant, dit l'oncle, l'eucharistie, c'est bien un pain avec dedans deux bras, deux jambes. Eucharistie, le mot semble incongru, mais après tout le littéral n'est pas le terre à terre, et ces objets récurrents semblent bien peu matériels en définitive : les donuts et les beignets ronds ont un petit air d'hosties, le lac californien est d'un bleu angélique, l'oncle s'interroge sur la différence entre le beau et le sacré (d'où forcément, « un sacré beau lac »[41]), et tous ces poissons sont christiques en effet (l'oncle est pêcheur, mais aussi criminel, pécheur sans accent circonflexe). On va de l'offrande initiale au lecteur d'une belle dorade par la narratrice, réminiscence du plat de poissons frits pongien, via silures, murènes, sardines, jusqu'à la baleine (Jonas ici plus que Moby Dick) qui s'avère une métaphore du livre idéal poursuivi, d'un rêve de livre : « Tout-à-la fois, voilà le rêve d'un livre juste, qui n'aurait rien négligé. [...] Dans mon livre il y aurait tout ; ce serait comme un cadavre de baleine échouée sans suicide »[42]. Communion et partage, le motif eucharistique enfin s'explique : ce n'est rien moins que l'empathie qui est posée comme le but ultime du livre, son adresse au lecteur. « Il nous faut générer de l'empathie, nous ne pouvons nous en tirer autrement : pour lui ; pour nous. Oui, il faut que d'ici émane une sympathie. De l'émanation de

---

37. Nathalie Quintane, *Cavale*, p. 13.
38. Ibid, p. 168.
39. Ibid, p. 171.
40. Idem.
41. Ibid, p. 214.
42. Ibid, p. 44.

sympathie, c'est ce sur quoi nous travaillons »[43].

Pour échapper à la brouillasse, il faut donc tourner autour du mot, le désenclaver de ses représentations convenues, du plus plat, chaussure, au plus abstrait, eucharistie. Quel que soit le mode adopté, de l'inventaire programmatique à la dispersion et l'éclatement romanesque, l'entreprise demeure obstinée, têtue : « Je ne suis pas nombreuse mais je suis décidée », ainsi se présente Quintane sur le site de P.O.L, son éditeur. Il faut à la fois mettre à plat et faire du plein, comme le dit Pascase, autre saint invoqué après Jeanne d'Arc (mais inconnu celui-là) : « il faut plomber et il faut bourrer »[44]. Il faut à nouveau « filouter les bordures »[45] (les oncles pêcheurs sont aussi jardiniers), éclaircir et faire bouger. Il faut se tenir toujours à la crête entre mélancolie (noirceur extrême, violence) et élan tonique, vital (le verbe le plus fréquent dans *Cavale* est « avancer »). Il faut, c'est le dilemme, à la fois coller (à la langue) et en décoller : ni plonger dans le singulier ou l'intime, ni viser à un pseudo universel, mais écrire l'autobiographie de tout le monde.

Et c'est dans cette tension entre écriture plane et flux narratif, entre mise à distance et exigence d'empathie, que se tient, lisible / illisible, inattendu, l'effet d'étrangeté, la transparence paradoxale de Quintane.[46]

---

43. Ibid, p. 48.
44. Ibid, p. 170.
45. Ibid, p. 91.
46. Pour une étude des livres suivants, voir Nathalie Quintane, dir. Benoît Auclerc, Classiques Garnier, 2016.

CHAPITRE 8
Autres aperçus :
Emmanuel Hocquard, Olivier Cadiot, Alexander Dickow

©Jean-Marc de Samie

Emmanuel Hocquard
Né en 1937 à Paris, poète, traducteur, éditeur.
Poésie/ prose
Album d'images de la villa Harris, Hachette/P.O.L, Paris, 1978
Aerea dans les forêts de Manhattan, P.O.L, Paris, 1985
Un privé à Tanger, P.O.L, 1987
Le Cap de Bonne-Espérance, P.O.L, 1989
Les Elégies, P.O.L, 1990
Théorie des tables, P.O.L, 1992
Tout le monde se ressemble, anthologie, P.O.L, 1995
Un test de solitude, P.O.L, 1998
Ma haie, P.O.L, 2001
L'Invention du verre, P.O.L, 2003
Conditions de lumière, P.O.L, 2007
Méditations photographiques sur l'idée simple de nudité, P.O.L, 2009

©pol/Bamberger

Olivier Cadiot
Né en 1956 à Paris, poète, écrivain, auteur d'opéra et de théâtre.
Poésie
L'art poétic', P.O.L, 1988
Roméo & Juliette, P.O.L, 1989
(livret d'opéra pour Pascal Dusapin)
Futur, ancien, fugitif, P.O.L, 1993
Prose
Le Colonel des Zouaves, P.O.L, 1997
Retour définitif et durable de l'être aimé, P.O.L, 2002
Fairy queen, P.O.L, 2002
Un nid pour quoi faire, P.O.L, 2007
Un mage en été, P.O.L, 2010
Providence, P.O.L, 2015
Histoire de la littérature récente, P.O.L, 2016

Alexander Dickow
Né en 1979 aux Etats-Unis, poète et traducteur.
Poésie
Caramboles, Argol, 2008. En français et en anglais.
Capitulation à l'absorption du métèque.
INK, 2012. En français et en anglais.

Emmanuel Hocquard : course de haies, chemins de traverses
Ma haie, P.O.L, 2001

Ma haie est une somme : dense, et didactique. Comme on peut l'attendre d'une somme, et de la netteté, de la rigueur habituelle d'Hocquard. Et pourtant là-dedans rien de sévère ou de pontifiant, c'est une somme gaie, irrévérencieuse où l'anecdote, les connexions imprévues, l'illustration qui fait tilt produisent un livre didactique en effet, au bon sens du terme, éclairant mais désinvolte, dans la cohérence du propos et la légèreté de la démonstration.

Et ceci bien qu'il se présente comme un désordre. Petit, j'étais désordonné, nous dit Hocquard, j'étais champion toutes catégories de désordre, j'en ai beaucoup souffert. Le désordre s'est déplacé, explique-t-il, il est désormais caché dans mon ordinateur, dans quelques grands dossiers : « l'un d'eux s'intitule ma Haie. C'est là que gisent, pêle-mêle, une quantité de documents inclassables, sans liens entre eux, sorte de rhizome incontrôlé (amorces de textes, bouts de journal, notes, blaireaux, *Dernières nouvelles de la cabane,* lettres privées...) dans lesquels j'ai puisé une bonne part des éléments qui constituent ce "livre". » Pêle-mêle revendiqué donc, mais personne ne s'y trompera : le désordre aimable d'Hocquard est un désordre impeccable.

On le remarque, l'explication du titre donnée ci-dessus n'explique rien. Les images sont multiples, on peut penser course de haies par exemple, comme trajectoire, itinéraire, obstacles franchis, lignes majeures d'une vie, d'ailleurs les textes présentés ici le sont suivant l'ordre chronologique d'écriture, d'où le synopsis final. Mais aussi vagabondage vaguement agreste, par des chemins de traverse (l'expression est d'Hocquard, p. 246). Les index fantaisistes de la fin (jouets, anecdotes, animaux) dessinent encore d'autres lectures, d'autres circulations possibles.

L'explication du terme viendra plus tard, dans le rapport tracé entre frontière, limite, lisière. La lisière est une bande, une liste (mot crucial), une marge entre deux territoires de nature différente. La lisière possède son autonomie, sa spécificité. On dit la lisière d'une forêt. Une haie. C'est « la promenade Wittgenstein » à Cambridge. Un entre-deux. Si le livre est un jardin, rien ici d'une ordonnance à la française, c'est un jardin rhizomatique, en mouvement, que traversent des raccourcis, que grignotent ses marges. Les *Essais* de Montaigne, dit Hocquard, sont un livre écrit dans les marges, *Glas* de Derrida aussi est un texte écrit « en lisière de lui-même ». Sans commencement ni fin. Car « aucun texte n'existe sans ses marges et dans ses marges un autre texte peut toujours s'écrire. »

D'ailleurs, autour de la cabane où loge l'auteur en vacances, on peut vérifier ces notions sur le terrain, « pour de vrai »; on découvre que la haie a une épaisseur, une vie propre. Les oiseaux de la haie ne sont pas les mêmes que ceux de la pelouse, de la forêt. La description de la haie appelle donc la liste : liste complexe de la faune et de la flore, note Hocquard avec un enthousiasme d'entomologiste, des couleurs aussi, des vents... Le théâtre du monde est ici partout présent, le livre fourmille d'une population bucolique, on y croise un héron, des poules caressantes, des chèvres, Viviane la boulangère (« Bonjour Viviane vendeuse »), on y trouve une rivière, trois bassins et leurs poissons. Tout ça bien sûr sans illusion de réalisme : « il y a belle lurette que les artistes ne travaillent plus sur la réalité, mais sur des représentations » (On pense à Cadiot : « Fabriquer des maquettes, accommoder sur un objet réel et sa représentation : c'est ça qui crée du plaisir »[1]).

D'où le bonheur efficace des listes. Tout est susceptible d'inventaire : les strates du décor (« Le pavillon de pêche est une liste, la rivière est une liste » dans *Elégie de la rivière K*), mais aussi les activités, les souvenirs, les goûts les plus quotidiens (le goût si plaisant du café, un demi-lapin aux carottes). « *Cette vie est la mienne* signifie : ceci est ma *liste* » déclare avec sérieux Hocquard. Rien en effet de plus intime et de plus personnel qu'une liste, car, après tout, « dans un caddy, la liste de courses de quelqu'un d'autre, je ne peux rien en faire ». La liste est un secret. Mais, curieusement, c'est un secret que nous partageons tous. (Pierre Alferi, dans un entretien en 2002 : « L'expérience de la particularité, du singulier, c'est ce qu'on partage le mieux. »[2])

La liste, ce n'est pas l'impersonnel, c'est le personnel distancié. La vie mise à plat, dans sa distance nécessaire. Car la distance est seule garante de littéralité. S'il s'agit, suivant Reznikoff, de « montrer la chose et rien d'autre », alors

> *Comment dire* les feuilles tombent
> dans le poème
> sans dire autre chose
> que *les feuilles tombent*

CHAPITRE 8

Seule solution : « dresse la liste, *imprime* la liste ». Ou encore, dans *Lettre à Laetitia* : « Ce que je t'écris est rigoureusement exact. Il n'y a qu'une façon de dire ce qu'on dit : ni fiction, ni non-fiction : juste comme ça ».

L'enjeu est d'importance : cette rigueur est une question de « sincérité ». De conviction, d'éthique, plus encore : c'est une question politique. Au sens où l'entendent les poètes américains, que Hocquard a beaucoup traduits. Comme une radicalité politique qui relève d'abord du langage. Car « comment résoudre des problèmes posés en termes de langage sinon en termes de langage ? ». Elémentaire, mon cher Watson. Ou plutôt : mon cher Chandler, Hammett, Mac Bain (les « oncles d'Amérique », le polar plutôt que le policier).

La méthode d'Hocquard, c'est celle d'un privé de roman noir, et on retrouve dans *Ma haie* (sous-titrée *Un privé à Tanger II*) le double de l'auteur, le privé Thomas Möbius, « un vrai enquêteur qui mène de vraies enquêtes : des enquêtes de langage ». Non pour faire éclater des vérités mais pour débusquer des mensonges. « Avec une patience de privé, tout reprendre à zéro ». Dénoncer (« de quels mots d'ordre est-il l'échotier ? Quelle sorte de grammaire gouverne ses pensées ? ») Le mot clé : élucider. Résoudre. Pondérer constamment cette « ténébreuse affaire de langage ». Ses possibilités comme ses impasses. Puisque, pour paraphraser Wittgenstein, « le but de la poésie est la clarification logique de la pensée ».

Les détectives préférés d'Hocquard ? Montaigne, Deleuze, Reznikoff, Wittgenstein, Gertrude Stein, Chandler.

Mais si la poésie est grave, si elle se veut enquête obstinée, témoignage (Reznikoff), tribunal où elle appelle à comparaître le langage et ses alibis, elle est aussi jubilation, « joie sans dommage ». Contre l'élégiaque classique, qui rumine sa nostalgie jusqu'au ressentiment, Hocquard est « un élégiaque inverse ». Il joue, avec les choses telles qu'elles existent (Zukofsky), avec le langage tel qu'il existe (Wittgenstein). Il ne creuse pas, « il cueille ». Superficialité désirée, jeu de connexions imprévisibles et « courageuses » (Wittgenstein parlait du courage comme de l'unité de compte pour le prix des pensées).

Suivant en cela « l'objectiviste Godard », « plutôt que d'exprimer ses impressions, il imprime ses expressions ». Au lieu de l'effacer, il est urgent de rétablir la distance. Restituer, comme espaces de réflexion et d'observation, ces « taches blanches » qui marquaient autrefois sur les cartes les territoires inexplorés, désormais tristement balisés. Susciter des apories (Alferi : « la poésie penserait par apories»[3]). Pour nous offrir ainsi, généreusement, la surprise, la langue lavée d'un no man's land (les marges toujours), «étrangement familier mais en même temps si étrange». Ce langage littéral, ordinaire, mais dégraissé, décontextualisé (Deleuze) est aussi facteur d'insolite («d'éblouissement»[4], dit Claude Royet-Journoud).

Il ne s'agit pas d'aller contre, nous dit Hocquard, mais d'aller autrement. A la question «Comment allez-vous aujourd'hui?» répondre «Autrement, merci». Tout est là: dans cette distance nette, juste d'Hocquard. Aucune froideur, c'est une distance enjouée, curieuse, celle d'un «observateur alerte», on pourrait dire: une distance chaleureuse, et qui est sa marque.

Références
1. Vidéo, *L'atelier d'écriture d'Olivier Cadiot*, Avidia, Centre Georges Pompidou,1994.
2. Revue Eureka, Tokyo, janvier 2002.
3. *Sur la pensée poétique* www.remue.net/contalferi2.html
4. Libération, 24 mai 2001.

CHAPITRE 8

Olivier Cadiot : Objets verbaux non identifiés

« Objets verbaux non identifiés » est une expression empruntée à la préface du premier numéro de la Revue de Littérature Générale en 1995, dirigée par Olivier Cadiot et Pierre Alferi ; le terme tentait de décrire, sur un mode ironique et provocateur, un matériau littéraire composite, éclectique et nouveau. Le premier numéro de la revue, qui parlait de poésie, s'intitulait *La mécanique lyrique*. Il s'agissait bien de mettre à jour le fonctionnement de cette « fabrique » qu'est la littérature, mais aussi d'inventorier la matière première nécessaire à cette « machine à émouvoir » que constitue entre autres l'appareil poétique.

Le deuxième numéro en 96, intitulé *Digest,* élargissait encore l'éventail des contributions à des sociologues, des artistes, des musiciens, des auteurs morts aussi (Proust, Flaubert, Bossuet...) dans une volonté affichée de syncrétisme. Le manifeste était clair : l'écriture est une dynamique, son matériau est composite, et s'il s'agit d'une machine, c'est une machine gaie, éclectique, inventive. Le troisième numéro n'est jamais paru – et ne paraîtra pas. On peut dire toutefois que la Revue a cristallisé à l'époque une certaine effervescence, qu'elle a signalé l'émergence en France d'enjeux poétiques différents ; et surtout qu'elle a donné, de façon publique, une légitimité à l'expérimentation.

La mouvance de la Revue de Littérature Générale, et surtout ses deux chefs de file, Olivier Cadiot et Pierre Alferi, a donc introduit dans les années 90 une nouvelle donne : une poésie plus turbulente, plus expérimentale, composite, dans un brouillage délibéré des registres et des genres ; poésie plus syntaxique que métaphorique, qui donne la priorité au jeu des formes, à « l'illimité de l'énergie qui défait et refait formes et figures » (Christian Prigent).

Le mérite de la revue a été aussi de présenter des poètes plus jeunes : Nathalie Quintane, Kati Molnar, Manuel Joseph, Christophe Tarkos, qui proposaient une poésie mixte, à la fois moins esthétique, plus violente, mais conceptuelle néanmoins, une nouvelle radicalité à travers des textes minimaux.

Revenons à Olivier Cadiot : né en 1957, il s'est exercé d'abord dit-il à une poésie « néo-mallarméenne », pour déboucher sur une impasse. Son premier livre, *L'art poétic'*, (P.O.L 1988), est donc un retour aux sources : la grammaire, la syntaxe, la phrase. Titre significatif, qui signale d'emblée un certain regard critique de la poésie sur elle-même.

Double retour, radical, aux origines : pas seulement la grammaire abstraite, virtuelle de la langue, mais celle concrète, quasi matérielle du livre de grammaire de l'enfance et de l'école. *L'art poétic'* en effet est entièrement composé d'une suite de collages, fragments, prélèvements de divers manuels scolaires, livres de lecture, cahiers d'exercices ; à partir de ce vocabulaire pauvre, minimal, souvent puéril, de structures répétitives et stéréotypées (quoi de plus banal qu'un exemple de grammaire ?) il s'agit de mettre en mouvement le langage par le jeu de la pure syntaxe.

Le procédé privilégié, c'est le cut-up : « le cut-up est une méthode assez banale et tout le monde s'en est toujours servi (sans toujours l'avouer). Ce n'était pas du cut-up au sens où on l'entend traditionnellement (Surréalistes ou Bryon Gysin), pour créer la surprise, mais plutôt une écriture volontaire à partir d'éléments sélectionnés. Un peu comme un archéologue qui essaie de sauver les petites séquences miraculeuses cachées dans le soi-disant prosaïque. »

Le projet est mené avec une sorte de gaieté, de jubilation typique de l'entreprise de Cadiot. Certes, l'utilisation de phrases de grammaire n'est pas nouvelle : on pense au Ionesco de *La leçon*, au Beckett de *Mercier et Camier*. On peut n'y voir à première vue que dérision et ironie – mais l'auteur s'en défend : au contraire dit-il, dans cette langue « collective », à priori dénuée de tout pathos, de toute confidence personnelle et de tout contexte, il y a « des fictions, des histoires, des drames, plus touchants que n'importe quelle tragédie... » La grammaire, dit-il, c'est « Autant en emporte le vent » : c'est toujours « Pourquoi pars-tu ? » jamais « Quand reviens-tu ? »

Le problème évoqué ici est évidemment celui, crucial, de la représentation. La question est sans cesse posée par Cadiot, plus explicitement par exemple dans le livre suivant, où Robinson seul sur son île s'exclame :

Comment représenter le lever du jour ? Comment représenter le lever du jour et sa fraîcheur le bleu pur imprimé ? Comment représenter le lever du jour et sa fraîcheur le bleu pur imprimé avec le chant strident des oiseaux en vol le vert profond des haies circulant haut en spirale fffff ?

La solution choisie est inattendue : pas d'anecdote, pas de pathos, pas de « je », pas d'images ou de métaphores, puisque le verbe être est pris ici dans sa valeur absolue, celle de la définition. Pas de narrateur, pas de sentiment, pas d'épanchement. Mais un vocabulaire scolaire, un présent unique et des phrases impersonnelles. Et pourtant, de ces phrases stéréotypées, de cette platitude voulue, de ces répétitions en boucle de motifs simples se dégage un lyrisme inattendu, une fraîcheur presque naïve, une jubilation, un élan quasi incantatoire, «le printemps est le printemps est parce qu'il inspire la *joie*», dans le poème *La forêt est...* par exemple, qui présente un inventaire exemplaire des procédés utilisés dans *L'art poétic'*: le cut-up d'abord, les phrases lacunaires, la répétition, la tautologie mais aussi le décalage, la chute inattendue, la modulation subtile des variantes phrastiques. Malgré le refus délibéré du pathos, de la métaphore, de la confidence personnelle, l'effet obtenu est émotionnel et lyrique; non pas simple jeu de formes, mais texte joueur, instable, dans un mouvement qui justifie son titre: futur, ancien, fugitif. Les textes suivants sur la nuit, le ciel, offrent le même mouvement d'émerveillement presque enfantin devant le miracle du monde – ou plus exactement de l'adéquation des mots au monde.

Car le manuel de grammaire en effet, au contraire de la poésie, ne se pose pas la question de l'arbitraire du signe; pour le bon vieux manuel scolaire, le signe est toujours évident, irréfutable, et sutout motivé: dans la transparence parfaite de son rapport au monde. D'où la fascination de l'auteur, qui se penche, amusé mais nostalgique aussi, sur cette innocence du langage désormais perdue. Nous habitons en effet aujourd'hui un monde incertain, désenchanté: cette forêt de carte postale, de livre d'enfant, définie et définissable, appartient à un monde disparu aussi lointain, aussi étranger que la mythique forêt des contes de fées.

Futur Ancien Fugitif sera aussi le titre du livre suivant (P.O.L, 1993) qualifié cette fois de «roman»: c'est une robinsonnade – une variation sur le thème de Robinson et de son île – autour d'un héros peu conventionnel, qui ne s'appelle d'ailleurs même pas Robinson, mais Lawrence (clin d'oeil à Laurence Sterne? Le texte est visuellement constellé de flèches, italiques, jeux typographiques, qui évoquent, en les multipliant, les fantaisies graphiques de Sterne dans son *Tristram Shandy*). Pourquoi Robinson Crusoë? Parce que c'est le prototype exemplaire du héros, dont tout le monde connaît l'histoire – pas de contresens possible, le matériau est familier. On peut donc, l'intrigue étant accessible à tout lecteur, se focaliser sur le jeu des formes. Certes, les trois premiers chapitres suivent la trame narrative traditionnelle du genre: «le naufrage», «l'île», «le retour». Mais l'histoire dérape, la fiction se débride...

Le procédé du cut-up est élargi; il s'agit dit Cadiot de «coudre en un seul récit des objets hétérogènes » – non plus des phrases, comme dans le livre précédent, mais des genres littéraires ; on obtient un texte polyphonique, en constante métamorphose, fait de chansons, morceaux de journal de bord, divagations, transcriptions de rêves, lettres, monologues, conversations, refrains, poèmes proprement dits, questionnements sur l'illusion et la représentation : bref, volonté de nettoyage, de décapage, pour revivifier la poésie : « La poésie a besoin de fiction pour être dénudée de son pathos. Il y a un héroïsme de la poésie, il faut lui enlever la transe ». Cette tentative de revitalisation est d'ailleurs une entreprise joyeuse : « Sans capituler devant l'invention, en donner une version gaie. De nouveau tout est permis, il y a un côté enfance de l'art ».

C'est aussi une écriture de la vitesse, de l'urgence, en perpétuelle accélération (« il faut sortir de là au lieu de discuter dépêchez-vous ») et dans ce mouvement même, une écriture de l'optimisme, du dynamisme, de l'espoir retrouvé dans les possibilités illimitées du langage : « Mon cher il y a cent oui Ah je veux dire qu'il y a d'infinis oui ».

Le livre suivant d'Olivier Cadiot, *Le colonel des Zouaves* (P.O.L 1997) constitue la suite des aventures de ce Robinson loufoque. Roman, poésie ? Cette fois aucun intitulé n'est donné en couverture ; à première vue la prose ici est plus lisse, plus continue, mais la poésie est présente, souterraine ou plus explicite dans ses formes affichées. On peut y voir la poursuite du même projet : lier « la continuité du roman et la discontinuité de la poésie », « faire un roman, une fiction par poésie ».

Robinson cette fois est domestique dans une maison de maître (on songe au Swift d'*Instructions aux domestiques*, à *Watt* de Beckett – il est vrai qu'on pense souvent en lisant Cadiot aux romans de Beckett, *Comment c'est* par exemple : même dissolution d'un « je » qui n'a pas de nom, mêmes court-circuits grammaticaux, « petits paquets grammaire d'oiseaux » dit Beckett.

Les maîtres s'expriment essentiellement par clichés. Or le cliché, la caricature, le lieu commun, c'est le matériau de base d'Olivier Cadiot : c'est pour lui de « l'affectif pur concentré », de l'inconscient collectif, c'est un langage immédiatement reconnu et compris de tous (comme les phrases stéréotypées de la grammaire, comme le mythe archi-connu de Robinson, banalité partagée de la culture commune). L'importance de la bêtise comme matériau – son pouvoir comique mais aussi dérangeant – avait déjà été perçue par Flaubert, par Wittgenstein (« Descendre toujours des hauteurs arides de l'intelligence vers les vertes vallées de la bêtise »). Cadiot en fait un outil d'humour et de dérision, de dénonciation aussi – puisque, comme le dit

Emmanuel Hocquard, « l'avantage, avec la bêtise, c'est qu'elle est partout... »

Ajoutons que *Le colonel des Zouaves* s'est prêté avec succès à une adaptation théâtrale (Théâtre de la Colline, mis en scène par Ludovic Lagarde et l'auteur, Paris, 2003), ainsi que les livres suivants, *Retour durable et définitif de l'être aimé* (P.O.L, 2002, Festival d'Avignon 2004), et *Fairy Queen* (P.O.L, 2002, Théâtre de la Colline, Paris, 2005).

Suivront en 2007, toujours chez P.O.L, *Un nid pour quoi faire*, en 2010, *Un mage en été* (mis en scène en 2010 au Festival d'Avignon), puis *Providence* en 2015 ; tous romans éclatés, personnages déjantés, péripéties imprévisibles et strates multiples, mais constamment aimantés par une question unique : l'improbable fait d'écrire, et le comment être écrivain.

En 2016 toutefois on assiste à une surprise : Olivier Cadiot reprend, mais seul cette fois, l'entreprise collective amorcée vingt ans plus tôt par la *Revue de Littérature Générale* en publiant chez P.O.L *Histoire de la littérature récente, Tome I*; dernière tentation dit-il, désir irrépressible de restituer au lecteur la complexité heureuse de la littérature d'aujourd'hui, besoin de retracer son parcours d'écrivain, de « plonger dans les détails, développer les sensations ». On y trouve un feuilleton en plusieurs épisodes, mélancoliques ou drôles, essais, fiction, faux « conseils aux auteurs du futur, et à soi-même, » variations sur la littérature présente et passée, avec irruption cocasses de ses personnages, ses interrogations et ses débats : la postérité de la Revue est assurée, puisque d'autres tomes sont annoncés….

Références
Sur *Retour définitif et durable de l'être aimé,* voir Michel Gauthier, *Olivier Cadiot. Le facteur vitesse,* Presses du Réel, 2004.
Voir également Alain Farah, *Le Gala des incomparables. Invention et résistance chez Olivier Cadiot et Nathalie Quintane*, Classiques Garnier, 2013.

Un poème d'Olivier Cadiot – la forêt est
L'art poétic, P.O.L, 1988

la forêt est   parce que les feuilles arrêtent la lumière la forêt est
parce que les feuilles l'abritent contre la chaleur du soleil on dit que
la forêt est   parce qu'on n'y entend aucun bruit   pourtant elle est
quelquefois   parce que des insectes innombrables y
bourdonnent   la forêt est   parce qu'on ne sait pas tout ce
qui s'y passe   une forêt où les arbres sont très serrés est
une forêt où l'on ne peut *pénétrer* sans de grandes difficultés est
une forêt qui n'a jamais été coupée

une très petite quantité d'eau de forme ronde s'appelle
une quantité un peu plus grande qui s'étale dans un creux du
chemin s'appelle   une masse d'eau en mouvement se nomme
le dessus de l'eau est   la hauteur uniforme à laquelle l'eau
s'élève est   une petite quantité d'air en *boule* qui monte à la
surface se nomme   un petit pli à la surface de l'eau   les
matières solides *déposées* par l'eau forment   un endroit où
l'eau tourne sur elle-même

un printemps qui commence plus tôt que d'habitude est   un
printemps qui commence *tard*   on dit que le printemps est
parce qu'il ne fait ni trop chaud ni trop froid quand il *pleut* souvent
le printemps   on dit : le   printemps parce que
c'est la saison où   un printemps   est un printemps qui fait
éclore beaucoup de fleurs le printemps est   par le parfum des
fleurs quand le soleil a de brillants rayons le printemps est   le
printemps est   parce qu'il inspire la *joie*

Futur, ancien, fugitif - L'Art poétic' (P.O.L, 1988)

Olivier Cadiot, né en 1956, poète, écrivain, auteur de théâtre et d'opéra, directeur avec Pierre Alferi de la Revue de Littérature Générale, a joué un temps le rôle de chef de file du renouveau actuel de la poésie française : poésie tonique, aventureuse, où se conjuguent fantaisie, lyrisme, mouvement, brouillage des registres et des genres ; poésie aussi qui refuse la philosophie austère d'un René Char ou les effervescences surréalistes, et se réclame plutôt de Gertrude Stein et des poètes objectivistes américains comme Oppen ou Reznikoff.

Pour simplifier, on pourrait dire qu'il s'agit d'une poésie de la syntaxe, de la grammaire, plutôt qu'une poésie de l'image. Il s'agit de travailler sur «le squelette de la langue», ses jointures, ses articulations – selon l'expression du poète américain William Carlos Williams à propos de Gertrude Stein – et non, comme le faisaient les surréalistes, sur «ses parties charnues», comme l'image ou la métaphore. Pour viser à «une langue non symbolique» (Charles Bernstein) sans «aucune interprétation allégorique ou métaphysique».

Olivier Cadiot a écrit, entre autres, *L'art poétic'* (1988), *Futur, ancien, fugitif* (1993) et *Le colonel des Zouaves* (1997). Ces deux derniers livres sont plus proches de la fiction, dans un va-et-vient entre prose et poésie, autour d'un même personnage qui serait une sorte de Robinson fantaisiste et moderne.

Le premier livre, *L'art poétic'*, est différent, plus simple et plus radical, à la fois minimaliste et provocateur. Le titre témoigne d'emblée d'un certain regard sur la langue, teinté d'ironie, puisque «poétique» s'écrit avec un *c*, et le matériau est inattendu: le recueil en effet est entièrement composé d'extraits de divers manuels scolaires, livres de lecture, cahiers d'exercices, citations et énoncés stéréotypés. Tel est l'enjeu, volontariste et décapant: à partir de ce vocabulaire pauvre, minimal, souvent puéril ou répétitif, il s'agira de mettre en mouvement le langage autour du pivot de la pure syntaxe.

Double retour aux sources donc: la grammaire, la phrase, mais aussi les cahiers de l'école, le retour, décalé, ironique, distancié, à un nouvel apprentissage de la lecture; une lecture «autre», au second degré.

Le poème *La forêt est...* est extrait dans *L'art poétic'* d'une section intitulée *Futur, ancien, fugitif* – anticipant sur le livre suivant, qui reprendra le même titre.

Une première constatation s'impose: il s'agit bien sûr d'un texte à trous, qui nous renvoie à un type d'exercice familier à tout écolier français. Trois paragraphes, sans ponctuation, sans majuscules, mais contenant chaque fois deux ou trois mots en italiques, et constitués de phrases incomplètes, lacunaires, trouées par des blancs qui interrompent le texte.

Le découpage en trois blocs assure cependant au texte son statut de poème – de poème en prose.

De fait on trouve des noyaux de phrases simples ou de propositions principales («la forêt est une masse d'eau en mouvement se nomme»), des groupes syntaxiques formés d'une principale et de sa subordonnée («on dit que le printemps est») ou des syntagmes isolés: circonstancielles sans principale («parce qu'on n'y entend aucun bruit») ou phrases nominales («un petit pli à la surface de l'eau»).

Ces phrases fragmentaires sont donc facilement repérables comme telles; au lecteur de remplir les blancs et combler les lacunes – comme l'écolier d'autrefois. On constate alors que chaque phrase une fois reconstituée est une définition, voire une tautologie, marquée par un présent de vérité générale. Comme les définitions des dictionnaires, ou les assertions que l'on trouve dans les anciens manuels de grammaire, ou plus récemment dans certains manuels de langue étrangère.

Mais s'il est facile de reconstituer les premières phrases du texte («la forêt est *sombre* parce que les feuilles arrêtent la lumière la forêt est *fraîche* parce que les feuilles l'abritent contre la chaleur du jour»), celui-ci très vite se brouille et les pièces du puzzle font état de subtils décalages; le système en effet ne s'avère ni régulier ni systématique. A la fin du premier paragraphe par exemple, le dernier blanc peut appeler l'adjectif «impénétrable», «inaccessible», voire «dense» ou «profonde». Dans d'autres phrases la solution n'est pas donnée et l'énoncé reste en suspens: «on dit le printemps parce que c'est la saison où», ou bien le groupe nominal reste détaché, célibataire: «une forêt qui n'a jamais été coupée».

L'oralisation rapide du texte, telle qu'elle est adoptée systématiquement par Cadiot lors de ses lectures publiques, induit des effets de sens supplémentaires: la suppression des blancs à l'oral entraîne un télescopage des phrases accolées ainsi bout à bout, ce qui rend leur enchaînement paradoxal ou absurde («un printemps qui commence plus tôt que d'habitude est un printemps qui commence *tard*»). Est introduit alors dans la banalité du texte un flottement, un brouillage du sens, un léger vertige – bref une étrangeté que l'on pourrait qualifier d'effet «poétique», et qu'accentue le procédé très steinien du ressassement.

Chacun des paragraphes s'organise autour d'un thème évident: la forêt, l'eau, le printemps. La cohésion est assurée par l'anaphore et cette unification par le thème montre bien qu'il s'agit d'un «faux» exercice de grammaire. (Dans un «vrai» exercice, les exemples sont hétéroclites et les phrases sans lien entre elles.)

Chaque paragraphe possède en outre son propre système de construction;

dans la première séquence, les phrases peuvent être regroupées deux à deux d'abord, puis par trois; ainsi les deux premières parlent-elles des feuilles, les deux suivantes du silence et des bruits de la forêt. Le deuxième paragraphe s'organise selon une gradation quantitative, puis une description de la surface de l'eau, jusqu'à évoquer deux éléments autonomes : sédiments et tourbillon. Dans le troisième paragraphe, le principe d'organisation est plus difficilement décelable. L'irrégularité est plus fréquente, le déréglement va croissant au fil du texte; il est difficile de compléter la phrase «le printemps est par le parfum des fleurs», et dans la répétition finale «le printemps est le printemps est», le choix de l'adjectif reste ouvert. Le texte culmine dans l'évocation ascendante d'un sentiment de «joie» – soulignée par sa mise en italiques.

On peut d'ailleurs s'interroger sur les multiples fonctions des italiques dans le texte: annotations pour la voix, comme dans une partition? Marques d'insistance? Indices balisant le champ lexical du mot à trouver («un printemps qui commence tard» appelant ainsi l'adjectif «tardif»)? Ou repères aidant à la découverte du «mot juste» («une petite quantité d'air en boule qui monte à la surface se nomme». La réponse : une bulle bien sûr).

Les italiques soulignent aussi l'ironie et la distanciation : car quel serait en poésie le «mot juste»? Le «mot propre»? Et quel serait en poésie le statut de la définition?

Le problème évoqué ici est évidemment celui, crucial et déjà évoqué, de la représentation.

La solution choisie est inattendue : pour cette description de la nature (forêt, eau, printemps sont des motifs traditionnels, à la Lucrèce), pas d'anecdote, pas de pathos, pas de «je», pas d'images ou de métaphores, puisque le verbe être est pris ici dans sa valeur absolue, celle de la définition. Pas de narrateur, pas de sentiment, pas d'épanchement. Mais un vocabulaire scolaire, un présent unique et des phrases impersonnelles.

Et pourtant, de ces phrases stéréotypées, de cette platitude voulue, de ces répétitions en boucle de motifs simples (la forêt, l'eau, le printemps) se dégage un lyrisme inattendu, une fraîcheur presque naïve, une jubilation, un élan quasi incantatoire à la fin du texte : «le printemps est le printemps est parce qu'il inspire la *joie*».

Il est significatif que les huit textes de cette section de *L'art poétic'* soient tous construits sur le même principe et le même modèle; les deux poèmes suivants se terminent respectivement sur un appel à la nuit («après une journée de travail on est heureux de voir venir la nuit») et sur une évocation du ciel («regarder le ciel et le trouver beau») dans ce même mouvement d'émerveillement presque enfantin devant le miracle du monde – ou plus exactement de l'adéquation miraculeuse des mots au monde.

Car le manuel de grammaire en effet, au contraire de la poésie, ne se pose pas la question de l'arbitraire du signe; pour le bon vieux manuel scolaire, le signe est toujours évident, irréfutable, et sutout motivé : dans la transparence parfaite de son rapport au monde. D'où la fascination de l'auteur, qui se penche, amusé mais nostalgique aussi, sur cette innocence du langage désormais perdue. Nous sommes en effet aujourd'hui dans un monde sans certitudes, désenchanté : cette forêt de carte postale, de livre d'enfant, balisée et sans danger, parfaitement définie et définissable, appartient à un monde disparu aussi lointain, aussi étranger que la mythique forêt de Brocéliande.

Le poème *La forêt est...* présente donc un inventaire exemplaire des procédés utilisés dans *L'art poétic'* : le cut-up d'abord (découpage et collage de fragments de langue et de lieux communs), les phrases lacunaires, la répétition, la tautologie mais aussi le décalage, la chute inattendue, la modulation subtile des variantes phrastiques. Hors du pathos, de la métaphore, de la confidence personnelle, l'effet obtenu est proprement lyrique; non pas simple jeu formel, mais texte joueur, variable, mouvant, comme l'affirme son titre : futur, ancien, fugitif.

CHAPITRE 8

Alexander Dickow : *Caramboles*
Argol, 2008

Alexander Dickow est américain. Le carambole est un fruit. Le premier est bilingue, le deuxième exotique, plein d'angles curieux et d'un vert acidulé. Comme ce premier livre qui ne ressemble à personne. On pense, version ludique, à l'« entre-deux langues » de Ryoko Sekiguchi, cette zone doublement étrangère, dans son irrésistible flottement : ça se passe ici entre anglais et français, les deux textes posés en regard, dans un brinquebalement savoureusement déjanté, et ça produit un impeccable vertige, insolite et déhanché. Entorses, maladresses et solécismes, il s'agit de faire boîter la langue, de l'accommoder *de travers*, mais dans l'espoir d'aboutir à « ce point limite où le dandinement devient soudain de la danse »[1]. Ainsi, miroir plus que traduction, le poème glisse avec désinvolture de la grâce enfantine au discontinu steinien :

> Aux raisins jours en rire   On raisin days that laughter
> parfois la pomme est toi,   sometimes apple you
> et raisins tous les va aussi   and raisin every go as well
> bien qu'en mai des pommes   as May can apple be.

On croise un conte moderne avec prince et dragon, où l'amour courtois, décanté, s'avère *un épatant et délicat concert,* on y rencontre Charles d'Orléans[2] et sa mélancolie, mais aussi des poètes d'aujourd'hui plus âpres, Philippe Beck ou Christophe Tarkos, renvoi cette fois à l'empâtement de la langue, ses clichés désolants et sa terrible vacuité :

> Comment
> vont votre soeur et est-ce
> que son divorce le mari, je
> me suis désolé l'avoir entendu
> quel beau temps fait-il ?

Cette langue qu'on pourrait dire « ensauvagée » est bien sûr parfaitement maîtrisée. Les achoppements syntaxiques, les maladresses délibérées, l'usage incongru et décalé des prépositions résultant du frottement entre les deux langues, produisent une petite musique particulière, insolite et désaccordée. Elle évoque la fraîcheur d'une langue neuve et singulière, à explorer, celle de l'enfance, de l'étonnement et de l'apprentissage, elle recrée avec humour les barbarismes (ces erreurs si bien nommées) des copies d'écoliers, jusqu'au démantèlement de l'orthographe et de la ponctuation dans un poème ultérieur (l'histoire très banale d'une valise impossible à fermer – la langue peut-être, malle encombrante, bagage qui déborde?) :

> L'autocollant usé sur lle deçus figure
> ne sirène nue. Le cuir en est rugeuex
> et légerèmont endulée ; lés coinsont rapés
> et beaucoup voyagés
> Dessous on voie la charpente. je mets tout
> dans la valise, j'apuits et je m'assois desus
> et même sanglé de cett vielle corde, tout
> ne rentrepas.
> Cache-toi, tisssu de mensong . ne débord plus, pan
> bigarré. voluptueux, retire-moi
> àl(intérieur comme un talent sous la terre.³

Le projet est présenté ainsi par l'auteur :

> Il s'agit, non pas de corruptions du fichier, mais d'expériences avec des effets micro-stylistiques, si j'ose dire (effets d'apparition-disparition de la coquille, effets inédits d'exemplification du sens par elles...). Ce n'est nullement une critique de l'orthographe, mais une tentative de faire du sens a partir des lettres et à l'intérieur des mots. Et s'il y a parfois des effets de palimpseste, ce n'est pas le seul effet recherché.⁴

Alexander Dickow a publié en 2015 dans la revue « Paysages écrits » un petit texte intitulé *Aveu* qui s'avère un art poétique, explicite et gai : il y revendique le déchet, l'impropriété, l'incorrection ; le décalage plutôt que que la table rase ; « les angles et les bosses », plutôt que la perfection, ce synonyme de l'ennui ; les approximations, mais attention ! « ajustées avec précision », aucun hasard n'est toléré ici... Enfin le droit au trébuchement, au bégaiement, car après tout, en effet : « Quel blessé a jamais parlé fixe ? »

> Aveu (introduction à ma poésie)
>
> L'écart de style, le solécisme, la coquille même, ce sont les déchets du langage. Des pneus crevés et du papier journal, on a récupéré de tout pour faire quelque chose comme de l'art et je m'inscris volontiers dans cette histoire-là. Chercher à voir autrement en regardant résolument du côté de ce qu'on escamote, c'est une belle tradition. Quel festin! […]
>
> J'aime les façades délabrées, les fissures moussues, les ferrailles rouillées, tout ce qui tient de l'ébauche, vu que nous en sommes. J'aime les seuils, le moment même où l'on perd ses repères, le moment où le sens tient encore avant de s'écrouler; j'aime les approximations ajustées avec précision et rigueur, les zones d'hésitation. Un peu d'inconfort même; qu'on heurte un peu le lecteur, on peut bien chanceler avec volupté. La perfection est lisse et ne donne pas prise, il me faut des angles et des bosses. Puisque j'en ai, des bosses et des angles; un peu de candeur, c'est bien aussi, ma foi. En vacillant, l'émotion dit plus clair. Quel blessé a jamais parlé fixe?[5]

Références
1. *Caramboles*, 4e de couverture.
2. *Un jour m'avint qu'a par moy cheminoye,* «En la forest d'Ennuyeuse Tristesse», *Ballades*.
3. http://www.t-pas-net.com/libr-critique/texte-alexander-dickow-repons/
4. Idem.
5. Alexander Dickow: Revue Paysages écrits, n° 25, septembre 2015.

Conclusion

Conclusion

I. Qu'est-ce que l'extrême contemporain ?

Il faudrait toutefois, après ces quelques essais, faire retour au titre et à une expression qui n'a pas été explicitée : qu'entendre en effet par l'extrême-contemporain ? Les termes qui désignent notre actualité littéraire ou artistique sont très nombreux, mais souvent flous, mal définis, ou donnés au contraire comme allant de soi : moderne, post-moderne, avant-garde, contemporain... Or la confusion provient du fait qu'ils ne renvoient pas uniquement à un pur découpage du temps, mais relèvent de domaines différents et de points de vue multiples : historiques, esthétiques, sociologiques, politiques, d'où la difficulté de leur définition – fuyante comme le temps même qu'ils veulent traduire.[1]

On le sait, c'est Baudelaire qui a inventé la modernité, cet hybride du fugitif et de l'éternel, dans « Le peintre de la vie moderne » en 1863 – ce qui place d'emblée la notion dans le champ de l'esthétique. L'adjectif (substantivé) apparaît pourtant en Occident dès la fin du XVIe siècle, mais il est alors négativement connoté, face à la grandeur indépassable de l'Antiquité comme valeur et modèle, comme l'indique la querelle des Anciens et des Modernes. C'est le XVIIIe qui va renverser l'équation, et initier le culte du nouveau, via le Romantisme, son individualisme et sa subjectivité ; le passé s'étiole et s'ankylose, il ne suffit plus, il faut revivifier le présent, et les Lumières encourageront l'élan vers l'avenir et la croyance au progrès. La modernité devient positive, l'originalité une valeur, et le moment révolutionnaire incarne ce désir de nouveauté, qui semble ne plus devoir s'arrêter : « Au fond de l'Inconnu pour trouver du nouveau ! », s'exclamera le même Baudelaire au siècle suivant.[2]

Le XXe est celui de l'accélération des mouvements littéraires, jusqu'à la

---

1. Sur les avatars successifs et contradictoires de cette « notion toujours problématique », voir *Ce que modernité veut dire (I)*, textes réunis et présentés par Yves Tadé, Modernités 5, Presses Universitaires de Bordeaux, 1994.
2. Sur l'historique et l'évolution des notions comparées du moderne et du contemporain, voir *Qu'est-ce que le contemporain ?* dir. Lionel Ruffel, ed. Cécile Defaut, 2010, en particulier Pascale Casanova « Le méridien de Greenwich : réflexions sur le temps de la littérature », pp. 124-127, et l'introduction très détaillée de Lionel Ruffel « Qu'est-ce que le contemporain ? », pp. 9-31.
Voir également Lionel Ruffel, *Brouhaha, les mondes du contemporain*, Verdier, 2016, Introduction.

«révolution permanente», qui induit «une instabilité constitutive»[3] source de perpétuels changements, dans une véritable course à la nouveauté. D'où l'inflation de l'adjectif : du Nouveau Roman dans les années 50-60[4] à la Nouvelle Vague au cinéma, du Nouveau Réalisme[5], réponse française au pop art en 1960, aux Nouveaux Lyriques en poésie dans les années 80...

Le terme d'avant-garde, face à cet adjectif dévalué par sa prolifération même, revendique une vision plus polémique, plus militante (conforme à son origine militaire) : le mot se veut rupture plutôt que renouveau, et il fraie, sans s'en réclamer explicitement, avec le rêve impossible de la table rase. Toute avant-garde, littéraire ou artistique, a pour première mission le rejet des pratiques précédentes, déclarées archaïques et périmées : elle est d'abord juge et critique des œuvres antérieures qu'elle « se donne comme propos de viser et d'abattre », comme le déclare l'un des premiers éditoriaux de la revue TXT, fondée en 1969 dans le sillage de la revue Change[6]. Cette focalisation sur le passé peut toutefois sembler contredire la visée prospective dénotée par son appellation même, « cet avant-regard qui volontiers va prophétisant », selon la belle expression d'Hughes Marchal.[7]

Devant la multiplication des acceptions de la «modernité», et plus encore la désillusion face à la foi dans le progrès qu'elle sous-tend, on a cru nécessaire de recourir à un autre terme : et c'est l'avènement dans les années 70 du «postmoderne», concept américain à l'origine, issu du domaine de l'art, de l'architecture et de l'Histoire, et qui prendra très vite un tournant sociologique et résolument politique[8]. Le postmodernisme naît en effet avec Mai 68, la guerre du Vietnam, la lutte pour les droits des minorités : il s'installe par conséquent dans l'«ex-centrique»[9], autrement dit dans les

---

3. Pascale Casanova, op.cit, p. 126.
4. Alain Robbe-Grillet, *Pour un nouveau roman*, Minuit, 1963.
5. Pierre Restany, *60/90, Trente ans de Nouveau Réalisme*, La Différence, 1991.
6. Le terme «avant- garde » est peu usité aujourd'hui : William Marx invente en retour celui d'arrière-garde, non pour réhabiliter mais pour remettre en contexte des auteurs dépréciés par cette constante «tentation avant-gardiste» française. Voir en particulier Antoine Compagnon, «L'arrière-garde de Péguy à Paulhan et Barthes» in *Les Arrière-gardes au XXe siècle. L'autre face de la modernité esthétique*, dir. William Marx, PUF, 2004.
7. Voir Hughes Marchal, *La poésie*, Poche Flammarion, 2012.
8. Jean-François Lyotard, *La Condition postmoderne*, Editions de Minuit, 1979.
9. Lindsay Hutcheon, *A poetics of Modernism: History, Theory, Fiction,* Londres et New York, Routledge, 1988.

Conclusion

marges, le décentrement volontaire; il abandonne les «Grands récits»[10], ou les mythes émancipateurs de la modernité, pour multiplier des «micro-récits» qui valorisent le particulier plutôt que le collectif; il revendique comme outils la parodie, l'ironie, la distanciation. Et dans la fiction, la fragmentation et la contingence. On a conclu de cette instabilité revendiquée que le postmodernisme était plus un symptôme qu'un mouvement: le symptôme d'un temps de crise, celui de la société post-industrielle, époque de mutations et d'incertitude. Le terme «postmoderne» a été très contesté[11]; il n'est plus guère usité aujourd'hui, mais on peut y voir en effet le marqueur d'une transition, du moderne au contemporain.

Le contemporain par contre est une notion qui semble relever de l'évidence, parfaitement transparente car cantonnée à sa pure limite temporelle. Et pourtant il y a un impensé du contemporain: sur les limites à déterminer en effet, et sur le double sens du terme. Car le contemporain a ses bornes, plus variables qu'on ne croit; et le contemporain a toujours existé: on est toujours le contemporain de quelque chose, ou de quelqu'un.

Si l'on se réfère au Dictionnaire de l'Académie française, 8ème édition, on obtient:

> Etymologie: bas latin *contemporaneus,* du latin classique *cum,* avec, et *tempus, -oris,* temps
> Définition:
> Qui est du même temps que quelqu'un ou quelque chose. *Les auteurs contemporains. L'histoire contemporaine. Raconter les événements contemporains. Historiens contemporains,* Ceux qui ont écrit les choses qui se sont passées dans leur temps. Il s'emploie aussi comme nom. *Il fut le contemporain, elle fut la contemporaine de ces grands hommes. Rendre justice à ses contemporains.*

Plus simple encore, dans le Dictionnaire Larousse:

> Qui vit à la même époque que quelqu'un d'autre, que celle où certains événements se produisent: *Pascal est le contemporain de Molière.*
> Qui appartient à l'époque présente, au temps présent: *Auteurs contemporains.*

---

10. Jean-François Lyotard, *Le postmoderne expliqué aux enfants*, Editions Galilée, 1988.
11. Contre les tenants du «postmoderne», voir Jürgen Habermas, *Discours philosophique de la modernité*, 1985, traduit en 1988, Gallimard.

La datation d'abord pose problème : car quand donc commence le contemporain ? La question peut sembler incongrue, elle est pourtant légitime puisque « le temps présent » – celui qui coïncide avec nous, ici, maintenant – est une catégorie qui certes relève du sens commun, mais qui n'a rien de scientifique, et donc aucune valeur opératoire. On constate en effet que dans le domaine académique ses contours peuvent considérablement fluctuer : on comptait ainsi par exemple 700 contemporanéistes, historiens titulaires, dans les universités françaises en 2009[12], engagés dans des recherches qui allaient de la Monarchie de Juillet à la guerre d'Algérie, de Vichy à (parfois) Mai 68, ce qui peut surprendre. Or il faut savoir que l'étude de l'Histoire en France se divise en quatre périodes : antique, médiévale, moderne (qualifiée aussi d'Histoire de l'Ancien Régime) et contemporaine – cette dernière toutefois commence en 1789, lors de la Révolution Française... Le territoire du contemporain connaît ici une extension inattendue.

Les frontières du contemporain en littérature s'avèrent tout aussi arbitraires ; certains commentateurs en situent le début en 1945, dans l'après-guerre, d'autres aux années 70, en incluant au passage la période attribuée aux tenants du postmoderne. Car dans une perspective historiciste (qui demeure celle des études littéraires), c'est-à-dire procédant à un découpage du temps en ères ou époques distinctes, il est impératif de fixer un point d'origine, le plus souvent un événement marquant, qui fasse date – mais comment le choisir ? Historique (le mur de Berlin en 1989 ? Les tours du 11 septembre 2001 à New York ? Fukushima en 2011 ? Les attentats de Paris en 2015 ?) Ou littéraire (*Ulysse* de Joyce ? La mort de Sartre ? De Barthes ?). Dates, lieux, ou même chefs d'œuvre ne font pas repères à l'unanimité. La dénomination du « contemporain » est donc largement subjective.

On peut par conséquent s'interroger sur l'usage généralisé désormais dans tous les discours d'un terme aux frontières si mal établies, et si peu objectif sous sa simplicité apparente ; capable de surcroît de supplanter le moderne, cette catégorie esthétique (ce que le contemporain n'est pas, en tout cas au départ) qui a dominé le XIXe siècle, mais qu'on n'évoque plus guère aujourd'hui. Pourquoi un tel succès ?

---

12. Source : liste publiée par l'Association des historiens contemporanéistes de l'enseignement supérieur et de la recherche (AHCESR), voir Philippe Poirrier, « L'histoire contemporaine », *Les historiens français à l'œuvre, 1995-2010*, Pascal Gauchy, Claude Gauvard, Jean Francois Sirinelli (dir), PUF, 2010.

Lionel Ruffel[13] y voit plusieurs raisons : la massification de l'accès à la culture dans les pays développés, qui rompt chez les nouvelles générations le rapport à la tradition, et qui induit une nouvelle focalisation sur le présent, en particulier sur l'art vivant ; la multiplication des décentrements (Etats-Unis, monde postcolonial), et la contestation croissante de l'ordre établi.

On peut imaginer en effet que le phénomène de globalisation ait suscité le besoin d'une nouvelle appellation, plus neutre, moins connotée, plus englobante justement dans son accent sur la pure simultanéité : le terme « contemporain » s'y prêtait, et s'est imposé par l'immédiateté de sa traduction en de nombreuses langues. A la mondialisation répond aussi la dimension communautaire et le sentiment de contiguïté revendiqués par de nombreux artistes contemporains, à travers la variété de leurs collaborations.

Cependant « Le présent n'est pas un temps homogène : il est fait de temporalités différentes, de tensions multiples et de vecteurs pluriels, qu'il convient d'identifier et de comprendre. On le désigne maintenant comme contemporain »[14]. Ou encore « Contrairement au temps gestationnel des avant-gardes, le présent selon le contemporain est plutôt affaire de rythme, de décalages, de réinvestissements ».[15] C'est précisément ce matériau mouvant, complexe, en devenir, les remous et les courbures imprévisibles du présent que l'extrême contemporain choisit d'observer – puisque c'est le temps où nous-mêmes sommes plongés. Au risque bien sûr d'une certaine myopie : mais cette proximité permet aussi une analyse plus affûtée, une perception plus fine d'une actualité partagée ; et ce présent insaisissable parce que multiple et foisonnant nous oblige à une modestie, une suspension active du jugement – alors que la distanciation paradoxalement l'aplanit et le fige.

« L'Extrême contemporain » était le titre d'un colloque inaugural sur le sujet en 1986, paru l'année suivante dans la revue Po&sie de Michel Deguy[16] ; la formule servira aussi de titre à la collection d'essais dirigée par Deguy chez Belin. L'expression avait été proposée au colloque par l'écrivain Michel Chaillou, qui dans la revue Po&sie en donne une présentation il est vrai très peu théorique, en évoquant déjà des images du présent comme

---

13. Lionel Ruffel, op.cit., pp. 22-31.
14. « Atelier : l'extrême contemporain », Colloque international de Figura, « L'imaginaire contemporain, figures, mythes et images », Université de Montreal à Quebec, 24 avril 2014.
15. Lionel Ruffel, op.cit, p. 33.
16. « L'Extrême contemporain », Po&sie n° 41, juin 1987.

immersion, flux et reflux, expérience du mouvant et de l'imprévisible. [17]

Le poète Dominique Fourcade (présent au colloque) écrira dans un prochain ouvrage :

> Il me semble que le moderne a été réalisé [...]. Il n'y a donc surtout pas, surtout plus, à être absolument ni résolument moderne. Mais il serait beau d'être contemporain, il serait beau et juste de l'être, selon une forme à inventer dans la mesure même où le contemporain, qui est une nuit, s'invente.[18]

On ne peut bien entendu assigner à la notion des limites temporelles précises, puisque c'est un concept en constante évolution. Néanmoins, s'il faut s'en tenir à la périodisation (souvent aléatoire) exigée par les historiens de la littérature, comment assigner un début à l'extrême contemporain ? Certains le cantonnent à la production éditoriale des dix dernières années, ce qui semble bien trop minimaliste ; d'autres le datent de 1986, conformément à l'invention du terme par Chaillou. La plupart s'accordent sur le tournant des années 80 : fin des utopies, retour du mémoriel, réhabilitation du passé[19]…

Cet ouvrage s'en est tenu à ce même point de départ, jusqu'au temps de sa rédaction (1980-2015)[20]. Une autre raison, plus pragmatique, a concouru au choix de son titre, *Essais sur la poésie française de l'extrême contemporain*, et elle tient au contexte japonais. Il est difficile en effet au Japon de distinguer clairement les usages respectifs des termes *kindai* (moderne) et *gendai* (contemporain). D'autant que le premier renvoie plutôt historiquement à la modernisation du Japon à l'Ere Meiji, et le second à celle

---

17. L'invention du terme a bien sûr une utilité pratique, mais aussi selon le critique Fabrice Thumerel, une portée symbolique : « L'opération symbolique vise à rien moins que labelliser une plateforme d'écritures exigeantes conçue comme une alternative au modèle avant-gardiste agonisant ».
http://www.t-pas-net.com/libr-critique/chronique-lextreme-contemporain-un-enjeu-strategique/
18. Dominique Fourcade, *Outrance Uttérance et autres élégies*, POL, 1990, p. 12.
19. Voir sur ce point François Noudelmann, « Le contemporain sans époque : une affaire de rythme », in *Qu'est-ce que le contemporain ?* op.cit., pp. 59-75.
20. Un seul commentaire dans le recueil enfreint la règle : le poème « Je vais bienveillamment », chapitre 1, date de 1967. Il a été choisi toutefois parce qu'accessible et exemplaire (du travail de Jacques Roubaud, comme de sa longévité). Les autres poèmes s'en tiennent au cadre choisi.

de l'après-guerre, au lendemain de la défaite. S'y ajouteront *kinsei* (chez les historiens), *modan* (importé de l'anglais «modern», donc transcrit en katakana) et d'autres encore, tous fortement connotés sur le plan idéologique, politique ou littéraire[21]. Une explication des termes français correspondants (ou du moins similaires) s'imposait donc.

Quant à la catégorie de l'extrême contemporain, elle n'existe pas comme telle au Japon dans la critique littéraire: son usage permettait de remédier à la confusion habituelle chez les étudiants japonais, pour qui «poète contemporain» équivaut simplement à «poète du vingtième siècle». Claudel devient ainsi un poète contemporain, comme Apollinaire ou les Surréalistes (1er Manifeste: 1924), ce qui risque de surprendre un interlocuteur français. Il s'agissait ici d'écarter d'emblée ce malentendu.

II. Spécificité de la poésie

Une chose toutefois étonne: tous les ouvrages, colloques, panoramas divers et articles de presse consacrés au contemporain, voire à l'extrême contemporain qui se multiplient ces dernières années ne parlent, essentiellement, que du roman. Ou, si l'on veut élargir le champ, de la *fiction*: roman, récit, autobiographie / autofiction.

C'est le cas, dès 2004, de l'ouvrage *Le Roman français au tournant du XXIe siècle*[22], qui se donne explicitement pour objet «l'extrême contemporain»; en juin 2006, le colloque «Le Romanesque dans la littérature française contemporaine», organisé à l'Université de Lille III, avait pour objectif de rendre compte des «nouveaux usages du romanesque dans l'extrême contemporain»; en 2010 paraît *Le roman français de l'extrême contemporain*, actes du premier colloque international à Toronto sur le sujet en 2007, sous-titré «Ecritures, engagements, énonciations» – le pluriel ici reflétant l'éclectisme des auteurs cités.[23]

La littérature française au présent: Héritage, modernité, mutations,[24]

---

21. Voir pour l'étude très éclairante de ces termes Christine Levy, «Moderne, modernité au Japon: adoption et création d'un concept» in *Ce que modernité veut dire (I), op.cit.*, pp. 109-115.
22. *Le Roman français au tournant du XXe siècle*, Bruno Blanckeman, Aline Mura-Brunel, Marc Dambre (dir), Presses Sorbonne Nouvelle, 2004.
23. *Le roman français de l'extrême contemporain*, Barbara Havencroft, Pascal Michelucci, Pascal Riendeau (dir), Ed. Nota Bene, 2010.
24. *La littérature française au présent: Héritage, modernité, mutations,* Dominique

publié en 2005, révisé en 2008 (et présenté en couverture comme « Le premier ouvrage critique sur la littérature d'aujourd'hui »), inclut pour sa part, sur sept sections au total, une section « Présences de la poésie ». Y sont privilégiés toutefois les poètes du « lyrisme critique » des années 80, accessibles et plus conventionnels. Des poètes plus novateurs y sont cités brièvement, dans un inventaire parfois disparate[25]. Dans l'anthologie très dense du même auteur publiée en 2013, *Anthologie de la littérature contemporaine française. Romans et récits depuis 1980* [26], Dominique Viart fera par contre l'économie de la poésie, du théâtre et du récit de voyage – en le justifiant par l'abondance du matériau romanesque à traiter, qui demeure prioritaire.

Pourquoi, face à l'engouement actuel croissant pour le contemporain, cette désaffection pour la poésie dans le champ de la critique littéraire comme de la recherche, alors qu'elle occupe une place non négligeable désormais dans les lectures publiques, dans de nombreuses revues et blogs en ligne[27], et qu'elle fait preuve d'une belle vitalité ? On devine une certaine perplexité des commentateurs devant cet objet de langue déroutant, inclassable, qui échappe aux catégories académiques, même celles du « moderne », et déjoue les réflexes de lecture des amateurs de poésie.

Quelles seraient donc les caractéristiques communes à l'extrême contemporain susceptibles de provoquer ce rejet, ou du moins cette réticence ? A l'inverse, quels traits peuvent susciter l'intérêt et apparaître comme inédits ? L'inventaire est difficile, à cause du brouillage de la proximité, mais on peut relever quelques points essentiels :

1/ **L'illisibilité**

La poésie aujourd'hui serait illisible. Victor Hugo était plus lisible, dit-on. Certes : on pouvait trouver dans ses poèmes une histoire, des personnages, des sentiments, des références ou des images compréhensibles. Bref, du « sens » accessible à tous : c'était un poète « populaire ». Mais est-ce bien

---

Viart et Bruno Verdier, Bordas, 2005.
25. Anne Portugal y est classée dans la rubrique « prosaïsme désinvolte », Hocquard et Fourcade, traités plus longuement, apparaissent dans le chapitre « poésie radicale ».
26. Dominique Viart, *Anthologie de la littérature contemporaine française. Romans et récits depuis 1980*, Armand Colin, 2013.
27. Voir entre autres http://cahiercritiquedepoesie.fr/ http://remue.net/, http://www.sitaudis.fr/ http://poezibao.typepad.com/poezibao/fiches_de_lecture/

pour cela seulement qu'Hugo demeure dans les mémoires? N'y a-t-il pas autre chose? Un plus? Un reste? C'est ce reste dont s'occupe la poésie, et depuis toujours. Si la poésie est un jeu de langage (au sens de Wittgenstein : un jeu sérieux, bien sûr), c'est à dire une exploration de ses possibles, de son extension, de sa plasticité, bref un laboratoire de langue, en ce cas le risque d'illisibilité a toujours été là, bien avant Rimbaud ou Mallarmé. On peut poser la question : les Grands Rhétoriqueurs étaient-ils lisibles? La poésie des Troubadours parfaitement transparente? L'opacité a toujours été constitutive du projet de poésie, puisqu'au contraire de la langue commune, qui doit être immédiatement partageable, elle occupe un autre territoire, dont elle repousse sans arrêt les frontières.

Le monde est plus opaque encore aujourd'hui ; de surcroît Lacan et Saussure sont passés par là, le mythe classique d'une langue limpide en parfaite adéquation au monde a vécu, on connaît l'arbitraire du signe et les limites du langage (bien que la poésie continue à rêver d'y remédier, par des outils encore à inventer...).

Le poète Dominique Fourcade évoque ainsi cet « opaque de l'époque » :

Le peintre l'écrivain ne font rien avec leurs yeux avec
leurs mains
d'autre qu'un brouillard une suie [28]

Cette opacité est donc une donnée, ce n'est pas un choix ; ni un hermétisme, ni un codage délibéré. Aucun poète aujourd'hui ne se veut illisible : certains à leurs débuts (Olivier Cadiot dans *L'Art poétic'*, Nathalie Quintane dans *Remarques*, ou *Chaussure*) ont même adopté une écriture plate, formules brèves ou aphorismes, clichés ou simples exercices de grammaire, mais cette banalité maximale de la langue ne simplifie rien, le poème demeure aussi radicalement déconcertant.

La difficulté rencontrée vient d'ailleurs : elle relève de la lecture. Valéry le dit déjà en défense de Mallarmé : « Celui-là donc qui ne repoussait pas les textes complexes de Mallarmé se trouvait insensiblement engagé à réapprendre à lire »[29]. Nous ne savons plus lire la poésie, l'habitude s'en est perdue, il nous faut *réapprendre* à lire. La poésie demande une autre lecture,

---

28. Dominique Fourcade, *éponges modèle 2003*, P.O.L, 2005, p. 23.
29. Paul Valéry, *Variété III*, dans *Œuvres complètes*, Gallimard, Bibliothèque de la Pléiade, t. 1, 1957, p. 646.

plus lente, qui ne vise pas l'immédiateté du sens, et surtout elle exige une *relecture*. Car on ne relit pas un roman (ou pas systématiquement), puisqu'on en connaît la fin ; le poème par contre n'a pas de fin, dit le philosophe Giorgio Agamben dans *Idée de la prose*, on peut le relire à l'infini, dans toutes ses strates, il est circulaire, dans un enjambement virtuel ininterrompu.

Les poètes de l'extrême contemporain font le pari de cet effort de lecture attentive de la part de leur public ; ils se disent lisibles (ce qui ne signifie pas « immédiatement déchiffrables »), tout en acceptant le risque d'une plus ou moins grande *dis*-lisibilité – selon le néologisme proposé par Bénédicte Gorrillot[30] – c'est à dire d'une réception difficile, d'un accueil problématique ou confidentiel. Il s'agirait de mettre en œuvre la possibilité d'une *alter*-lisibilité[31], c'est-à-dire un autre mode de lecture, une autre compréhension, qui échappe au réflexe attendu de l'immédiateté et de la clôture du sens.

Citons ici Christian Prigent :

Ni Baudelaire, ni Mallarmé, ni Joyce (etc.) n'ont écrit pour rendre le monde lisible. Leurs œuvres construisent, en face de l'obscurité du monde, une obscurité homologue. Non que ces œuvres récusent le sens : elles maintiennent, bien plutôt, une instabilité vivante, une indécision du sens. C'est en quoi elles font effet de vérité.[32]

2/ L'autotélicité

Si le roman parle du monde (retour au récit, au Je, à l'Histoire, après le formalisme du Nouveau roman, comme l'affirment les critiques aujourd'hui), le poème lui, parle du poème. Aucun narcissisme ici, c'est sa fonction, et depuis toujours. Et si la poésie est « la littérature de la littérature », comme le dit l'écrivain Pierre Michon, un concentré du travail de langue en quelque sorte, il est normal qu'elle se focalise sur son propre fonctionnement. La poésie parle elle aussi d'amour, de deuil, et du monde (et même, très subtilement, des enjeux de son époque), mais sa question est celle du comment. Si la langue est la seule médiation que nous possédons face au réel, et en même temps l'écran qui nous en sépare et nous en éloigne, quelle forme

---

30. Voir *L'illisibilité en questions*, Bénédicte Gorrillot et Alain Lescart (dir), Presses Universitaires du Septentrion, coll. Littératures, 2014, en particulier Bénédicte Gorrillot, *pour ouvrir*, pp. 13-16, et *pour conclure*, pp. 305-308.
31. Ibid.
32. Christian Prigent, « Du sens de l'absence de sens », op.cit, p. 35.

inventer qui puisse fidèlement en rendre compte ? Comment traduire la perception ? La sensation ? Quels mots utiliser autres que ceux qui sont désormais usés, stéréotypés ? Au temps d'Homère, disait Gertrude Stein dès 1935, les mots étaient encore neufs : le mot « la mer » suffisait à faire se lever dans l'imaginaire l'océan tout entier. Comment retrouver cette fraîcheur, cet enchantement disparu ? « Je notais l'inexprimable », dit Rimbaud dans « L'Alchimie du Verbe », avant de s'exclamer douloureusement « *Plus de mots* », dans « Mauvais sang », lorsque l'entreprise s'avère impossible.

L'autotélicité désigne le fait que le poème est intransitif : plus que toute autre œuvre littéraire, il n'a d'objet autre que lui-même, il se penche d'abord sur sa fabrication, il renvoie implicitement ou non à sa propre création. Ponge nous ouvre ainsi les portes de son atelier dans *La fabrique du pré,* paru en 1971 dans la (si justement nommée) collection « Les sentiers de la création », pour nous montrer, rétrospectivement, comment le poème, ce « work in progress » s'élabore et se dessine. Rejoignant ainsi ce que désignait à l'origine le mot *poésie*, du latin emprunté au grec *poiêsis*, « création, fabrication ». Le poète est d'abord « faber », en latin « artisan », « fabricant », son matériau particulier est la pâte flexible, plastique, infiniment malléable de la langue.

A noter qu'en conformité avec son étymologie, le poème a toujours été auto-référentiel, on l'oublie souvent : la Muse ancienne des poètes d'autrefois n'était la plupart du temps qu'un prétexte à l'épanchement lyrique. « L'amie du poète s'appelle poésie. Zéro dame en vrai » s'exclame Prigent à propos d'un rondeau de Marot[33] ; on sait que la Béatrice de Dante était une fillette de neuf ans, à peine entrevue, et que le troubadour Jaufré Rudel n'a jamais rencontré la Comtesse de Tripoli, à qui il avait adressé tous ses poèmes d'amour sans l'avoir jamais vue – comme le rapporte la légende.

Et pourtant... la poésie est une opération simple, dit Anne Portugal, en précisant : ce qui ne veut pas dire facile. Citons la formule éclairante qu'elle emprunte aux réflexions de Jacques Roubaud[34] et résume ainsi : « Le poème dit ce qu'il dit / le poème dit ce qu'il fait / le poème fait ce qu'il dit. »

Le poème dit ce qu'il dit : Non, le poème ne comporte pas de signification

---

33. Christian Prigent, *Salut les anciens salut les modernes*, « La Déesse aime Marot », POL, p. 32, 2000.
34. Jacques Roubaud, *Poésie, etcetera : ménage*, Hypothèses de la poésie, Hypothèses des poèmes, pp. 63-96, Stock, 1995.

cachée. Il n'est pas nécessaire d'y appliquer un code ou un sens sacré: et l'herméneutique[35] quand elle est voulue est à renvoyer à certaines époques de l'histoire de notre littérature. La meilleure façon de lire un poème est d'abord de s'y fier et de ne pas lui prêter d'intentions, ni lui faire un mauvais procès. [...]

Le poème dit ce qu'il fait: La pratique de la poésie implique toujours, comme tout art, un retour sur elle-même. Ce qui intéresse le poème en premier chef est sa fabrique, son bricolage, ses machines-outils qui lui permettent de produire – «quoi aujourd'hui?», «et pourquoi pas comme avant?» [...]

Le poème fait ce qu'il dit: Henri Meschonnic appelait cela, dans les années 70, la forme sens, soit le fait que le dit du poème trouve la forme adéquate de sa délibération interne. Principe de cohérence des éléments physiques du poème au sens du «bien marcher ensemble.» Le poème fait alors le tour d'une sorte de résolution interne, délicate, difficile, facile. [...][36]

Revenons à Rimbaud, qui ne dit pas autre chose: «J'ai voulu dire ce que ça dit, littéralement et dans tous les sens.» L'auto-référentialité est sans doute plus explicitement marquée dans la poésie contemporaine, mais elle n'est pas nouvelle; on ne peut donc arguer qu'elle constitue une difficulté inédite.

3/ La porosité

Les règles qui régissaient les genres poétiques traditionnels ayant disparu, la poésie de l'extrême contemporain a vu son domaine s'élargir considérablement: les frontières entre poésie et prose se brouillent, le vers n'a plus cours, restent le mètre comme rythme, la boucle de l'enjambement comme liaison, la coupe comme nouvelle démarcation du poème («comme un profil furtif» dit Alferi). Il s'agira de trouver de nouvelles formes et de nouvelles procédures; pour cela la poésie va privilégier des techniques mixtes: tresser, mélanger, récupérer, polyloguer, copier-coller (c'est le cut-up), précipiter (de bric et de broc), mixer (ce qu'on appelle en musique le sampling), parasiter (poésie et prose)...

La rime désormais abandonnée, la répétition va s'y substituer: autrefois vue comme redondance, elle devient le fantôme de la rime disparue, sa trace

---

35. Def.: Théorie, science de l'interprétation des signes, de leur valeur symbolique. *Appelons herméneutique l'ensemble des connaissances et des techniques qui permettent de faire parler les signes et de découvrir leur sens*, Michel Foucault, *Les Mots et les choses,* Gallimard, p. 44, 1966.
36. Anne Portugal, *Une petite anthologie*, Forum Culturel, Médiathèque du Blanc Mesnil, 1995.

Conclusion

visible. L'accélération provoquée par «la machine répétitive» produit des effets «de mise en relief, de scintillement, de striage, de décollement, de précipitation et de refluidification»[37] bref, de vitesse et de mouvement. A la répétition répond le goût inattendu en poésie des listes, des inventaires (on pense aux listes de Georges Perec dans *Penser/classer*, mais aussi à Sei Shonagon et ses *Notes sur l'oreiller*), qui déclenchent un léger vertige, un effet de litanie, de ressassement – à la fois épuisement impossible du monde et refrain lointain de la rime.

L'extension du domaine de la poésie a en outre ouvert le champ à des pratiques nouvelles, plus concrètes, plus directement accessibles à un public autre que celui du livre : ainsi l'accent mis sur l'oralité, la multiplication des lectures publiques, et l'apparition de performances poétiques : Christian Prigent pour sa part insiste sur le fait que la poésie excède le mot, et qu'elle renvoie d'abord à la voix, au corps, à la langue ; la performance pour lui suscite «une *forme* particulière d'apparition» du texte, où la lecture met en relief la «*voix-de-l'écrit*», distincte de celle organique de l'auteur et reflet d'un phrasé spécifique, traduction oralisée d'une écriture singulière.

Cette poésie élargie noue aussi des liens étroits avec l'art contemporain – en collaborant avec des plasticiens, des vidéastes, des musiciens. Alferi a réalisé ses cinépoèmes avec le musicien de rock Rodolphe Burger ou le plasticien Jacques Julien, Olivier Cadiot a écrit un livret d'opéra pour le compositeur Pascal Dusapin et il a participé à l'adaptation théâtrale de ses livres, Ryoko Sekiguchi a travaillé à plusieurs installations avec des artistes, dont Christian Boltanski, Jacques Roubaud a fait de même avec le Japonais On Kawara et l'Allemande Rebecca Horn, dans des espaces consacrés au contemporain, galeries, musées, Biennales.

La porosité de la poésie offre aussi dans un monde globalisé une hospitalité nouvelle à d'autres langues. Quasiment tous les poètes cités ici sont des traducteurs, dans des langues diverses, anglais, allemand, japonais, italien, latin. Plus encore, certains sont bilingues, voire multilingues, et font de cet entre-deux entre leur langue natale et le français un usage souvent peu orthodoxe : Ryoko Sekiguchi, par ailleurs spécialiste de poésie persane, introduit dans ses premiers poèmes des signes empruntés à l'alphabet farsi, qui y glissent comme un suspens, un trou de langue qui fait ponctuation ; Alexander Dickow utilise une version décalée, trébuchante, mais souvent

---

37. Olivier Cadiot et Pierre Alferi, Revue de Littérature Générale, p. 48, *Digest*, POL, 1996. Voir également le 1er tome de la revue, *La mécanique lyrique*, POL, 1995.

savante de ses deux langues d'écriture mises en regard.[38] Ce plurilinguisme est en littérature un phénomène nouveau, dont on trouve d'autres exemples en Europe[39] – mais qui n'est plus le résultat d'une colonisation et partant d'une langue imposée, comme c'était le cas pour la génération précédente d'écrivains d'Afrique noire ou d'Afrique du Nord. Le français est pour Ryoko Sekiguchi ou Alexander Dickow une langue d'écriture librement choisie, choisie peut-être justement parce qu'elle est étrangère, et offre donc un espace de liberté ou d'invention possible – mais sans être le fruit d'un exil. Ce qui bien sûr en change les enjeux.

On pourrait avancer que la poésie, puisqu'elle n'a pas à obéir à des exigences de logique narrative ou de vraisemblance, contrairement au roman, peut offrir un accueil plus bienveillant à l'audace et à l'expérimentation formelle ; elle est plus propice à des œuvres diverses, inventives, ou difficiles qui anticipent sur leur temps – ou qui rejoignent parfois au contraire des intuitions très anciennes.

III. La poésie au présent

Revenons pour conclure à la notion, apparemment factuelle, d'extrême contemporain : on oublie en effet que l'adjectif « extrême » ne s'épuise pas dans la pure simultanéité. Son sens est double : il renvoie aux deux extrémités de la chaîne temporelle, il recouvre à la fois le plus proche et le plus lointain. Et c'est bien ainsi que l'entendaient Deguy, Roubaud, Fourcade, Chaillou lors du colloque inaugural de 1986 qui a consacré le terme. Cette nouvelle catégorie temporelle, ceux-ci l'ont inventée paradoxalement pour réfuter toute périodisation, toute historicité linéaire de crainte « d'être trop éloignés de passés qu'ils aiment revisiter avec liberté et désordre chronologique ».[40]

---

38. Voir Myriam Suchet, *L'Imaginaire hétérolingue. Ce que nous apprennent les textes à la croisée des langues*, Classiques Garnier, coll. « Perspectives comparatistes », série « Littérature et mondialisation », 2014.
39. Par exemple chez les écrivains, l'allemand pour la Japonaise Yoko Tawada, le français pour l'Américaine Stacy Doris ou la Hongroise Katalin Molnár, ou de façon plus conventionnelle pour le Russe Andrei Makine.
40. Anne Malaprade « Quels chemins pour circuler dans la poésie française contemporaine des trente dernières années : périodes, avant-gardes et / ou extrême contemporanéité ? » in Michèle Touret et Francine Dugast-Portes, *Le Temps des Lettres. Quelle périodisation pour l'histoire de la littérature française du XXe siècle ?* Presses Universitaires de Rennes (Interférences), 2001, p. 175.

Conclusion

On pense à la formule lapidaire de Roubaud : « La poésie est 'maintenant' ».[41] Ou encore : « Pour la poésie, le temps est augustinien : il n'y a pas de passé de présent ni de futur ; il y a un présent du passé, un présent du présent, un présent du futur. »[42]

La poésie est donc toujours au présent ; mais un présent inclusif, élargi, qui englobe jusqu'à l'extrême du passé. Ce regard orphique jeté en arrière, vers l'inactuel (Nietzsche), ou plus loin encore, vers l'archaïque, c'est à dire l'origine (Agamben) est même la condition du contemporain.

La contemporanéité s'inscrit dans le présent en le signalant avant tout comme archaïque, et seul celui qui perçoit dans les choses les plus modernes et les plus récentes les indices ou la signature de l'archaïsme peut être contemporain.[43]

La contemporanéité est donc une singulière relation avec son temps, auquel on adhère tout en prenant ses distances ; elle est très précisément *la relation au temps qui adhère à lui par le déphasage et l'anachronisme.*[44]

On pense en effet aux Présocratiques invoqués par Suzanne Doppelt dans *Quelque chose cloche*, à la forme poétique médiévale arabo-andalouse transposée par Ryoko Sekiguchi dans *Héliotropes,* aux Anthologies Impériales japonaises et aux Troubadours de Roubaud ; chez Alferi, aux curiosités latines d'Elien Meccius, ou à l'arabesque de Pétrarque dans *Chercher une phrase* ; ou à Prigent traducteur des *Epigrammes* de Martial (ou plutôt que traduites, dotées du sous-titre « recyclées »).

On pourrait bien sûr inverser la proposition, et faire remarquer que le

---

41. Jacques Roubaud, *Poésie, etcetera : ménage*, Stock, 1995, p. 114-115. On peut citer la suite :
    - Qu'un poème est maintenant veut dire qu'on ne peut saisir un poème que comme cela, comme s'il était prononcé (lu, entendu, récité, ce qu'on voudra, ce n'est pas la question) maintenant ; composé et perçu maintenant. [...]
    C'est, en particulier, ceci : que l'Odyssée, la Chanson de la fleur inverse de Raimbaut d'Orange, la Divine Comédie, la Petite Cosmogonie Portative, Etat d'Anne-Marie Albiach sont « maintenant », des poèmes de maintenant ; ceci pour chaque maintenant qui se présente.
42. Ibid, p. 120.
43. Giorgio Agamben, *Qu'est-ce que le contemporain ?* Rivages Poche, Ed. Payot & Rivages, 2008, p. 33.
44. Ibid, p. 11.

découpage, montage, remixage de la tradition que les classiques appelaient «imitation» était déjà ce qu'on nomme aujourd'hui «cut-up» (réalisé autrefois sur un mode souvent plus critique qu'on ne le croit...).

Mais on peut aussi relever que le contemporain comme «présent éternel» renvoie précisément à la définition d'une oeuvre classique, c'est à dire capable de traverser le temps, selon la description célèbre qu'en a faite Sainte-Beuve en 1850 dans «Qu'est-ce qu'un classique?»: «Un vrai classique c'est un auteur [...] qui a parlé à tous dans un style nouveau sans néologisme, nouveau et antique, aisément contemporain de tous les âges»[45].

Les poètes de l'extrême contemporain accèderont-ils un jour au statut canonique de classiques? Lesquels seront vus comme des représentants exemplaires de leur époque? Lesquels seront oubliés?

Le futur le dira.

La langue paraît étrange, insolite, difficile, dans la poésie du présent.

La langue paraît étrange dans la poésie extrême contemporaine parce qu'elle y présente certains traits de son futur.

La langue paraît étrange dans la poésie extrême contemporaine parce qu'elle y présente certains traits oubliés de son passé.

La poésie préserve le passé de la langue dans son présent.

La poésie redonne un sens oublié aux mots de la tribu. [46]

---

45. Sainte Beuve, «Qu'est-ce qu'un classique?», *Causeries du Lundi*, Garnier, 1876, T. III, p. 42.
46. Jacques Roubaud, *Poésie etcetera: ménage*, op.cit., p. 268.

Table des matières

Avant-propos 1

Introduction 3

- Tenter une généalogie, dresser un état des lieux : la poésie française contemporaine, de 1950 à 2015 (1ère version : « Turbulences et mutations : la poésie française contemporaine, 1950-2000 », Gallia, Revue de l'Université d'Osaka, n° 47, mars 2008)
- A titre d'exemple : quelques figures poétiques de l'extrême-contemporain (1ère version : « Figures poétiques contemporaines » Equinoxe, Revue Internationale d'Etudes Françaises, n° 17-18, Kyoto, 2000)

Chapitre 1 Jacques Roubaud : un classique inclassable 23

- Jacques Roubaud : Poèmes de la trame et du dessin (1ère version : « Poèmes de la trame et du dessin : le Japon de Jacques Roubaud », Mezura 49, Cahiers de Poétique Comparée, Inalco, Paris, 2001).
- Jacques Roubaud, poète et prosateur : Kamo no Chômei, Saigyô, Shinkei et quelques autres (*D'après le Japon*, dir. Laurent Zimmerman, ed. Cécile Defaut, 2012)
- Un poème de Jacques Roubaud : *Signe d'appartenance,* 1967, Je vais bienveillamment... [GO 19] (1ère version : Gallia n° 35, Osaka, 1996)
- Boltanski est un peintre de vanités : entretien avec Jacques Roubaud, Sur *Ensembles,* Roubaud/ Boltanski (Texte inédit)

Chapitre 2 Pierre Alferi : la poésie comme compression des données 57

- L'ypothèse du compact : Pierre Alferi et Jacques Roubaud (1ère version : « Pierre Alferi : Compactage et déliaison », Ecritures contemporaines n° 7, Belles Lettres, Minard, Paris, 2003).
- Objets minimaux : les ciné-poèmes de Pierre Alferi (1ère version : « Pierre Alferi : comme au cinéma, façonner des minutes réelles », Revue Sites, Contemporary French & Francophone Studies, n° 93/94, Ecrire/ Filmer,

Routledge, USA, 2005)
- Pierre Alferi épistolaire : *Intime / L'estomac des poulpes est étonnant* (1ère version : «Pierre Alferi : L'estomac des poulpes», CCP n° 17, Cahier Critique de Poésie, CIPM Marseille, 2009)
- Pierre Alferi : les objets du monde sont des mots, Entretien avec Agnès Disson / Thierry Maré, Revue Eureka, Tokyo, 2002. Traduction japonaise Manako Ono.

Chapitre 3 Anne Portugal : légèreté et parataxe   91

- La poésie comme mouvement : Pierre Alferi et Anne Portugal (1ère version : «Parataxe et enjambement : la poésie d'Anne Portugal et Pierre Alferi», Etudes de Langue et Littérature Françaises, Tokyo, n° 85-86, 2005)
- Anne Portugal : *la formule flirt*, 2010 (CCP n° 21, Cahier critique de Poésie, CIPM Marseille, 2011)
- Un poème d'Anne Portugal : En parlant de salut public, 2012 (CCP n° 26, Cahier critique de Poésie, CIPM Marseille, 2013)
- Féminité / altérité : Anne Portugal, Pascalle Monnier, Nathalie Quintane (Ecritures contemporaines 4, Belles Lettres, Minard, Paris, 2001).

Chapitre 4 Christian Prigent : le cheval noir de la prose   123

- Le cheval noir de la prose : Sur *Demain je meurs*, de Christian Prigent (Revue Il Particolare, Paris, numéro spécial Christian Prigent, juillet 2010)

Chapitre 5 Ryoko Sekiguchi :
poésie et bilinguisme - écrire entre deux langues   131

- Ryoko Sekiguchi, une poésie invitante : *Héliotropes* et *Deux marchés, de nouveau*, 2005 (CCP n° 12, Cahier Critique de Poésie, CIPM Marseille, 2006)
- Ryoko Sekiguchi : *Adagio ma non troppo*, 2008 (CCP n° 15, Cahier Critique de Poésie, CIPM Marseille, 2008)
- Ryoko Sekiguchi, trois essais, 2011 : *Ecrire double, Présentation de dix quartiers de Shinjuku à usage purement personnel et nostalgique, Ce n'est pas un hasard*, chronique japonaise (CCP n° 24, Cahier Critique de

Poésie, CIPM Marseille, 2012)
- Ryoko Sekiguchi, Nourritures : *L'astringent* et *Manger fantôme*, 2012 (CCP n° 25, Cahier Critique de Poésie, CIPM Marseille, 2013)
- Ryoko Sekiguchi : Spéculations fantômes (Revue Sites, Contemporary French & Francophone Studies, Routledge USA, vol.20, 2015)

Chapitre 6 Suzanne Doppelt : archaïsme et métamorphose   147

- Suzanne Doppelt : *Lazy Suzie*, 2010 (CCP n° 20, Cahier Critique de Poésie, CIPM Marseille, 2010)
- Poésie contemporaine : silence et altérité du végétal - Ryoko Sekiguchi, Suzanne Doppelt, Justine Landau - (Texte inédit).

Chapitre 7 Nathalie Quintane : une paradoxale transparence   159

- Nathalie Quintane, « Eponger le réel » : Sur *Saint-Tropez – Une Américaine* (Fusées 5, ed. Carte Blanche, 2001)
- Blancheur de Nathalie Quintane (*Les Ecritures Blanches*, dir. Dominique Rabaté / Dominique Viart, Presses Universitaires de Saint-Etienne, 2009)
- Quintane ou les paradoxes de la transparence (*L'illisibilité en questions*, dir. Bénédicte Gorrillot / Alain Lescart, Presses Universitaires du Septentrion, Lille, 2014)

Chapitre 8 Autres aperçus :
Emmanuel Hocquard, Olivier Cadiot, Alexander Dickow   179

- Emmanuel Hocquard, course de haies, chemins de traverses : *Ma haie*, 2001 (Fusées n° 7, ed. Carte Blanche, 2003).
- Olivier Cadiot : Objets verbaux non identifiés (Extrait en version française d'un article paru en japonais, « La poésie française dans les années 90 : état des lieux », Revue Shincho, Tokyo, juillet 97. Traduction japonaise Jun'ichi Tanaka)
- Un poème d'Olivier Cadiot – la forêt est …, *L'art poétic*, 1988 (1ère version : « Poésie années 90 : Olivier Cadiot, Futur ancien fugitif », Gallia n° 38, Osaka, 1999)
- Alexander Dickow : *Caramboles*, 2008 (CCP n° 18, Cahier Critique de Poésie, CIPM Marseille, 2009)

Conclusion 197

    I. Qu'est- ce que l'extrême contemporain ?
    II. Spécificité de la poésie
     1/ L'illisibilité
     2/ L'autotélicité
     3/ La porosité
    III. La poésie au présent